KJB

Angela Kirchner hat als gelernte Buchhändlerin mehrere Jahre lang Bücher verkauft, bis sie eines Tages beschlossen hat, lieber welche zu schreiben. Behilflich dabei ist ihr der blaue Laptop Harvey, der manchmal ein seltsames Eigenleben führt. Wahrscheinlich ein Geist, dachte Angela, und so kam die Idee auf die Welt, über blaue Geister zu schreiben.
Ihre Freizeit verbringt Angela am liebsten mit ihrer Familie und dem besten Müllschlucker-Hund der Welt in der freien Natur. Irgendwann will sie mal am Meer leben. Oder an einem See.
›Victor Flec – Jagd durch die Stadt der Geister‹ ist ihr spannungsreiches Kinderbuchdebüt und ihr erstes Buch für den Fischer Kinder- und Jugendbuchverlag. Fortsetzung folgt!

Weitere Informationen zum Kinder- und Jugendbuchprogramm der S. Fischer Verlage finden sich unter
www.fischerverlage.de

ANGELA KIRCHNER

Victor Flec

Jagd durch die Stadt der Geister

KJB

Aus Verantwortung für die Umwelt hat sich der Fischer Kinder- und Jugendbuch Verlag zu einer nachhaltigen Buchproduktion verpflichtet. Der bewusste Umgang mit unseren Ressourcen, der Schutz unseres Klimas und der Natur gehören zu unseren obersten Unternehmenszielen.

Gemeinsam mit unseren Partnern und Lieferanten setzen wir uns für eine klimaneutrale Buchproduktion ein, die den Erwerb von Klimazertifikaten zur Kompensation des CO_2-Ausstoßes einschließt.

Weitere Informationen finden Sie unter: www.klimaneutralerverlag.de

FSC
www.fsc.org
MIX
Papier aus verantwortungsvollen Quellen
FSC® C083411

Erschienen bei FISCHER KJB

Umschlaggestaltung und -abbildung: Tobias Goldschalt
Satz: Pinkuin Satz und Datentechnik, Berlin
Druck und Bindung: CPI books GmbH, Leck
Printed in Germany
ISBN 978-3-7373-4213-1

Für Master Nick
(Im wahren Leben ist er gar nicht so schlimm)

1
Victor

Victor Flec stand vor Staunen der Mund offen.

Seit er die U-Bahn verlassen hatte, glotzte er ganz und gar unbefangen jeden an, der an ihm vorüberlief und ihm nicht verbot zu glotzen. Eigentlich war dieses Verhalten sonst nicht unbedingt Victors Art, jedenfalls solange es nicht um Geister ging. Aber hier stand er nun, mitten im Ghostend, und war umgeben von diesen wunderlichen Wesen. Der helle Wahnsinn!

Inzwischen war er bestimmt zehnmal hier gewesen, wenn nicht sogar öfter. Immerhin lag der Umzug mit seiner Familie in diese Stadt bereits ein halbes Jahr zurück, und noch dazu jobbte Victor bei einem Geist. Trotzdem überkam ihn jedes Mal aufs Neue diese unbändige Faszination, sobald er einen Fuß ins Geisterviertel setzte.

Jahrelang hatte er davon geträumt, wie es wohl sein würde, durchs Ghostend zu schlendern. Wie es sich anfühlen würde, diesen bunten Mischmasch aus Kulturen mit eigenen Augen betrachten zu können, und wie vielen Geistern er unterwegs begegnen würde. Auf dem Dorf, wo er mit seinen Eltern und Geschwistern bisher gelebt hatte, gab es nämlich kein Viertel, das von Geistern bewohnt wurde. Dort gab es ja nicht mal Geister. Genau genommen fand man die nur an wenigen Orten auf der Erde. Das Ghostend war das größte von sechs Geistervierteln weltweit – und deshalb eine besondere Attraktion.

Hier gab es kleine Geister mit runden Körpern, die gemütlich durch die Sonne flanierten, und große Geister mit schmalen Körpern, die dasselbe taten. Es gab junge Geister, alte Geister, hübsche, weniger hübsche, sportliche und weniger sportliche. Manche von ihnen trugen moderne Klamotten, doch der überwiegende Teil kleidete sich im Stil längst vergangener Jahrhunderte. Einer hatte sogar ein Kettenhemd an. Ein echtes, massives Kettenhemd! Okay, er trug Turnschuhe dazu und eine Baseballcap statt eines Ritterhelms, dennoch starrte ihm Victor begeistert hinterher.

Allen Geistern gemein waren die schneeweißen Haare und eine mehr oder weniger bläulich schimmernde Haut. Selbst Augäpfel und Iris leuchteten in diesem lichten Blau. Grund dafür war eine Art blauer Glibber, der Muskeln, Sehnen und Blut im Körper der Geister ersetzte. Victor hatte vor seinem Umzug darüber gelesen. Genauer gesagt hatte er jede noch so kleine Information, über die er gestolpert war, in sich aufgesogen wie ein Schwamm.

Der Kettenhemd-Typ bog um eine Ecke, und im nächsten Moment wurde Victors Aufmerksamkeit von einer Geisterfrau angezogen, die wie ein kleines Mädchen barfuß über den Gehweg hüpfte und dabei vergnügt kicherte. Ab und zu hielt sie an, um mit den Fingern über eine Hauswand zu fahren oder über die raue Rinde einer der Mammutbäume, die überall im Ghostend wuchsen. Ihr merkte man die Freude über ihr zweites Leben auch nach all der Zeit noch besonders an. Sie genoss es richtig, wieder einen Körper zu besitzen, wieder Dinge berühren zu können – zumindest die meiste Zeit über –, und es schien sie nicht sonderlich zu interessieren, wie es überhaupt dazu gekommen war. Warum sollte es? Wahrscheinlich würde das sowieso nie jemand herausfinden.

Die Geister lebten nun schon seit fünfzig Jahren auf der Welt, und nach wie vor hatten weder die Menschen noch die Geister selbst den Hauch einer Ahnung, wie sie eigentlich hierhergekommen waren. Fest stand, dass sich an einem schönen Augusttag des Jahres 1969 an unzähligen Orten dieser Welt urplötzlich Tausende Geister materialisiert hatten. Der später durchgeführten offiziellen Zählung nach waren es 20453 gewesen. Ob sie aus dem Himmel, der Hölle oder von einem ganz anderen Ort gekommen waren? Das wusste niemand. Geblieben waren sie trotzdem, eine andere Möglichkeit hatte es ja ohnehin nicht gegeben.

Es kursierten unzählige Theorien über dieses Phänomen, aber keine wollte so richtig passen. Man hatte es auf extreme Sonnenwinde geschoben, auf eine unvorhergesehene Überlastung der Stromnetze, auf einen Dimensionsriss, man hatte Aliens, eine Umkehr des Erdmagnetfeldes und noch vieles mehr dafür verantwortlich gemacht – alles war nach kurzer Zeit widerrufen worden. Also wurden eigene Forschungseinrichtungen gegründet. In denen suchte man jetzt schon seit einem halben Jahrhundert weiter nach Ursachen, bisher allerdings ohne nennenswerte Ergebnisse. Da Menschen jedoch immer nach einer Erklärung für eigentlich unerklärliche Ereignisse lechzen, einigte man sich Jahre später darauf, dass die Geister aus der sogenannten Lücke stammten. Das klang hübsch und ein bisschen geheimnisvoll und passte im Grunde auf alles. Den Zwischenfall der geöffneten Lücke hatte man wenig geistreich »Das Phänomen« getauft.

Als das geklärt war, hatte man die Geister über den gesamten Erdball verteilt. 5638 von ihnen waren hier im Ghostend gelandet, den Rest hatte man in anderen Städten untergebracht. Anfangs hatte das überall zu Reibereien geführt, denn niemand wollte das Risiko eingehen, solch unbekannte Wesen innerhalb der eigenen Stadtmauern zu beherbergen. Doch als den Verantwortlichen aufging, dass sich mit den Geistern Geld verdienen ließ, und man ihnen obendrein zusicherte, dass die Geister in streng abgeriegelten Vierteln wohnen sollten, hatten sie die Tore mehr oder weniger bereitwillig geöffnet. Wer sagt schon nein zu Geistern, die bereits zu Lebzeiten so berühmt gewesen waren, dass man sie auch heute noch sofort wiedererkannte. Leute wie Julius Cäsar oder Aristoteles beispielsweise, oder die ägyptische Pharaonin Nofretete.

Jedenfalls lebten seit diesem Tag knapp zwanzigtausend Geister unter den Menschen – wobei leben eigentlich die falsche Bezeichnung war. Sie existierten. Denn wer lebt, kann sterben. Die Geister, die zurückgekommen waren, starben nicht. Sie waren eine Kuriosität ohnegleichen.

Genau aus diesem Grund stand Victor Flec jetzt also zum x-ten Mal still wie eine Statue am Ausgang der U-Bahn-Station und … na ja, glotzte. Wenn er Geld bekommen hätte für jeden Geist, den er so intensiv begaffte, wäre er innerhalb eines Tages zum reichsten Jungen der Stadt geworden. Aber er bekam keins. Trotzdem gefiel ihm diese Beschäftigung dermaßen gut, dass er gar nicht daran dachte, damit aufzuhören. Zumindest so lange nicht, bis das Handy in seiner Tasche zu klingeln begann.

Er fummelte es hervor, nahm das Gespräch an, ohne nachzusehen, wer ihn anrief, und nuschelte etwas wie »Hmpf«.

»Victor!«, bellte Ciel Moon am anderen Ende in die Leitung, und Victor zuckte erschrocken zusammen. Ciel war seine beste Freundin, ehrlich gesagt auch seine einzige. Und obwohl er sie erst vier Monate kannte, wusste er inzwischen sehr gut, wie sie sich anhörte, wenn sie sauer war. Und im Moment *war* sie sauer.

»Verdammt, wo bleibst du denn?«, pflaumte sie ihn weiter an. »Hast du dich verlaufen? Ich hab dir doch genau aufgeschrieben, wo du langgehen musst.«

Victor schüttelte heftig den Kopf, während er einer Gruppe Geistergreise nachblickte, die mit ihren Rollatoren seelenruhig durch die Gegend rollerten. Dann fiel ihm ein, dass Ciel das ja gar nicht sehen konnte, und er sagte stattdessen: »Nein, nein. Ich bin auf dem Weg. Ich musste nur noch kurz …« Den Rest des Satzes ließ er in einem Schwall unverständlichen Gemurmels untergehen.

Ciel lachte seufzend, und Victor konnte sich bildhaft vorstellen, wie sie dabei die Augen verdrehte. »Hör endlich auf, die Geister anzugaffen, Victor, und beeil dich!« Nach einer kurzen Pause fügte sie »Okay?« hinzu und legte wieder auf.

Grummelnd warf Victor einen Blick auf die Uhr. Zehn nach zwei am Nachmittag. Das hieß, er lungerte nun schon über eine halbe Stunde hier herum.

»Mist!«, murmelte er.

Eigentlich hätte er längst bei einem Laden namens *Franklins phantastische Spielhöhle* sein sollen, um dort gemeinsam mit Ciel eine Truhe abzuholen. Albert hatte das gute Stück vor kurzem bei einem Kartenspiel gewonnen und wartete bestimmt schon sehnsüchtig darauf, seinen neuesten Schatz in die Arme schließen zu können.

Albert Koch ... Noch immer konnte Victor kaum fassen, dass ausgerechnet *er* im Geschäft dieses berühmten Geistes aushelfen durfte. Als der Alte ihm damals den Job angeboten hatte, war Victor beinahe das Herz geplatzt vor Stolz. Immerhin war *Alberts achtsam ausgewählte Antiquitäten* der einzige geistgeführte Laden, der nicht im Ghostend lag, sondern ziemlich genau am anderen Ende der Millionenstadt. Ohne sein bis dahin verborgenes Gespür für besondere Dinge hätte Victor wohl nie diese Chance bekommen. Doch falls er weiterhin dort arbeiten wollte, musste er jetzt die Beine in die Hand nehmen.

Er verabschiedete sich von seinem Aussichtspunkt und rannte los. Nach *Jacks Westernsaloon* hielt er sich rechts, joggte am Zeltlager der mongolischen Nomaden vorbei und erhaschte gerade noch so zwischen zwei ägyptischen Lehmhäusern einen Blick auf den Schrein eines japanischen Shinto-Priesters. Dabei warf er immer wieder einen Blick auf die Uhr. Wenn er und Ciel für den Rückweg die U-Bahn nahmen und die Truhe nicht allzu schwer war, konnten sie es vielleicht sogar noch rechtzeitig schaffen.

Aber natürlich stolperte Victor irgendwo zwischen einer reichverzierten Villa und einem überraschend modernen Doppelhaus über seine eigenen Füße und wäre hingefallen, hätte er nicht im letzten Moment einen Gaslaternenpfahl zu fassen bekommen.

Solche Dinge passierten ihm ständig. Seine Mutter hatte ihm zum zehnten Geburtstag das Kostüm des Marshmallow Man aus dem uralten Film *Ghostbusters* geschenkt, um ihn vor weiteren Verletzungen zu schützen. Neun Knochenbrüche, drei Bänderrisse und unzählige Schürfwunden hatten sie dazu getrieben. Jeder der anwesenden Partygäste hatte sich köstlich über diesen Witz amüsiert. Nur Victor, seine Eltern und seine Geschwister hatten gewusst, dass es gar kein Witz sein sollte. Deshalb waren sie auch die Einzigen gewesen, die nicht gelacht hatten.

Inzwischen hatte Victor allerdings viel mehr Übung im Stolpern und Fallen und schaffte es beinahe regelmäßig, sich noch irgendwie abzufangen. So wie jetzt. Mit triumphierendem Grinsen tänzelte er um die Laterne herum und sprintete weiter. Der erste Häuserblock war geschafft. Er lief im Zickzack durch eine Gruppe junger Geisterfrauen hindurch, umrundete die nächste

Häuserecke – und krachte gegen einen Riesen, dessen Brust hart wie eine Wand war.

Diesmal war nichts in der Nähe, an dem er sich festklammern konnte. Mit einem »Uff!« ging Victor zu Boden und blieb benommen liegen. Wie durch eine Wattewolke hindurch hörte er das Klappern seiner Brille, die ein Stück entfernt auf dem Asphalt aufschlug. Ohne sie war er blind wie ein Nacktmull.

Victor wollte eben nach der Brille tasten, da packte ihn jemand am Kragen und zerrte ihn so unsanft nach oben, dass seine Zähne hart aufeinanderschlugen. Der Gedanke an die Brille verstummte.

»Was fällt dir ein?«, fauchte eine tiefe männliche Stimme, die jede einzelne Zelle in Victors Körper in Alarmbereitschaft versetzte. Seine Nackenhaare richteten sich auf, sein Puls beschleunigte sich um gefühlt einhundert Schläge, und das Blut rauschte wie ein Wildwasserbach in seinen Ohren.

»Ich habe dir eine Frage gestellt, Menschenkind!«

Menschenkind. Das musste ein Geist sein, der Victor da am Kragen seines Shirts festhielt und ihn weiß Gott wie viele Zentimeter über dem Boden baumeln ließ. Niemand sonst nannte Menschenkinder Menschenkinder. Doch trotz hektischen Geblinzels konnte Victor nicht mehr als die Silhouette des Mannes erkennen.

»Es … ich … es tut mir leid!«, stammelte er und wackelte vorsichtig mit den Beinen, um herauszufinden, wie hoch er hing. Seine Füße traten bloß Luft. »Das war keine Absicht. Ich habe Sie nicht gesehen und …«

»Falsch«, erwiderte der Kerl und zog das *Sch* dabei gefährlich in die Länge. »Du hast nicht *nach*gesehen, bevor du um die Ecke gebogen bist. Und das macht die ganze Sache zu einem Problem für mich.«

Das kommt davon, dass ich Geister toll finde, dachte Victor trübsinnig. *Früher oder später musste ja einer kommen und es mir versauen.* Ein scharfes Ratschen in der Nähe seines Halses verriet ihm, dass die Naht an seinem Shirt einzureißen begann. *Na super, und mein Shirt versaut er auch gleich mit.*

Seine Mutter würde ihn umbringen. Sie hatte das Shirt erst letzte Woche gekauft und Victor eingetrichtert, darauf achtzugeben. Er konnte nur beten, dass seine Brille heil geblieben war. Das wäre sonst die dritte dieses Jahr, die er geschrottet hatte.

»Es tut mir wirklich leid«, wiederholte Victor und leierte anschließend die beiden Sätze herunter, die er in seinem Leben bisher am häufigsten gesagt hatte: »Ich hoffe, Ihnen ist nichts passiert. Den Schaden ersetze ich Ihnen natürlich.«

»Schaden … ersetzen?«, fragte sein Gegenüber ungläubig.

Victor nickte nachdrücklich, und einen Moment lang

herrschte Stille. Dann zog ihn der Geist mit einem Ruck näher zu sich heran. Seine Umrisse erschienen nun um einiges schärfer. Victor konnte das Gesicht eines Mannes erkennen, das von einer Menge Haaren eingerahmt war. Weißer Vollbart unten, weiße Mähne oben. Dazwischen beinahe schmerzhaft stechende eisblaue Augen.

»Was ist mit dir, Junge?«, schnarrte der Geist. »Du blinzelst wie eine Kanalratte, die tagsüber auf die Straße gespült wurde. Bist du blind?«

»So gut wie.« Victor lächelte verlegen. »Ich bin kurzsichtig. *Sehr* kurzsichtig. Und ich hab meine Brille verloren. Irgendwo« – er deutete nach rechts – »da drüben muss sie liegen.«

Der Mann folgte seinem Fingerzeig mit dem Blick und ließ Victor ohne Vorwarnung auf die Füße plumpsen.

»Hol ihm seine Brille, Nemo«, befahl er in barschem Tonfall.

Nemo? Victor sah sich mit zusammengekniffenen Augen um. Ihm war gar nicht aufgefallen, dass da offenbar noch jemand in der Nähe stand und ihnen zuhörte. Dieser Jemand stöhnte jetzt schwer genervt auf. Aber anstatt etwas zu erwidern, gehorchte er und drückte Victor die Brille kurz darauf grob gegen die Brust.

»Hier, Blindfisch«, fauchte er. »Du solltest dir wohl mal eine bessere besorgen, wenn du mit dem hässlichen Ding immer noch Leute umrennst.«

Hektisch setzte Victor die Brille auf. Nun konnte er die beiden Geister endlich erkennen, die breitbeinig vor ihm standen. Der eine war groß, kräftig gebaut und hatte überall an den Armen und am Hals dunkle Tattoos, die sich krass gegen seine bläulich schimmernde Haut abhoben. Wenn Victor genauer hinsah, schienen sich die schwarzen Linien wie Schlangen zu winden, also konzentrierte er sich lieber auf was anderes. Er betrachtete den Vollbart des Geistes, der hervorragend gepflegt und kunstvoll in Form geschnitten war. Dann wanderte sein Blick weiter nach oben. An einer Seite des Schädels waren die schneeweißen Haare raspelkurz geschoren, auf der anderen reichten sie dagegen fast bis zum Kinn. Der Mann trug ein kurzärmeliges Hemd und eine Hose, die beide die Farbe von Vanilleschlagsahne besaßen. Massive Ringe blitzten an seinen Fingern, und ebenso massive Ketten hingen um seinen Hals.

Der andere Geist direkt daneben war ein Junge etwa in Victors Alter, um einiges kleiner und viel schmaler als sein furchteinflößender Begleiter. Außerdem trug er von Kopf bis Fuß Schwarz. Seine weißen Haare waren gerade mal fingerlang. Die eisblaue Kälte in seinen Augen war allerdings genau dieselbe wie bei seinem größeren Gefährten. Victor fröstelte es beim Hinsehen, zumal beide Geister ihn mit wutgeblähten Nasenflügeln anstarrten.

»Jetzt weißt du, mit wem du dich angelegt hast«, donnerte der Große und stach Victor schmerzhaft den Zeigefinger in die Brust.

Hilfesuchend sah sich Victor um. Er hatte keine Ahnung, wer die beiden waren, schien jedoch der Einzige zu sein, dem es so erging. Alle anderen Leute in der Nähe machten einen großen Bogen um die Kerle herum und eilten mit gesenkten Köpfen hastig weiter. Klar, die waren ja auch Geister und kannten sich im Ghostend aus. Sie lebten seit fast sechzig Jahren hier, Victor nicht.

»Ähm … nein. Ehrlich gesagt, weiß ich das nicht«, stotterte er zaghaft. »Das liegt aber bestimmt bloß daran, dass meine Familie und ich erst vor ein paar Monaten …«

»CORDICIO!«, brüllte der weiß gekleidete Geist so laut, dass Victor erschrocken ein paar Schritte rückwärts taumelte. »Ich bin Lex Cordicio. Das ist mein Sohn Nemo. Und du, Freundchen, steckst bis zum Hals in Schwierigkeiten.«

Am liebsten hätte Victor laut aufgelacht.

Dieser Geist schien tatsächlich zu glauben, dass er ihm mit seiner Drohung über irgendwelche Schwierigkeiten etwas Neues erzählte. Dabei gab es kaum einen Tag in Victor Flecs Leben, an dem er *nicht* in Schwierigkeiten steckte. Am 31. März des vergangenen Jahres war es ganz besonders schlimm gewesen. Damals hatte Victor es geschafft, das Auto seines Vaters zu schrotten, ohne es ein einziges Mal zu berühren. Das musste ihm erst mal jemand nachmachen! Jemanden über den Haufen zu rennen zählte da definitiv zu den harmloseren Vorkommnissen.

Aber weil es nicht bloß unfassbar unhöflich, sondern sicherlich auch unfassbar dämlich gewesen wäre, gleich zwei stinkwütenden Geistern ins Gesicht zu lachen, ließ Victor es lieber bleiben. Stattdessen setzte er sein allerschönstes Entschuldigungs-Lächeln auf.

»Wie gesagt, es tut mir wirklich leid«, versicherte er und stockte, als das Handy in seiner Tasche erneut zu klingeln begann. Das war bestimmt Ciel. Sie wartete noch immer auf ihn, nur drei Blocks entfernt. Wenn er nicht bald bei ihr auftauchte, würde sie sich Sorgen machen, und das wollte Victor um jeden Preis vermeiden. Doch gerade, als er Lex Cordicio darum bitten wollte, das Gespräch annehmen zu dürfen, machte der Geist einen entschlossenen Schritt auf ihn zu. Victor versuchte, nach hinten auszuweichen, dort wartete allerdings diese massive Hauswand auf ihn, die ihn überhaupt erst in seine verzwickte Lage gebracht hatte. Er war gefangen. Mit bedrohlicher Miene beugte sich der Geist nach vorne. Ganz sicher war der Kerl in seinem früheren Leben Henker gewesen. Oder Zahnarzt.

»Du kannst von Glück reden, dass mein Bedürfnis nach weiteren Strafauflagen vorerst gestillt ist, Junge«, knurrte er und hob die rechte Hand an Victors Gesicht. Mit seinem erstaunlich scharfen Daumennagel fuhr er ihm über die Wange und ritzte die Haut dort leicht auf. »Sonst würde ich dir zeigen, was mir deine lächerliche Entschuldigung wert ist.«

Im Hintergrund ächzte Nemo verächtlich auf und drehte sich weg.

Na, der ist ja unglaublich traurig, dass sein Vater sich zurückhält, schoss es Victor durch den Kopf. Er räusperte sich tonlos. Das hier war selbst für seine Verhältnisse eine ganz neue Art von Schwierigkeiten, denn alles an dieser Geschichte war falsch. Jeder wusste doch, was für freundliche und zugängliche Wesen Geister waren. Sein Chef Albert war das beste Beispiel dafür. Und wenn man Ciel glaubte, die diesbezüglich wohl mit am meisten Ahnung hatte, strahlte auch die gesamte restliche Geisterschaft geradezu vor Glückseligkeit. Immerhin hatten sie alle ein zweites Leben erhalten. Ein *unendliches* Leben!

Und nun das. Seit Victor den beiden Cordicios begegnet war, begann das friedliche Bild zu bröckeln.

»Stell dir bloß mal vor, mein Gehilfe Nick wäre dabei gewesen«, fuhr Lex leise fort. »Der hätte dich für dein unvorsichtiges Verhalten schon längst ins Land der ewigen Träume befördert.«

»Willst du dem Blindfisch einen Denkzettel verpassen?«, schaltete Nemo sich ein. »Dafür brauchen wir Nick nicht.«

Denkzettel? Victor schnappte hektisch nach Luft und starrte die zwei Geister fassungslos an. Was war nur los mit den beiden? Die taten ja gerade so, als hätten sie ihn dabei erwischt, wie er ihr Familienerbe klaute. Richtige Mafiamethoden waren das!

Als hätte Lex diesen Gedanken gehört, verzog er die Lippen zu einem fiesen Grinsen – doch im nächsten Moment zuckte sein Kopf zur Seite. Neben ihnen war jemand um die Ecke gebogen und gleich darauf wie angewurzelt stehen geblieben. Die Geisterfrau musterte erst Lex, dann Nemo und zum Schluss auch noch Victor einen Augenblick lang, ehe sie mit verkniffenem Gesichtsausdruck die Schultern straffte.

»Hören Sie, das sollten Sie wirklich bleiben lassen«, sagte sie zu Lex, sichtlich darum bemüht, das Zittern in ihrer Stimme zu verbergen. »Sie wissen ganz genau, dass wir den Menschen nicht …«

»Verschwinden Sie!«, knurrte Lex und beobachtete mit Genugtuung, wie die Frau nach kurzem Zögern in die Richtung zurückstapfte, aus der sie gekommen war. Enttäuscht stieß Victor den Atem aus. Wenigstens hatte sie es versucht, was man von den übrigen Geistern hier nicht behaupten konnte. Die schienen alle viel zu viel Respekt vor diesem Cordicio zu haben.

»In Ordnung. Was wollen Sie?«, fragte Victor und begann, großspurig in seinen Taschen zu wühlen. »Mein Geld?« Er hatte kein Geld. »Meine Wertsachen?« Er hatte auch keine Wertsachen. Sein Handy war vier Jahre alt und hatte ein paar gewaltige Kratzer auf dem Display. Und seine Uhr war das Extra in der letzten Comic-Zeitschrift gewesen, die sein Vater ihm gekauft hatte. Aber darüber konnte Victor sich noch genügend Gedanken machen, wenn Lex Cordicio tatsächlich etwas davon haben wollte.

»Ach, richtig. Du hattest ja angeboten, den Schaden wiedergutzumachen!« Lex warf mit einem dröhnenden Lachen den Kopf in den Nacken. Hinter ihm verzog Nemo den Mund zu etwas, das mit viel Phantasie als ein Lächeln durchging.

»Es gibt gar keinen Schaden, Winzling. Aber wie wär's, wenn du trotzdem vor mir im Staub kriechst und meine Füße küsst? Damit alle Welt sehen kann, wie ein Mensch vor Lex Cordicio niederkniet«, schlug Lex mit hinterlistigem Lachen vor.

»Sie meinten sicherlich, ich soll Ihre Schuhe küssen, richtig? Oder wollen Sie die allen Ernstes hier auf dem Gehweg ausziehen?«, erwiderte Victor und verfluchte sich dafür, kaum dass er den Mund geschlossen hatte. Warum konnte er nicht einfach mal die Klappe halten?

Lex Cordicio erstarrte, das Lachen purzelte von seinen Lippen. Nemo dagegen hob seine Augenbrauen und legte mit einem seltsamen Ausdruck im Gesicht den Kopf schräg.

War das etwa ... Bewunderung? Oder nur Überraschung? Was auch immer, er schien es jedenfalls nicht gewöhnt zu sein, dass jemand seinem Vater dermaßen dumm kam.

»Glaubst du, das war ein Witz?«, fragte Lex. Er kam jetzt so nah und beugte sich so weit herab, dass seine Nasenspitze beinahe Victors berührte. »Wenn ich dir sage, dass ich dich wie eine Kakerlake zertrete, glaubst du dann immer noch, dass ich Witze mache?«

Victor schüttelte energisch den Kopf. Dieser Typ wurde ihm allmählich richtig unheimlich. Es musste doch einen Weg geben, ihn wieder loszuwerden. Und als ob Victor nicht bereits genug Probleme gehabt hätte, fing im selben Moment sein Handy zum dritten Mal an zu klingeln.

»Ich wollte Sie nicht beleidigen«, sagte er und kämpfte darum, seine Aufregung im Zaum zu halten. Er suchte fieberhaft nach etwas, das Lex dazu bringen könnte, ihn gehen zu lassen. Und schließlich fiel ihm etwas ein: Albert, der Besitzer von *Alberts achtsam ausgewählte Antiquitäten*, hatte ihm erst kürzlich verraten, dass Geister nichts so sehr schätzten wie die Nähe zu anderen Geistern. Die gemeinsame, unklare Vergangenheit in der Lücke schien eine Art Verbundenheit hinterlassen zu haben. Das war einer der Gründe dafür, warum nie auch nur ein Geist dagegen rebelliert hatte, als sie in speziellen Vierteln untergebracht worden waren. Sie respektierten einander nicht bloß, sie hingen aneinander. Vielleicht respektierten sie deshalb ja auch jemanden, der für einen von ihnen arbeitete?

Einen Versuch war es wert.

»Ich bin nur hier, weil ich ganz in der Nähe einen Auftrag für einen anderen Geist erledigen muss«, sagte Victor mit fester Stimme. »Und leider läuft mir die Zeit davon. Deshalb habe ich mich vorhin so …«

Lex hob abrupt eine Hand, und Victor vergaß, was er sagen wollte. Die Wut im Gesicht des Geistes wurde schlagartig von Neugier abgelöst. Ganz langsam richtete er sich auf. Dabei rutschten seine Ketten klimpernd übereinander. »Du arbeitest für einen Geist?«, fragte er.

Erleichterung durchströmte Victor. »Ja. JA!«, rief er und nickte dabei so heftig, dass seine Brille verrutschte. Er rückte sie mit den Fingerknöcheln wieder zurecht. »Für einen Antiquitätenhändler. Vielleicht kennen Sie ihn, sein Geschäft liegt …«

»NEIN!«, donnerte Lex. »Und es ist mir auch egal. Sag mir lieber, was genau du für ihn tust.«

»Ich … ich … helfe im Lager aus«, entgegnete Victor

verblüfft. »Und ich liefere Waren aus, die Kunden bei uns gekauft haben.«

»Ins Ghostend?«

»Eher selten, aber ... ja.«

»Seit wann?«

»Seit ein paar Monaten. Wenn Sie es genau wissen wollen, kann ich ...«

»Also bist du eine Art Bote?«, unterbrach ihn Lex erneut.

»Äh, könnte man schon so sagen, denke ich.«

Einen Moment lang rieb sich der Geist nachdenklich die Schläfe, dann deutete er mit dem Finger auf Victor und fragte: »Wie heißt du, mein Junge?« Dabei klang seine Stimme auf einmal wie eine dieser beigefarbenen Plastikflöten. Ganz grell und laut.

»Victor Flec.«

Nemo schnaubte herablassend durch die Nase. Lex dagegen strahlte nun wie ein Honigkuchenpferd. »Und wie alt bist du?«

»Dreizehn.«

»Ich verstehe.« Der Geist zog eins dieser superteuren Smartphones hervor, mit denen man spielen, Musik hören und gleichzeitig die Internationale Raumstation tracken konnte, und drückte einige Male auf dem Display herum. »Victor, du rührst dich nicht von der Stelle, verstanden? Ich muss ein Telefonat führen.«

Ohne Victor aus den Augen zu lassen, ging er ein paar Schritte zur Seite und hob das Handy ans Ohr. »Nick«, brummte er. »Du kannst die Suche abbrechen. Ich glaube, ich habe gerade einen unbezahlbaren Fang gemacht.«

Victors Mund wurde trocken. *Einen unbezahlbaren Fang?* Was sollte das bedeuten? Und wieso sah Lex bei diesen Worten so selbstzufrieden aus? Victor warf einen fragenden Blick zu Nemo hinüber, doch der wirkte genauso ratlos. Mit tief gefurchter Stirn starrte er seinen Vater an.

»Wunderbar, das ist ganz wunderbar«, säuselte Lex Cordicio in diesem Moment und trat wieder neben Victor. »Hör mal, mein Junge. Ich habe da eine Idee, wie du deinen Fehler wiedergutmachen kannst.«

Ganz kurz regte sich so etwas wie Furcht in Victors Brust. Was um alles in der Welt würde dieser seltsame Typ von ihm verlangen? Konnte er sich nicht wie jeder andere einfach damit zufriedengeben, wenn Victor ihm einen dieser Zettel von der Versicherung überreichte, die er stets bei sich trug?

Andererseits ließ sich das hier zur Abwechslung vielleicht mal ganz ohne Versicherung klären. Victors Vater würde es ihm sicherlich danken. Der behauptete nämlich steif und fest, falls das so weiterginge mit Victors Pechsträhne, würde ihre Versicherung bald höhere Beiträge verlangen als für einen ganzen Profi-Fußballclub.

Also kämpfte Victor seine Angst entschlossen nieder, hob stattdessen den Kopf und sah dem älteren Cordicio freudestrahlend in die eisblauen Augen. »Super. Womit denn?«

»Du arbeitest für mich.«

Victor konnte beim besten Willen nicht sagen, wessen Mund die nächsten zehn Sekunden weiter offen stand, seiner oder der von Nemo Cordicio. Auf jeden Fall war es Nemo, der sich zuerst von diesem Schock wieder erholte. Er warf die Arme in die Luft und stöhnte: »Das kann doch jetzt unmöglich dein Ernst sein!«

2
Ciel

»Ciel, Schatz, du sitzt hier schon seit einer Stunde. Bist du sicher, dass Victor noch kommt?«

Ciels Mutter Donna trocknete sich mit besorgter Miene die Hände an einem Handtuch ab, ehe sie um die Theke herum kam. Mitleid stand ihr in das schmale Gesicht geschrieben, und ein klein wenig Beunruhigung, wie immer, wenn Ciel ausnahmsweise mal nicht energiegeladen von einem Bein aufs andere hüpfte.

»Ruf ihn doch einfach mal an«, schlug sie vor. »Vielleicht ist ihm ja was pa… was dazwischengekommen.«

»Ich *habe* ihn schon angerufen, Ma«, erwiderte Ciel mit einem tiefen Seufzer. »Dreimal. Beim ersten Mal hat er gesagt, dass er gleich da ist, aber das war vor über zwanzig Minuten. Seitdem geht er nicht mehr ans Telefon.«

Bedrückt ließ sie ihre Schultern hängen. Dass Victor es nicht pünktlich schaffen würde, war ihr ja fast schon klar gewesen. Seit sie ihn kannte, war ihm das höchstens bei einer Handvoll Gelegenheiten gelungen. Victor

Flec brachte es sogar fertig, zu einer Schulstunde zu spät zu kommen, die im selben Raum stattfand wie die vorherige. Und das Komische – und Liebenswerte – daran war, dass er so gut wie nie selbst die Schuld daran trug. Immer schlitterte er in irgendwelche vertrackten Situationen hinein, in die sonst niemand geriet. Zum Beispiel damals, als der Hausmeister aus Versehen ein bisschen Schmieröl auf dem Flur verschüttet hatte und gerade auf dem Weg in den Putzraum war, um die Sauerei aufzuwischen. Victor hatte den winzig kleinen Ölfleck neben dem Wasserspender mit überwältigender Zielsicherheit gefunden, war darauf ausgerutscht und hatte sich den Unterarm gebrochen. Der arme Kerl.

Im Grunde war es Ciel also gewöhnt, sich immer und überall Gedanken um ihn zu machen. Aber dass Victor so lange nicht auf ihre Anrufe reagierte, passierte sonst nie. Hoffentlich war ihm nichts zugestoßen. Zwar galt das Ghostend im Vergleich zu anderen Stadtvierteln als ungefährlich, doch selbst hier gab es einige komische Gestalten. Außerdem hatten vor einer halben Stunde die zweiten Touristen-Touren des Tages begonnen, und wer konnte schon sagen, ob nicht der eine oder andere Verrückte …

»Ach, Schatz.« Mit einem liebevollen Lächeln legte Donna ihr einen Arm um die Schultern. Dann gab sie ihr einen Kuss auf den Scheitel und strich eine rote

Haarsträhne zurück, die sich aus Ciels Zopf gelöst hatte. Anders als Ciels Haare waren Donnas pechschwarz und glänzten wie Seide. Wahrscheinlich ein Überbleibsel der asiatischen Wurzeln ihres Vaters. Außerdem besaß Donna nicht eine einzige Sommersprosse im Gesicht, während Ciels Nase und Wangen davon übersät waren wie der Nachthimmel mit Sternen. Selbst an den Ohren hatte sie vor kurzem ein paar dieser Fleckchen gefunden.

»Willst du noch länger warten?«, fragte Donna jetzt.

»Ja.«

»Hast du keine Hausaufgaben?«

»Wir haben Ferien, Ma. Am Freitag war der letzte Schultag.«

»Ah, stimmt. Dass du den ganzen Tag unterwegs bist, hat ja nicht unbedingt was mit Schule zu tun.« Donna lächelte vielsagend. »Und es gibt auch sonst nichts, das du in der Zwischenzeit erledigen könntest?«

»Ma.«

»Ja, mein Schatz?«

»Hör auf zu fragen.«

»Hm«, machte Donna, ehe sie fragte: »Wie wär's denn mit noch einer Cola?«

Ciel atmete tief durch. »Das wäre toll.«

Während ihre Mutter erneut hinter der Theke verschwand, drehte sich Ciel mit dem Barhocker, auf dem sie saß, einmal langsam um die eigene Achse. Dabei ließ sie ihren Blick trübsinnig durch den spärlich beleuchteten Raum wandern, der sich um sie herum ausbreitete. *Franklins phantastische Spielhöhle* war rein äußerlich zwar alles andere als phantastisch, aber es gab nur wenige Orte, an denen sich Ciel so wohl fühlte wie hier. Dabei war es Menschen eigentlich verboten, auch nur einen Zeh in die Spielhöhle zu setzen. Nicht umsonst stand auf dem Schild am Eingang:

**Eichhörnchen, Menschen
und Handstaubsauger
unerwünscht!**

Menschenkinder waren schon gar nicht gern gesehen. Doch für Donna und Ciel galten andere Regeln, immerhin waren beide im Geisterviertel groß geworden.

Zu verdanken hatten sie das Ciels Großmutter Beatrice Moon. Oder besser gesagt deren Eltern. Die hatten ihre Tochter nämlich im Alter von gerade mal zwei Monaten dick eingemummelt in einem Park ausgesetzt. Beatrices Glück war gewesen, dass der Park am Rande einer Großstadt gelegen und sie deshalb schon bald jemand gefunden hatte. Allerdings waren das keine Menschen gewesen. Genau an diesem schicksalhaften Augusttag des Jahres 1969 hatte sich nämlich ausgerechnet über Beatrices Kopf ein Teil der Lücke geöffnet und einen Schwung Geister in die Welt entlassen. Was wohl mit ihr geschehen wäre, wenn Albert sie in all dem Chaos, das an diesem Tag herrschte, nicht mitgenommen hätte, weiß keiner. Vielleicht wäre sie doch noch von einem Mensch aufgesammelt und in ein Waisenhaus gebracht worden. Vielleicht auch nicht.

Albert hatte in den ersten Tagen oft versucht, sie wieder abzugeben, man hatte ihm die Kleine aber nicht abgenommen. Wie ein Geist am Tag seiner Ankunft an ein menschliches Kind gelangt sein sollte, hatten sie gefragt. Ob Beatrice tatsächlich ein Mensch war, hatten sie gefragt. Und überhaupt war die Aufregung viel zu groß gewesen, um sich in all dem Kuddelmuddel um ein gefundenes Baby zu kümmern. Also hatte Albert die kleine Beatrice bei sich behalten. Später, als niemand mehr Beatrices menschliche Wurzeln abstreiten konnte, versuchte man, die echten Eltern zu finden. Allerdings vergeblich.

In der Zwischenzeit hatte sich jedoch Charlotte Moon, eine herzensgute, ältere Geisterdame, des kleinen Mädchens angenommen und zog sie nun mit all ihrer Liebe groß. Albert dagegen entwickelte sich zu so etwas wie ihrem Lieblingsonkel. Diese Konstellation funktionierte so hervorragend, dass keiner – selbst die Behörden nicht – einen Grund sah, Beatrice aus ihrem neuen Familienumfeld herauszulösen.

Bei all der Innigkeit achteten Charlotte und Albert aber stets darauf, dass Beatrice nicht den Kontakt zu den Lebenden verlor. Im Gegensatz zu den Geistern war es ihr glücklicherweise auch von Anfang an gestattet, das Ghostend mit Genehmigung zu verlassen. Deshalb wurde sie auf eine Schule außerhalb des Geisterviertels geschickt, als sie alt genug war, und absolvierte anschließend eine Ausbildung, die sie interessierte. Mit einundzwanzig Jahren entschied Beatrice schließlich, dass sie unter den Menschen leben wollte. Dennoch fühlte sich die junge Frau stets den Geistern zugehörig. Sie kämpfte mit Albert auf speziellen Kongressen dafür, dass die Geister der menschlichen Rechtsprechung unterstellt wurden und es ihnen gestattet war, sich mit Erlaubnis der Polizei zumindest kurzfristig außerhalb ihres Geisterviertels aufzuhalten. In tagelangen Debatten regelte man genauestens alle möglichen und unmöglichen Fälle des zukünftigen Zusammenlebens.

Wenige Jahre später kehrte Beatrice hochschwanger ins Ghostend zurück, um ihre Tochter Donna dort großzuziehen, wo sie selbst aufgewachsen war. Zwischen den Menschen hielt sie es nicht länger aus, und es gefiel ihr nicht, dass die Geister – ihre Familie! – noch immer in so vielen Dingen benachteiligt waren. Also folgten mit vielen Jahren Abstand zwei weitere Kongresse, auf denen man den Geistern das Wahlrecht zusprach und die Erlaubnis, ihre Viertel tagsüber auch ohne vorherige Genehmigung zu verlassen. Die Menschen bekamen im Umkehrschluss Besuchsrecht in den Geistervierteln. Die Grenzen blieben allerdings erhalten und weiterhin bewacht, außerdem wurde eine Nachtruhe mit Besuchsverbot von Mitternacht bis sechs Uhr morgens eingeführt.

Kurz nach dem letzten Ghostlife-Kongress wurde Ciel geboren und lebte nun wie die beiden anderen Moon-Frauen ebenfalls im Ghostend. Die jüngste Vermittlerin zwischen den zwei Welten, denn auch sie ging im Menschenviertel zur Schule und würde dort irgendwann eine Lehre beginnen oder studieren. Vielleicht würde das ja ewig so …?

»Hier, Schatz.« Ciel zuckte zusammen, als die Stimme ihrer Mutter sie aus den Gedanken riss. Sie drehte sich mit dem Hocker zur Theke, wo Donna gerade eine kalte Cola abstellte und sich daraufhin wieder dem Gläserpolieren widmete. Seit über zehn Jahren arbeitete sie nun schon nebenher für Franklin. Tagsüber, wenn sich der Andrang in der Spielhöhle noch in Grenzen hielt, war das Gläserpolieren ihre Lieblingsbeschäftigung. Dabei war es vollkommen sinnlos. In *Franklins phantastischer*

Spielhöhle wurde gespielt, nicht getrunken. Geister tranken überhaupt nie. Das Gläserregal war reine Show, gebaut für diejenigen Geister, die es aus ihrem früheren Leben gewöhnt waren und schmerzlich vermisst hätten.

Mit Veränderungen kamen die meisten Geister nämlich nicht besonders gut zurecht. Der beste Beweis dafür waren all die zusammengewürfelten Bauwerke im Ghostend. Da drängten sich Hütten neben Tipis und Pyramiden zwischen Häuser mit modernen Glasfassaden. Ein Albtraum für überkorrekte Städtebauer.

Ciel seufzte und leerte die Cola mit einem Zug. Dann griff sie nach ihrem Handy, drückte die Wahlwiederholung und ließ es klingeln, bis die Mailbox übernahm. Victor ging noch immer nicht ran. Mit einem Knurren knallte sie das Handy zurück auf die Theke und wollte eben die nächste Runde auf ihrem Hocker drehen, als ein Geist aus dem Hinterzimmer auftauchte. Er war dürr wie eine Weidenrute und bläulicher als alle anderen Geister, die Ciel kannte. Er wirkte fast schon krank, so blau war er. Das lag vermutlich auch daran, dass er seinen Laden nie verließ.

»Ciel Moon!«, trällerte er und verbeugte sich tief. »Was für eine wunderbare Überraschung.«

»Hey, Franklin«, erwiderte Ciel lasch.

»Na, na, junge Dame. Wo bleibt denn da die Begeisterung?« Franklin stemmte mit gespielter Entrüstung die

Hände in die Hüften. »Ist ein Lächeln zu viel verlangt? Denk dran, nicht jeder darf kostenfrei meine Cola-Vorräte leertrinken.«

»Die gehören nicht dir, sondern meiner Ma. Du hast gar keine.«

»Und wer bezahlt die Vorräte deiner Ma, du vorlautes Gör?«

»Zum Großteil die Werbeagentur, für die ich halbtags arbeite«, erwiderte Donna und polierte seelenruhig das nächste Glas. »Der Rest kommt wohl vom Trinkgeld, das ich hier verdiene. Was du mir zahlst, reicht nicht mal für einen Kasten Wasser.« Sie hob den Blick und lächelte Franklin an.

Der Geist ratterte ein paar wüste Beschimpfungen herunter und drohte damit, Donna zu kündigen. Dabei grinste er aber so breit, dass jedem sofort klarwurde, wie ernst es ihm damit war. Nämlich gar nicht. Franklin war heilfroh, dass die Tochter der berühmte Beatrice Moon für ihn arbeitete, und er würde einen Teufel tun, diesen Glücksgriff ernsthaft aufs Spiel zu setzen. Schließlich wandte er sich erneut an Ciel.

»Was machst du eigentlich hier? Solltest du heute nicht mit deinem Freund meine Wandel-Truhe zu Albert bringen?«, fragte er und warf einen Blick auf den Kalender, der auf der Theke lag. »Gott, inzwischen bin ich heilfroh, dass er mir das Ding abgekauft hat. Die

Schlange hat mich neulich gebissen, mehrfach! Siehst du?« Er hob seine Hand und entblößte eine Reihe von winzigen Bissspuren, die sich vom Gelenk Richtung Ellbogen zogen. »Weg damit. Und nehmt ruhig noch mehr von dem Plunder mit, der im Schuppen steht.«

»Würde ich ja gern.« Ciel zuckte mit den Schultern. »Wenn ich bloß wüsste, wo Victor steckt.«

»Oh, wie ungünstig«, stellte Franklin fest, während er hinter der Theke Kartendecks, Würfelbecher und Spielchips vorsortierte. Obwohl er es bei seinen Umsätzen nicht nötig hatte, stand er jeden Abend persönlich hinter einem der Spieltische und teilte aus. »Aber man hört ja so einiges in letzter Zeit. Würde mich also nicht wundern, wenn er unterwegs von jemandem abgeworben worden wäre.«

»Abgeworben? Von wem denn?«, fragte Ciel.

»Gute Frage. Ich weiß nur, dass irgendwer im Ghostend inzwischen genau denselben Plunder sammelt wie Albert. Und da Konkurrenz ja bekanntlich schlecht fürs Geschäft ist …«

»Albert ist Antiquitätenhändler. Davon gibt es sicher schon zehn oder mehr in der Stadt.«

»Mag sein. Doch sein Angebot ist ja in gewisser Weise einzigartig.«

Ciel hob die Augenbrauen. Sie wusste natürlich, worauf Franklin anspielte, immerhin hatten sie und Victor mit den seltsamen Dingen, die Albert in seinem Laden versammelte, oft genug Scherereien.

Als die Geister damals aus der Lücke zurück in die Welt der Lebenden gewechselt waren, hatten unzählige unbelebte Dinge denselben Weg genommen. Überall auf der Welt waren sie wie aus dem Nichts aufgetaucht, meist kleine Schmuckstücke oder andere Andenken, die man Verstorbenen bei ihrer Beerdigung mit ins Grab gelegt hatte. Allerdings hatten sie sich nach ihrer Rückkehr aus irgendeinem Grund verändert und besaßen nun besondere, wenn auch nicht immer hilfreiche Kräfte.

Da war zum Beispiel dieser kleine Herzanhänger, der bei Berührung verschämt aufleuchtete, oder die kleine hölzerne Rassel, die man besser nicht schütteln sollte, wenn man keinen Hörsturz riskieren wollte. Viele Geister, aber auch einige Menschen sammelten diese sogenannten Wandelinge, und Albert war der einzige Geist weit und breit, der sie zum Kauf anbot. Um sie zu finden, brauchte es jedoch eine Menge Geschick – oder den »richtigen Riecher«, wie Albert es nannte. Und Victor war, soweit Ciel wusste, bisher die einzige Person, die genau diesen Riecher besaß.

»Du meinst, jemand will Albert das Geschäft verderben, indem er auch mit Wandelingen handelt?«, hakte Ciel ungläubig nach.

»Ob er sie verkaufen will, kann ich dir nicht sagen«,

erwiderte Franklin mit einem Schulterzucken. »Jedenfalls scheint es so, als wäre dieser Konkurrent ziemlich eifrig bei der Sache. Und dein Kumpel Victor könnte ihm mit seinem guten Auge für Wandelinge dabei natürlich nützlich sein.«

Ciel überlegte kurz und schüttelte dann entschieden den Kopf. »Nein, das glaube ich nicht. Abgesehen von uns weiß doch niemand davon.« Ein leichtes Lächeln erschien auf ihren Lippen. »Außerdem würde Victor Albert nie in den Rücken fallen, nach allem, was der schon für ihn getan hat.«

Donna nickte zustimmend. Sie stellte das letzte Glas zurück ins Regal und sagte auf Franklins fragenden Blick hin: »Victor braucht hin und wieder etwas Unterstützung, er ist nämlich so was wie ein Fettnäpfchenmagnet. Letzten Monat hat er aus Versehen die teuerste Zuchtkatze unsere Nachbarin einen Tag vor einer wichtigen Ausstellung aus dem Haus gelassen. Als sie eine Woche später wieder vor der Tür stand, hatte sie neongelbes Fell.«

»Und eine ganze Horde Verehrer im Schlepptau«, fügte Ciel hinzu. Sie musste grinsen beim Gedanken daran, wie panisch Victor gewesen war, als er die Katze gesehen hatte. Drei Stunden lang hatte er vergeblich versucht, die Farbe aus dem Fell zu waschen. Bezahlt hatte er dafür mit unzähligen blutigen Kratzern und der Auffrischung seiner Tetanus-Impfung.

Die Tür zur Spielhöhle wurde aufgestoßen. Ciel wirbelte erwartungsvoll herum, aber es war nicht Victor. Stattdessen betraten einige Geister den Raum, die von der Aussicht auf ein paar Glücksspiele hergetrieben worden waren. Missmutig sprang Ciel von ihrem Hocker hinunter und steckte ihr Handy ein. Anschließend zog sie eine uralte Fliegerbrille mit dunklen Gläsern aus ihrer Hosentasche. Sie war ein Geschenk von Beatrice gewesen und das Einzige, das Ciel je von ihrem Großvater zu Gesicht bekommen hatte. Nach einem letzten Blick auf die sich langsam füllenden Spieltische hängte sie sich die Brille um den Hals.

»Ich geh jetzt, Ma«, murmelte sie und winkte Donna halbherzig zum Abschied. »Falls Victor doch noch auftaucht, sag ihm, dass er mich bei Albert findet.«

Auf dem Weg nach draußen wurde Ciel aufgehalten. Gerade als sie die Tür aufstoßen wollte, zog jemand von der anderen Seite daran, und ihr Griff ging ins Leere. Gleich darauf tauchte der Kopf eines Jungen im Türspalt auf, der locker drei Jahre jünger war als Ciel. Der Kleine hatte sonnengebräunte Haut, dunkelblonde Haare und sah sich mit großen Augen und weit geöffnetem Mund um. Als er Ciel entdeckte, grinste er kurz, dann reckte er sich, um an ihr vorbeischauen zu können.

Ciel warf einen Blick über die Schulter nach hinten zu

ihrer Mutter. Die hatte den Neuankömmling ebenfalls bemerkt und bedeutete Ciel mit verkniffener Miene, ihn schleunigst wieder loszuwerden. Denn abgesehen davon, dass er viel zu klein für den Besuch einer Spielhöhle war, handelte es sich bei dem Jungen auch noch um einen Menschen. Es gab wenige Orte im Ghostend, zu denen Touristen keinen Zutritt hatten, aber Franklins Laden gehörte nun mal dazu.

»Ich glaube, du bist hier falsch«, sagte sie und schob den Jungen wieder hinaus.

»Nein, bin ich nicht!«, antwortete der Kleine entschieden. »Ich wollte genau dort hineinschauen, also lass mich gefälligst in Ruhe.«

Hinter Ciel hob empörtes Gemurmel an, deshalb quetschte sie sich eilig durch den Spalt nach draußen und schob die Tür hinter sich zu. »Das ist eine Spielhöhle für Geister«, sagte sie. »Da drin hast du nichts verloren.«

»Du doch auch nicht, oder bist du ein Geist?«

Innerhalb von Sekunden stürzte Ciels ohnehin schon miese Laune weiter in den Keller. Sie kniff die Lider zusammen und fixierte den Jungen abschätzig. Erst jetzt fiel ihr auf, was für komische Kleidung er trug. Seine Hose sah aus, als hätte er sie einer Märchenfigur aus Tausendundeiner Nacht gestohlen, und dazu hatte er ein kanariengelbes Hawaiihemd kombiniert. Außerdem schlängelte sich ein blauer Seidenschal als Gürtel um seine schmale Hüfte. Seinen Kleidungsstil außergewöhnlich zu nennen wäre eindeutig untertrieben gewesen.

»Hör mal, du Klugscheißer«, knurrte Ciel. »Du drehst jetzt auf der Stelle um und suchst deine Mama. Sonst suche ich sie für dich, und glaub mir, das willst du nicht.«

Der Junge schien einige Sekunden lang darüber nachzudenken, welche der beiden Möglichkeiten er wählen sollte. Schließlich zuckte er die Achseln und drehte sich um. Nach ein paar Schritten blieb er allerdings wieder stehen.

»Du bist Ciel Moon, nicht wahr?«, fragte er und fügte erklärend hinzu: »Ich habe von dir gehört. Und gelesen. Freut mich, dass wir uns kennenlernen.«

Ciel blinzelte. Er hatte von ihr gelesen? Wo sollte das denn passiert sein, in der Schülerzeitung etwa? Aber um auf ihre Schule zu gehen, war er doch noch viel zu jung.

»Du kannst schon lesen?«, erwiderte sie, um ihre Überraschung zu verbergen. »Ich dachte, das lernen laufende Meter wie du erst in der Schule.« Dieser kleine Kerl ging ihr schon nach wenigen Minuten ganz schön gegen den Strich. Es wurde Zeit, dass er wieder dorthin verschwand, woher er gekommen war.

»Ich kann lesen, seit ich vier bin. Jetzt bin ich neun.« Der Junge lächelte geheimnisvoll. »Und ich wurde bisher zu Hause unterrichtet.«

Er wartete noch einen Moment, ob Ciel darauf antworten würde, aber sie verkniff sich jedes weitere Wort. Ohne Eile schlenderte der Kleine daraufhin die Straße hinunter, bis er schließlich um eine Ecke bog und verschwand.

3
Victor

Mit großen Schritten hetzte Victor über den Gehsteig. Dabei gab er ganz besonders darauf acht, nicht schon wieder mit einem Geist, einer Laterne oder sonst was zusammenzuprallen, um nicht noch mehr Zeit zu vertrödeln. Stur starrte er geradeaus, anstatt ausgiebig die Gebäude zu bestaunen – was er doch so viel lieber getan hätte. Immerhin sahen die im Ghostend ganz anders aus als in den Vierteln der Menschen. Keins glich dem anderen, jedes war auf seine Weise einzigartig und passte perfekt zum jeweiligen Bewohner. Manchmal schien es Victor, als seien die Häuser aus völlig anderen Zeitaltern ausgeschnitten und hier wieder hingeklebt worden, wie Sticker in einem Stickeralbum. Nur hatte dabei niemand darauf geachtet, ob sie zusammenpassten.

Da standen klapprige Holzbretterbuden neben der fast außerirdisch wirkenden Villa von Juri Gagarin, dem ersten Menschen im Weltraum, und Steinberge für Höhlenmenschen türmten sich neben antiken Palästen für römische Kaiser auf. Ein paar Dinge hatten all diese Gebäude jedoch gemeinsam: Nirgends lag Dreck oder gar Müll herum, und alles erstrahlte in einem sonderbaren, fast magischen Glanz. Selbst die kleinen Souvenirstände an den Straßenecken.

Aber heute hatte Victor ausnahmsweise keinen Blick dafür. Die Begegnung mit diesem Lex Cordicio machte ihm nach wie vor ziemlich zu schaffen. Außerdem hatte er jetzt über eine Stunde Verspätung, und Ciel würde ihm dafür die Hölle heiß machen. Falls sie nicht schon längst weg war. Vielleicht hatte sie die Warterei inzwischen aufgegeben und war nach Hause gegangen. Beim Gedanken daran legte Victor noch einen Zahn zu und war deshalb völlig außer Atem, als er schließlich um die Ecke bog, hinter der *Franklins phantastische Spielhöhle* lag.

»Warum rennst du denn so?«, fragte eine spöttische Stimme. »Sag bloß, da wartet jemand auf dich?«

Ciel hockte auf einer niedrigen Mauer neben der Spielhöhle, hatte ihre Fliegerbrille über die Augen gezogen und ihr Handy in der Hand. Mit ihren knallroten langen Haaren, der kurzen Hose und den schweren Stiefeln sah sie aus wie eine moderne Pippi Langstrumpf. Nur der Affe fehlte, und das Pferd. Und Schweden natürlich. Aber sie war noch da, sie war tatsächlich noch da. Victor fiel ein Stein vom Herzen.

»Passt ja gut, dass du ausgerechnet jetzt auftauchst«, sagte sie, wackelte kurz mit ihrem Telefon und steckte es dann weg. »Ich war nämlich gerade dabei, dir eine Nachricht zu schreiben – mit allen Schimpfwörtern, die ich kenne.«

Mit hängenden Schultern kam Victor näher. Er wollte etwas darauf erwidern, aber Ciel hob drohend ihren Zeigefinger.

»Stopp«, befahl sie. »Bevor du mir erzählst, in was du schon wieder reingeraten bist und wo du dir den hier« – sie berührte kurz den Kratzer auf Victors Wange – »eingefangen hast, holen wir die Truhe. Dann hab ich wenigstens nicht umsonst eine Stunde hier gewartet.« Schnellen Schrittes lotste sie Victor zu einem massiven Holzschuppen auf der Rückseite der Spielhöhle, während sie weitersprach. »Und wehe, du lässt das Ding fallen! Franklin sagt, es beißt.«

Obwohl der Schuppen vor lauter Gerümpel aus allen Nähten platzte, war es auch hier auffallend sauber. Von Müll, Essensresten oder gar Ratten und deren Hinterlassenschaften keine Spur.

Genauso wenig wie von der Truhe. Laut Albert sollte sie in der Nähe des Eingangs stehen, aber Fehlanzeige. Also kämpfte sich Victor gemeinsam mit Ciel durch Berge von Büchern, Geschirr und Tonfiguren und entdeckte dabei sogar eine kleine Sammlung Ölbilder. Nur die Wandel-Truhe mit einer Schlange als Beschlag, die

Albert ihnen beschrieben hatte, schien wie vom Erdboden verschluckt. Offenbar war sie gerade nicht aktiv – musste es auch gar nicht sein, damit Victor sie entlarven konnte. Aber solange er nicht zumindest eine Ecke der Truhe berührte, war es für ihn unmöglich, sie unter all dem Zeug auszumachen. Seine seltsame Fähigkeit, Wandelinge zu spüren, funktionierte nämlich nur bei Hautkontakt.

Der einzige aktive Wandeling, den sie fanden, hing an einem Band von der Decke, trudelte unermüdlich im Kreis herum und summte dabei lauter als ein ganzer Bienenschwarm. Ursprünglich war es wohl mal eine einfache gläserne Brosche in Form eines Käfers gewesen, jetzt war diese Brosche lebendig. Ciel schlug vor, sie mitzunehmen, um Albert eine Freude zu machen, doch das brummende Käferchen ließ sich erstaunlich schwer fassen. Kurz bevor Victor die Geduld verlor und sich zurück nach vorne durchkämpfen wollte, um Ciel beim Einfangen zu helfen, fiel ihm etwas im hintersten Regal auf: ein Eisenring in Form einer Schlange. Victor schob eine Vase beiseite, packte einen der Griffe, und ein wohliges Kribbeln schoss quer durch seinen Körper. Mit breitem Grinsen warf er einen Blick über die Schulter zurück zu Ciel.

»Hab sie!«, rief er triumphierend und begann, die Truhe aus dem Regal zu zerren. Aber die war nicht nur viel schwerer, als sie aussah, sondern erwachte nun zu allem Überfluss auch noch zum Leben. Bösartig zischelnd wand sich die eiserne Schlange über den hölzernen Deckel auf Victor zu. Vor lauter Schreck ließ er den Griff los, und die Truhe plumpste wie ein Stein zu Boden. Oder genauer gesagt auf Victors Fuß. Fluchend rieb er über die schmerzende Stelle.

»Und ich sag noch, lass sie nicht fallen«, seufzte Ciel, während sie kopfschüttelnd zu ihm nach hinten kam. »Ist was gebrochen?«

»Nein, geht schon«, presste Victor zwischen seinen Zähnen hervor. Stöhnend bückte er sich erneut nach der Kiste. Die Schlange ging sofort wieder in Angriffsstellung über, doch Victor packte ihren Kopf und ließ sie statt in seinen Arm in einen der Griffe beißen. Anschließend wickelte er den Körper des lebendig gewordenen Metallreptils um den Rest des Griffes und schloss seine Hand um das Knäuel.

In den mittlerweile drei Monaten seiner Arbeit bei Albert hatte er sich so einige Tricks angeeignet, um widerspenstige Wandelinge zu bändigen. Die Dinger waren zwar nicht von Grund auf böse, aber manche von ihnen konnten so kratzbürstig sein, dass Vorsicht angebracht war. Das asiatische Wurfmesser, das Albert letzten Monat aus Japan mitgebracht hatte, musste beispielsweise hinter Sicherheitsglas aufbewahrt werden, um keinen Schaden anrichten zu können. Andere Wandelinge wiederum waren nicht mal in der Lage, einem Wassertropfen etwas zuleide zu tun.

Victor griff noch etwas fester zu und sah Ciel dann auffordernd an. »Los, lass uns abhauen.«

»Ach, auf einmal hast du es eilig?«, frotzelte Ciel. Trotzdem half sie ihm, die Truhe aus dem Schuppen zu schleppen. »Heute Morgen warst du doch noch ganz heiß darauf, endlich wieder ins Geisterviertel zu gehen. Und obwohl ich dir den kürzesten Weg zu Franklin beschrieben habe, bist du über eine Stunde zu spät. Was ist denn passiert?«

»Ich wurde aufgehalten«, murmelte Victor und strich dabei instinktiv über den Kratzer, den Lex' Daumennagel auf seiner Wange hinterlassen hatte. Wenigstens brannte die Berührung inzwischen nicht mehr.

»Woher hast du den?«, wollte Ciel wissen, während sie den Striemen nun genauer musterte.

»Ein Geschenk von demjenigen, der mich aufgehalten hat.«

Ciel warf ihm einen beunruhigten Blick zu, aber Victor tat, als hätte er es nicht bemerkt. »Den Rest erzähle ich dir unterwegs«, entschied er und zog Ciel weiter.

Sie liefen den Weg zurück, den Victor gekommen war, und er hoffte inständig, dass er den beiden Cordicios kein zweites Mal an diesem Tag begegnen musste.

Der Schock vom ersten Mal saß ihm noch zu tief in den Knochen. Vor jeder Ecke hielt er die Luft an und atmete erst wieder aus, wenn sie sie ohne Zwischenfälle umrundet hatten. Als sie an einer Bushaltestelle einem Mann im weißen Anzug begegneten, lockerte Victor erschrocken seinen Griff um die Schlange, woraufhin das Tier ihm augenblicklich seine scharfen Zähne in den Zeigefinger jagte. Das genügte, um Victors überreizten Verstand wieder zu klären. Erst jetzt fiel ihm auf, dass der Mann gar keinen Anzug trug, sondern eine Kutte und eine dazu passende Hose. Wahrscheinlich ein Mönch.

»Ich will jetzt endlich wissen, was mit dir los ist«, verlangte Ciel, während sie sich durch eine Touristengruppe zwängten, die vor Nofretetes Pyramide auf Einlass wartete. »Du bist ja völlig durch den Wind.«

Victor verzog gepeinigt das Gesicht. Eigentlich hatte er gar keine Lust, über Lex zu reden. Dass er ständig an ihn denken musste, war schon schlimm genug. Aber er wollte Ciel auch nicht länger auf die Folter spannen.

»Ich bin in jemanden reingerannt, und derjenige hat mir zum Ausgleich dafür einen Job aufs Auge gedrückt«, rang Victor sich schließlich ab.

Ruckartig blieb Ciel stehen. Sie schob ihre Fliegerbrille nach oben und sah Victor fassungslos an. »Du veräppelst mich doch«, schnappte sie.

»Nein, mach ich nicht. Wie kommst du darauf?«

»Weil Franklin genau so was angedeutet hat.«

Victor riss die Augen auf. »Franklin hat gewusst, dass Lex Cordicio mir einen Job aufbrummen wird?«

Es dauerte einen Moment, bis Ciel erneut reagierte.

»Le… Lex Cordicio?«, hauchte sie, und im nächsten Augenblick schien ein kleiner Vulkan in ihr hochzugehen. »Weißt du überhaupt, wer das ist?«, polterte sie, ohne Victors Antwort abzuwarten. »Der Typ ist ein Gangster, Vic! Der berüchtigtste der gesamten Stadt, wahrscheinlich sogar der schlimmste Geist überhaupt!« Kopfschüttelnd zog sie Victor weiter. »Außerdem ist er ein arroganter Affenarsch, der nur auf Geld aus ist und jedes andere Lebewesen auf diesem Planeten total unfair behandelt. Genau wie seine beiden Gehilfen Nick Walker und Herbert Lindel. Und dann erst sein komischer Sohn …«

»Nemo«, fügte Victor hilfsbereit ein, und Ciel blieb erneut stehen.

»War der etwa auch dabei?«

»Wäre wohl besser, wenn ich jetzt nein sage«, murmelte Victor schuldbewusst, doch Ciel hatte sich schon stöhnend die Hand vors Gesicht geschlagen.

»Niemand macht freiwillig Geschäfte mit Lex Cordicio, *niemand!* Ist dir denn nicht aufgefallen, was für ein mieser Kerl das ist?«

»Natürlich ist mir das aufgefallen. Aber ich lege mich nun mal ungern mit arroganten Affenärschen an.«

Ciel dagegen schien die Vorstellung, sich gegen Lex zur Wehr zu setzen, keine Probleme zu bereiten. Sie war allerdings auch eine waschechte Moon und lebte im Geisterviertel. Er dagegen … er war Victor Flec, ein Menschenjunge, der einem unsterblichen und obendrein ziemlich angsteinflößenden Geist gegenübergestanden hatte. Ihm war gar nichts anderes übriggeblieben als zuzusagen. Schließlich hatte ihm niemand gegen Lex geholfen. Gut, Nemo hatte den Plan seines Vaters für bescheuert erklärt und sich für den Rest des Gesprächs rausgehalten. Der hätte ihn sicher dabei unterstützt, den Auftrag auszuschlagen und stattdessen lieber eine Niere zu opfern oder so.

Aber Victor hatte zu der Zeit bloß eine Chance gesehen, Lex endlich loszuwerden. Nur deshalb hatte er eingewilligt, und am liebsten hätte er Ciel das genau so gesagt. Doch sie ließ ihn nicht ein einziges Mal zu Wort kommen. Stattdessen schimpfte sie den ganzen Weg über pausenlos.

Und dieser Weg war nicht nur lang, sondern auch ganz schön beschwerlich. In der U-Bahn flippte die Schlange nämlich endgültig aus und drohte, ein paar Grundschülern den Garaus zu machen, die sich ein bisschen zu neugierig an die Truhe herangewagt hatten. Das ging so weit, dass Victor und Ciel schließlich gezwungen waren, die Bahn zwei Stationen früher zu verlassen.

Ciel hatte also mehr als genug Zeit, Victor mit ihren Vorhersagen darüber zu quälen, was ihm alles zustoßen konnte, wenn er für Lex arbeitete. Dass er im Kanal landen und von Ratten angefressen werden würde, war dabei noch die harmloseste Variante. In jedem von Ciels Vorschlägen verlor Victor mindestens ein Körperteil; in dreien wurde seine Familie um ein Mitglied ärmer, weil Lex Victor einfach auspustete wie ein Streichholz. In einer Version fiel sogar der Mond auf die Erde!

Als sie endlich bei *Alberts achtsam ausgewählte Antiquitäten* ankamen, hatte Ciel sich leergeschimpft. Erschöpft stellten sie die Truhe im kleinen, verwinkelten Hinterhof ab und streckten ihre gequälten Rücken durch.

Albert wohnte zwar wie alle anderen Geister im Ghostend, aber sein Geschäft lag im ältesten Teil der Menschenstadt, einem schnuckeligen, fast kreisrunden Viertel, wo zwei Flüsse zusammentrafen und sich kleine hutzelige Fachwerkhäuschen in den Gassen dicht aneinanderdrängten.

Wegen des bezaubernden Anblicks waren hier fast so viele Touristen unterwegs wie im Geisterviertel, und die meisten von ihnen statteten auch Alberts Laden einen Besuch ab. Zum einen gab es nämlich weit und breit keine andere Anlaufstelle, wenn man Wandelinge erstehen wollte. Und zum anderen war Albert genau wie Beatrice Moon seit den Ghostlife-Kongressen eine kleine Berühmtheit. Wie sie hatte er sich für die Verbesserung des Zusammenlebens zwischen Geistern und Menschen eingesetzt. Nur deshalb hatte man ihm überhaupt erlaubt, das Gebäude im Menschenteil der Stadt zu pachten – und weil der Laden seit Jahrzehnten leer gestanden und eine Renovierung dringend nötig gehabt hatte.

Was sich vorher für ein Geschäft dort befunden hatte, konnte heute keiner mehr sagen. Den gewaltigen Holzbalken im Hinterhof nach zu urteilen, auf denen Victor sich nun niederließ, musste es eine Schreinerei gewesen sein.

»Okay«, seufzte Ciel und fischte den Wandeling-Käfer aus ihrer Hosentasche. »Dann werde ich mal Albert holen gehen. Und du überlegst dir in der Zwischenzeit eine gute Erklärung für diese Geschichte mit Lex Cordicio. Ich habe ungefähr eine Million Fragen.«

Sobald sie im Haus verschwunden war, ließ Victor den Kopf sinken und plusterte die Backen auf. Ihm blieben gerade mal fünf Minuten, bis seine Schicht im Lager des Antiquitätenladens anfing. Seit über sechs Stunden hatte er weder was gegessen noch getrunken, und sein Mund fühlte sich mittlerweile an wie die Innenseite eines Mülleimers. Da kam Ciel mit ihrem Fragenkatalog natürlich goldrichtig. Ja, dieser Nachmittag versprach wirklich fabelhaft zu werden.

Er hob den Blick, als Albert mit der Wandel-Brosche in der Hand hinter Ciel in den Hof gestürzt kam und dann wie ein Kind an Weihnachten um die Truhe herumhüpfte. Der alte Geist schien alles über dieses kostbare Stück zu wissen, wirklich alles. Offenbar hatte Franklin es von einem römischen Gelehrten erhalten und im Gegenzug dafür dessen Spielschulden erlassen. Das war aber jetzt schon mindestens zwanzig Jahre her und …

Victor hörte nur mit einem Ohr hin. Gemeinsam mit Ciel beobachtete er schweigend, wie ihr Chef die Truhe gründlich untersuchte und währenddessen ununterbrochen weiterredete. Erstaunlicherweise gaben die Schlange und der Käfer bei ihm Ruhe. Albert konnte einfach gut mit Wandelingen, er wusste, wie er sie behandeln musste.

Dabei sah er eher aus wie jemand, der sich in einem Labor umgeben von Reagenzgläsern, brodelnden Flüssigkeiten und hektisch niedergeschriebenen Formeln zu Hause fühlt. Abgesehen davon, dass sie denselben Vornamen trugen, erinnerte der alte Geist nämlich stark an eine größere, dünnere Version von Albert Einstein. Sogar das etwas gammelige Tweed-Jackett und die furchtbare Frisur passten perfekt. Und da Albert Einstein ein paar Jahre vor dem Phänomen gestorben war, glaubten natürlich alle, der berühmte Physiker wäre als Geist zurückgekehrt. Doch Albert behauptete steif und fest, dass dem nicht so war. Angeblich war er schon über zwei Jahrhunderte tot gewesen, bevor Einstein überhaupt das Licht der Welt erblickt hatte. Aktuell herrschte deshalb die Meinung vor, dass Geister-Albert zu Lebzeiten ein Vorfahr von Physiker-Albert gewesen sein musste.

Victor interessierte es einen feuchten Pups, wessen Vor- oder Nachfahre Albert Koch war. Er hätte den Alten sogar gemocht, wenn er ein zwei Meter großer Neandertaler gewesen wäre. Denn Albert war nicht nur der erste Geist, den Victor jemals zu Gesicht bekommen hatte, er hatte ihm auch einen Job angeboten, damit er sein Taschengeld aufbessern konnte. Anstoß dafür war wie üblich Victors einzigartiges Talent gewesen, aus dem Nichts Chaos zu produzieren.

Auf der Suche nach einem Geburtstagsgeschenk für seine Mutter war er damals rein zufällig in Alberts Laden gelandet, hatte sich ein wenig umgesehen und dabei versehentlich Ciels kunstvoll aufgetürmte Pyramide aus Silberkelchen umgerissen – und Ciel gleich mit. Natürlich hatte er sofort angeboten, alles wieder aufzubauen. Dabei war ihm aber ausgerechnet der einzige Wandel-Kelch der Pyramide in die Hände gefallen, woraufhin Victor ein Kribbeln verspürt hatte wie nie zuvor in seinem Leben. Als würde ein Schwarm fluffiger, warmer Schmetterlinge durch ihn hindurchsausen. Seine Reaktion war dementsprechend ungewöhnlich ausgefallen: Mit einem überraschten Aufschrei hatte er den Kelch von sich geschleudert – und damit dummerweise auch noch einen antiken Spiegel zerstört.

Albert hätte das alles jedoch nicht weniger interessieren können. Was ihn dagegen sehr wohl beschäftigt hatte war die Frage, wodurch Victors heftiger Reflex ausgelöst worden war. Also hatte er ihn einer Reihe Tests unterzogen, und das Ergebnis war immer dasselbe gewesen: Victor konnte Wandelinge spüren, selbst wenn sie nicht aktiv waren. Mit jeder neuen Prüfung war die Euphorie des alten Geistes gewachsen, und schließlich hatte er Victor gebeten, probeweise in seinem Laden auszuhelfen. Victor hatte »JA!« geschrien, noch bevor die letzte Silbe über Alberts Lippen gekommen war. Seine erste Amtshandlung nach dem Aufbau der Pyramide war gewesen, Ciel mehrere Arbeitsschichten abzunehmen, damit sie für einen Mathetest lernen konnte. Und zu ihrem Geburtstag eine Woche später hatte er ihr ein Etui für ihre Fliegerbrille geschenkt.

Die Probezeit im Laden war mittlerweile überstanden und Victor ein fester Bestandteil von Alberts Team geworden. Der Alte nannte ihn manchmal scherzhaft »unbezahlbares Wandeling-Radar« und freute sich jedes

Mal diebisch darüber, wenn Victor einen der magischen Geistergegenstände fand.

In diesem Moment hob er den Kopf und lächelte Victor und Ciel breit an. »Danke fürs Hertragen, Kinder. Ich wusste schon, dass ich mir die richtigen Mitarbeiter ausgesucht habe«, sagte er. »Wie wär's mit einem Eis zur Belohnung?«

»Ach was, das haben wir doch gern gemacht«, entgegnete Victor. »Außerdem hat meine Schicht schon angefangen.«

»Du arbeitest heute? Hatten wir das ausgemacht?« Albert zog verwundert die Augenbrauen zusammen, während er weiter liebevoll das Holz der Wandel-Truhe streichelte.

»Äh, ja. Sie haben gesagt, ich soll von vier bis acht den Laden hüten und währenddessen den großen Karton ausräumen, der im Lager steht. Und wenn noch Zeit bleibt, die Kristallfigürchen in der Vitrine abstauben.«

»Tatsächlich? Und was mache ich so lange?«

Verstohlen schielte Victor nach rechts, wo Ciel grinsend den Kopf schüttelte.

»Na ja, ich würde sagen, Sie gehen zu Ihrem Termin an der Universität«, sagte er.

Albert musterte ihn einen Moment lang unsicher, dann richtete er sich plötzlich auf und schlug sich schwungvoll gegen die Stirn. »Ach du meine Güte! Das hätte ich beinahe vergessen. Ich muss ja heute diesen Vortrag halten. Wo habe ich bloß meine Unterlagen gelassen …?«

»Die hast du gestern bereits mitgenommen, damit du heute nichts vergessen kannst«, beruhigte Ciel ihn mit einem engelsgleichen Lächeln. »Und wir sollten dich daran erinnern, falls du es vergessen hast.«

»Gestern, genau. Richtig.« Gedankenverloren kratzte sich der Geist den Nacken. »Ist mir schleierhaft, weshalb ich diesmal so fürchterlich durcheinander bin. Ich habe doch schon unzählige solcher Vorträge über das Phänomen gehalten.«

»Bei denen ging es aber wahrscheinlich nicht um die Gastprofessur an einer ausländischen Universität, oder?«, hakte Ciel nach.

»Nein, das ist in der Tat zum ersten Mal der Fall.« Ein nervöses Kichern platzte über Alberts Lippen, und der Alte erhob sich, um zurück in den Laden zu eilen. Doch im letzten Moment drehte er sich noch mal zu Victor und Ciel um. »Hat denn sonst alles gut geklappt im Ghostend? Keine besonderen Vorkommnisse?«

Oh, oh. Victor warf Ciel einen weiteren zaghaften Blick zu. Sein Puls beschleunigte sich, während sie eine Weile unschlüssig an ihren Fingernägeln herumknibbelte. Aber schließlich seufzte sie ergeben und winkte ab.

»Alles super gelaufen«, sagte sie. »Hat nur etwas

länger gedauert, weil Victor sich einfach nicht sattsehen konnte.«

Lachend wandte sich Albert erneut zum Gehen. »Kein Wunder. Der Junge ist eben absolut vernarrt in …« Mit eiligen Schritten verschwand er durch die Tür nach drinnen. Als seine Stimme verklungen war, murmelte Victor ein »Danke« und stand ebenfalls auf. Ciel hielt ihn am Ärmel fest.

»Das mache ich nur, weil es ihn ins Grab bringen würde zu erfahren, mit wem du dich abgibst«, sagte sie.

»Albert ist ein Geist«, entgegnete Victor. »Er kann nicht sterben.«

»Du weißt, was ich meine. Allein die Vorstellung, dass du für Lex Cordicio arbeitest, würde ihn fertigmachen.«

Victor nickte niedergeschlagen.

»Wenn ich ihn also weiter für dich anlügen soll, hab ich ein paar Bedingungen«, fuhr Ciel fort. Sie hob eine Hand und zählte ihre Forderungen an den Fingern ab. »Ich will, dass du mir ganz genau erzählst, was du für Lex tun sollst und wie es dazu überhaupt gekommen ist. Außerdem will ich, dass du danach nichts mehr mit diesem Typen zu tun hast. Und« – jetzt erhob auch sie sich – »ich will, dass du von heute an nie mehr ohne mich ins Ghostend gehst. Nie mehr. Hast du mich verstanden? Sonst verpetze ich dich bei deinen Eltern, bei Albert und bei allen anderen, die es hören wollen.«

Mit sinkendem Herzen steckte Victor die Hände in die Taschen. »Das könnte ein Problem werden«, gab er zu und vermied es, Ciel dabei in die Augen zu schauen. »Ich soll da nämlich am nächsten Mittwoch was hinbringen. Und zwar allein.«

4
Nemo

Langsam stieg Nemo die Stufen zum ersten Stock hinauf. Ein dicker Teppich unter seinen Füßen gab bei jedem Schritt federnd nach und saugte die Geräusche auf wie ein Schwamm. Nicht das leiseste Ächzen war zu hören. Mit den Händen fuhr Nemo über die dunklen, schweren Tapeten, deren Goldfäden im Dämmerlicht schimmerten. Danach berührte er beinahe ehrfürchtig das Treppengeländer aus Makassar-Ebenholz. Es war eins der teuersten Hölzer, die sein Vater damals gefunden hatte, und natürlich hatte er es haben müssen. Für Lex war immer nur das Beste gut genug.

In seinem Arbeitszimmer, das am Ende dieser Treppe lag, konkurrierten protzige Möbel, steinerne Statuen und Gefäße aus purem Gold um die Aufmerksamkeit des Besuchers. Die Wände schmückten kunstvoll geschmiedete Waffen, und als ob das nicht bereits ausreichte, blieb der Blick früher oder später an der Sammlung Wandelinge hängen, die Lex in einem Regal aufbewahrte. Sein wertvollstes Stück war ein faustgroßer Kristall, der von innen heraus golden strahlte und dieses Gold in regelmäßigen Abständen feinkörnig zu Boden rieseln ließ.

Normalerweise vermied es Nemo wegen all des angeberischen Prunks, auch nur einen Fuß in dieses Büro zu setzen. Aber heute musste er es tun. Er *musste* einfach wissen, was dieser Victor Flec für seinen Vater erledigen sollte. Und er musste wissen, wieso Lex zwar seinem Gehilfen Nick Walker von der Sache erzählt hatte, seinem eigenen Sohn aber nicht.

Seit Wochen führten die beiden geheime Gespräche, bei denen niemand sonst dabei sein durfte. Und jetzt hatten sie sich auch noch diesen Jungen geangelt … Nemos Kehle schnürte sich zusammen beim Gedanken daran, dass Lex ihn sogar weggeschickt hatte, um allein mit Victor reden zu können. Wie ein überflüssiger Diener war er sich vorgekommen, nicht wie der einzige Sohn eines mächtigen Gangsterbosses. Und selbst später hatte sein Vater kein Wort über die Angelegenheit verloren. Es wurde Zeit, dass Nemo nun endlich die Wahrheit erfuhr.

Oben an der Treppe angekommen, blieb er stehen. Er hasste es, hier zu sein. Ehrlich gesagt hasste er das ganze prachtvolle Haus in seiner ebenso prachtvollen Straße. Er fühlte sich darin wie ein Gefangener. Aber er hatte keine andere Wahl, als zu bleiben. Obwohl er insgesamt über sechzig Jahre auf dem Buckel hatte, war und blieb er ein Jugendlicher. Er würde auch im nächsten Jahrtausend noch vierzehn sein und damit in einem Alter, in dem man hin und wieder auf die Hilfe von Erwachsenen angewiesen war. Zumindest heutzutage, früher war es einfacher gewesen, als Junge sein eigenes Geld zu verdienen. Außerdem behandelte ihn Lex wie sein Eigentum, und was Lex Cordicio einmal gehörte, gab er so schnell nicht mehr her.

Mit zusammengebissenen Zähnen stapfte Nemo schließlich doch zur Tür des Arbeitszimmers hinüber und klopfte an. Auf der anderen Seite ertönte dumpfes Getuschel, Stuhlbeine rutschten über den Holzboden. Dann wurde die Tür plötzlich aufgerissen und Nick Walker stand vor ihm.

Lex Cordicios bevorzugter Handlanger sah aus wie das verunglückte Experiment eines wahnsinnig gewordenen Biologielehrers: Nick war zwar nicht besonders groß oder kräftig gebaut. Aber er hatte einen massigen Schädel, riesige abstehende Ohren und viel zu lange Arme. Außerdem verunstalteten zahllose wulstige Narben sein Gesicht. Woher die stammten, verriet er nicht, und das fügte dem Hässlichen noch etwas Gefährliches hinzu. Abgesehen davon trug er gut sichtbar einen schneeweißen Pistolengürtel um seine Hüfte. Zwei Revolver mit Griffen aus Elfenbein steckten darin, und Nick liebte es, mit den Dingern herumzufuchteln. Ernsthaft bedrohen konnte er damit allerdings bloß Geister, weil ausgerechnet diese Wandelinge bei Menschen nicht funktionierten. Im Gegensatz zu normalen Waffen feuerten sie nämlich keine Kugeln ab, sie saugten Löcher aus Geistern *heraus*.

»Komm später wieder, Kleiner«, zischte er.

Nemo beachtete ihn nicht. Er schlängelte sich an Nick vorbei zum Schreibtisch seines Vaters hinüber. Dort thronte Lex wie ein Wikinger-König am Ende einer gewaltigen Tafel. Er hatte sich in seinem hölzernen Stuhl zurückgelehnt, die Ellbogen auf die Lehnen gestützt und seine Fingerspitzen vor dem Gesicht aneinandergelegt. Gelangweilt blickte er seinem Sohn entgegen.

»Ich stecke gerade mitten in einer Besprechung«, brummte er, als Nemo vor dem Tisch stehen blieb. »Was willst du?«

»Victor Flec«, sagte Nemo und verschränkte die Arme vor der Brust. Herbert Lindel, der zweite Handlanger von Lex, hatte ihm mal gesagt, dass man dadurch größer und beeindruckender wirkte. »Was willst du wirklich von so einer halben Portion wie dem?«

Lex streckte seufzend die Hand aus und öffnete eine kleine Schachtel, die vor ihm auf dem Tisch stand. Mit spitzen Fingern hob er eine dicke Zigarre heraus. Anschließend zog er eine Schublade am Schreibtisch auf, holte einen Zigarrenabschneider hervor und knipste das eine Ende der Zigarre ab. In seinem früheren Leben hatte er es geliebt zu rauchen, und damals war Nemo von dem beißenden Gestank jedes Mal übel geworden. Inzwischen klappte Rauchen nicht mehr, aber Lex mochte es nach wie vor, die Dinger anzuzünden und abbrennen zu lassen. In Momenten wie diesen war Nemo froh, dass sein Geschmackssinn nicht der einzige war, der sich während seines Aufenthalts in der Lücke verabschiedet hatte.

»Ich habe eben einen neuen Mitarbeiter gebraucht«, sagte Lex schließlich, ohne seinen Sohn dabei anzusehen.

Nemo versteifte sich. In all den Jahren, die sie nun schon zurück waren, hatte sich Lex stets von den Lebenden ferngehalten. Er glaubte, besser zu sein als die *Sterblichen.* Trotzdem sollte jetzt einer für ihn arbeiten? Und ausgerechnet so ein stockblinder Trampel?

»Seit wann stellst du Menschen ein?«

»Seitdem ich Aufträge habe, die niemand sonst erledigen kann.«

»Nicht mal ich?«

Lex schüttelte den Kopf. »Ganz besonders nicht du, Nemo.«

»Warum?«

»Das ist egal. Akzeptiere es einfach.«

Im Hintergrund kicherte Nick amüsiert. Das war auch so eine Sache, die sich wohl nie mehr ändern würde: Nick Walkers Unausstehlichkeit. Mit einem breiten Grinsen im Gesicht schlenderte der Handlanger nun um den Schreibtisch herum und bot Lex Streichhölzer an, damit er seine Zigarre anzünden konnte. Diesem Mistkerl gefiel es sichtlich, dass Lex ihr Geheimnis auch weiterhin bewahren wollte.

»Ich finde nicht, dass ...«, hob Nemo an, doch Lex unterbrach ihn unwirsch.

»Hab einfach Geduld, Junge«, sagte er. »Du wirst schon noch zum Zug kommen.«

»Geduld?«, wiederholte Nemo und fühlte schlagartig heiße Wut in sich aufsteigen. »Wie lange denn noch? Seit Wochen schmiedest du hier oben schon geheime Pläne mit dem da« – er deutete mit dem Daumen auf Nick Walker, der ihn mit gebleckten Zähnen musterte – »und lässt mich nicht daran teilhaben. Wieso nicht?«

»Weil du mir nicht helfen kannst.«

»Das kann ich ja anscheinend nie. Immer bin ich entweder zu jung, nicht groß genug oder sonst was. Aber bei diesem ... diesem *Niemand*, den du heute auf der Straße aufgelesen hast, stört dich das alles nicht. Was hat der, was ich nicht habe?«

Lex' Miene verdüsterte sich. »Nemo, ich verlange nur noch ein paar Tage Beherrschung von dir«, knurrte er ungehalten. »Wenn alles läuft wie geplant, wird sich danach eine Menge für uns verändern. Für *dich* wird sich eine Menge verändern. Der Name Cordicio wird der einzige im Ghostend sein, der noch von Bedeutung ist. Ach was, im Ghostend, in der *gesamten Welt*!«

Nemo stutzte. Diese Aussage klang selbst für Lex' Verhältnisse größenwahnsinnig, und das wollte schon was heißen. Immerhin hatte der mal angekündigt, eine Armee von Geistern aufstellen zu wollen, um sich und seinesgleichen zu »Ruhm und Ehre« zu führen. Geister waren unsterblich und in Lex' Augen wie geschaffen dafür, sich über die Menschen aufzuschwingen und sie zu befehligen. Die Idee war jedoch schnell wieder in der Versenkung verschwunden, weil die meisten Geister viel zu friedliebend waren, um auch nur an Streit, geschweige denn an Krieg zu denken. Lex hatte tagelang getobt.

Die Folge seiner Machenschaften war der Besuch einiger sehr einflussreicher Regierungsmitglieder gewesen, die ihn mit deutlichen Worten zur Vernunft gerufen hatten. Genauer gesagt hatten sie von Lex' wiederholten Drohungen und den regelmäßig auftretenden Problemen mit ihm die Nase voll gehabt und seine Überwachung verschärft. Kurz darauf hatte man ihm tatsächlich Erpressung und versuchten Auftragsmord nachweisen können. In einem von den Medien ausgeschlachteten

Prozess war er daraufhin zu einer Freiheitsstrafe von drei Jahren in einem Hochsicherheitsgefängnis verurteilt worden. Bei seiner Entlassung hatte man ihm dann eine elektronische Fußfessel verpasst, die sofort Alarm bei den örtlichen Ghostguards auslöste, sobald Lex sich mehr als zwei Kilometer von seiner Villa entfernte. Diese Spezialeinheit wurde nur informiert, wenn die Bedrohung durch oder für einen Geist besonders groß war. Und der Punkt war bei Lex definitiv erfüllt.

Seitdem widmete er sich seinen Gaunereien unauffälliger – und gemächlicher. Er tarnte sie zähneknirschend durch seine legale Wäschereikette und verzichtete weitestgehend auf seine früheren machtgierigen Ausbrüche. Nur manchmal überwältige es ihn noch, das bekamen dann aber nur Nemo, Nick und Herbert mit.

Diesmal jedoch war es anders. Lex wirkte so gefasst, so ruhig. Als ob er sich seiner Sache absolut sicher wäre. Irgendwas daran stank wie ein zwei Wochen alter Fischkadaver, und Nemo musste herausfinden, was es war. Nur konnte er aus seinem Vater – wie üblich – nichts herausbekommen.

»Ich dachte bloß, ich könnte vielleicht helfen«, murrte er und gab sich dabei keine Mühe, seine Enttäuschung zu verbergen. »Dieses Rumsitzen und Warten macht mich verrückt.«

Lex zögerte, doch nur für den Bruchteil einer Sekunde. Dann brummte er: »Tu einfach das, was du immer tust, und lass Nick und mich arbeiten« und winkte Nemo hinaus.

Missmutig zog Nemo die Tür hinter sich ins Schloss.

Er ärgerte sich, dass er umsonst heraufgekommen war. Mal wieder. Sein Vater brachte es jedes Mal aufs Neue fertig, ihm den Wind aus den Segeln zu nehmen, egal, um was es ging. Und jedes Mal aufs Neue kam sich Nemo anschließend total bescheuert vor, dass er überhaupt versucht hatte, mit ihm zu reden. Lex traute ihm nichts zu, gar nichts! Nicht einmal den kleinsten Kugelschreiber durfte Nemo klauen, wenn es nach dem Oberhaupt der Cordicios ging. Und wenn er den Grund dafür erfahren wollte, wiederholte sein Vater bloß immer wieder, dass Nemo noch nicht bereit wäre und sie das später nachholen würden. Doch was genau das bedeutete und wann dieses »später« sein sollte, das behielt Lex für sich. Inzwischen befürchtete Nemo, dass die Wahrscheinlichkeit, einem fliegenden Elefanten zu begegnen, größer war als die, irgendwann einmal von seinem Vater für voll genommen zu werden.

Das fuchste ihn, so sehr! Und nun waren weitere Geheimnisse dazugekommen.

Was hatten Lex und Nick vor? Was verschwiegen sie ihm? Die Ungewissheit fraß sich durch Nemo hindurch wie ein Holzwurm durch alte Möbel, und er ertrug dieses Gefühl keine Sekunde länger. Er musste endlich was unternehmen, das nicht von vorneherein zum Scheitern verurteilt war.

Fast lautlos huschte er die Treppe hinauf ins zweite Stockwerk, wo sich die meisten Ruheräume befanden. Dort schlüpfte er in das Gästezimmer, das schräg über dem Büro lag, schloss die Tür hinter sich und öffnete dann das Fenster auf der gegenüberliegenden Seite. Mit einem Satz schwang er sich auf den Fenstersims.

In den drei Jahren, die Lex im Gefängnis verbracht hatte, war er oft hier heraufgekommen, hatte sich außen an der Hauswand auf den Mauervorsprung hinabgelassen, der einen Stock tiefer um das Gebäude herumlief, und von dort aus heimlich Nick im Büro seines Vaters beobachtet. Wie der Boss persönlich hatte sich dieses vernarbte Pockengesicht aufgeführt und damit Nemos Misstrauen nur noch weiter angefacht. Mehr als zwei Jahre lang hatte er Nick deshalb auf Schritt und Tritt verfolgt. Nach Lex' Rückkehr hatte er diese Lauschangriffe wieder einschlafen lassen aus Angst, erwischt zu werden. Aber jetzt war er bereit, das Risiko erneut einzugehen.

Mit beiden Händen klammerte er sich am Fensterrahmen fest, streckte erst ein Bein nach unten aus, danach das zweite, baumelte kurz in der Luft – und ließ los.

Mit einem kaum wahrnehmbaren Geräusch landete er auf dem Mauersims. Weiter unten warteten Büsche und Sträucher darauf, ihn abzufangen, falls er stürzen sollte, doch Nemo wackelte nicht einmal. Er gönnte sich ein zufriedenes Grinsen und schob sich anschließend Stück für Stück zum Bürofenster hinüber. Wenn er das vorhin richtig gesehen hatte, stand es offen … und tatsächlich wehte gleich darauf die Stimme seines Vaters leise, aber deutlich zu ihm nach draußen.

»… zurück zum Thema kommen. Wo waren wir? Ach ja.« Ein Knarzen drang an Nemos Ohren, danach dumpfes Klopfen. Lex hatte den schweren Holzstuhl zurückgeschoben und lief nun offenbar im Raum auf und ab. »Du wirst also all deine Verpflichtungen für Mittwochabend absagen, Nick. Hast du verstanden?«

»Sicher, Boss«, erwiderte Nick in einem schleimerischen Singsang, und Nemo verzog angewidert das Gesicht. So eine ekelerregende Qualle!

»Ich will, dass du die Übergabe im Auge behältst«, fuhr Lex fort. »Du wirst am Treffpunkt sein und auch danach noch aus der Ferne sicherstellen, dass dieser Victor Flec keine Dummheiten mit meiner Lieferung anstellt.« Das Geräusch seiner eiligen Schritte verstummte, und Nemo blickte lauernd zum Fenster hinüber. Er war hier noch nie erwischt worden, und das sollte auch so bleiben. Lieber würde er springen, als …

»Ist dir klar, was ich mit *aus der Ferne* meine, Nick?«

»Klar doch, Boss.«

»Na, hoffentlich.« Jetzt tigerte Lex weiter durchs Zimmer. »Bei so vielen Menschen ist es zwar unwahrscheinlich, dass sie dich dort entdeckt, aber wir müssen trotzdem auf der Hut sein. Hörst du? Sie darf sich nicht zurückziehen.«

»Sie wird mich nicht sehen, Boss. Versprochen«, zischelte Nick.

»Gut. Denn sonst wird die Sache unnötig kompliziert. Wir haben nur diese eine Chance, und die müssen wir nutzen.«

Verwirrt hob Nemo die Augenbrauen. Um was genau ging es hier? Wollte Lex etwas haben, das die aktuelle Besitzerin nicht an einen Geist verkauft hätte? Ja, das würde passen. Deshalb hatte er sich jemanden gesucht, der überhaupt nicht mit ihm in Verbindung gebracht werden konnte – und ein Mensch war. So war er aus dem Schneider. Und da Lex diesen Flec heute zum ersten und bisher einzigen Mal getroffen hatte, würde der Verdacht nie und nimmer auf ihn fallen, sollte was schieflaufen. Geschickter Schachzug.

Von unten schallte auf einmal laute Musik nach draußen, und Nemo wäre beinahe von seinem Mauersims abgerutscht. Erschrocken schielte er hinab in den Garten. Aber es war nur Herbert, der im Wohnzimmer eine seiner heißgeliebten Westernserien schaute. Von ihm würde in der nächsten Stunde also keinerlei Gefahr ausgehen. Nemo konnte beruhigt weiterlauschen.

»… Menschenviertel statt, oder nicht? Wie soll ich ihn im Auge behalten, wenn er durch die Kontrolle durch ist?«, fragte Nick gerade mit ungewohnter Anspannung in der Stimme. »Die Bullen haben mich schon auf dem Kieker, und keiner unserer Geheimgänge ist in der Nähe. Die ziehen mich …«

»Du wirst keinen Geheimgang benutzen«, erwiderte Lex und fügte gleich darauf hinzu: »Jetzt hör auf, mich so entgeistert anzuglotzen, Nick!« Irgendetwas rumpelte laut im Hintergrund. »Glaubst du wirklich, ich riskiere, dass du auch für ein paar Jahre in den Knast wanderst?«

Klar, dachte Nemo. *Solange es dich selbst nicht noch mal trifft.*

»Nein, du Winzhirn!«, donnerte Lex. »Ich habe einen Polizisten bestochen, damit du morgen unbehelligt durch die Kontrollen kommst. Tor B. Hat mich eine ganze Stange Geld gekostet, also sieh zu, dass …«

Der Rest ging in ohrenbetäubendem Lärm unter, weil bei Herberts Serie ausgerechnet in diesem Augenblick jemand lauthals zu singen anfing. Aber mehr brauchte Nemo auch gar nicht zu wissen.

Langsam, mit dem Rücken fest an die Mauer gepresst,

rutschte er bis zur Ecke des Gebäudes hinüber, wo er sich an der Regenrinne hinunter in den Garten hangelte. Die Hintertür war wie immer offen. Abgesehen davon, dass Lex oben auf der Gartenmauer Stacheldraht anbringen lassen hatte, würde es sowieso niemand wagen, in das Haus eines berüchtigten Gangsters einzubrechen.

Gerade als Nemo am Wohnzimmer vorbeihuschen wollte, wurde Herberts Westernserie von einer Werbesendung über »die beste von Geistern entwickelte magische Staubfanghilfe« unterbrochen, und der Hüne blickte auf.

»Nanu? Warst du draußen?«, fragte er. »Hab dich gar nicht rausgehen sehen.«

»Mmh«, machte Nemo. »Oben im zweiten Stock steht ein Fenster offen. Sag der Putzfrau, sie soll in Zukunft besser aufpassen, wenn sie ihren Job behalten will.«

»Oje!« Herbert sprang auf. »Ich mach es schnell zu, sonst flippt der Boss noch aus.«

Während er mit seinen knapp hundertsechzig Kilogramm nach oben polterte, verschwand Nemo in seinem Zimmer. Er schnappte sich einen Geiststein aus dem Regal und ließ sich damit aufs Sofa fallen. Gedankenverloren drehte er den Stein in seiner Hand. Er konnte spüren, wie dessen Energie allmählich in seinen Körper hinüberschwappte, und wunderte sich nicht zum ersten Mal darüber, dass einfache Flusskiesel solche Wunder vollbringen konnten. Und das Beste daran: War ihre Energie verbraucht, konnte man sie einfach zurück in ein schnell fließendes Gewässer werfen und dadurch erneut aufladen. Eine unerschöpfliche Kraftquelle hatte die Natur da für die Geister geschaffen. Eine, die Essen, Trinken und Schlafen ersetzte – und auch genauso wichtig war. Darauf verzichten konnten die Geister nämlich nicht, denn ohne ausreichend Energienachschub verloren sie nicht nur ihre Kraft, sondern auch ihre Form. Sie wurden durchscheinend und konnten feste Materie nicht mehr beeinflussen. Türenöffnen oder Stühlerücken, all das funktionierte dann nicht mehr.

Nemo streckte sich lang aus und dachte an das Gespräch zwischen seinem Vater und Nick. Jetzt hatte er doch noch ein paar Informationen mehr bekommen, aber dummerweise hatten die seine Neugier nur weiter angestachelt.

Nick sollte Victor also folgen und darauf achten, dass bei dieser Übergabe alles glattging. Was wollte Lex so unbedingt haben, dass er die Hilfe eines Menschen dafür brauchte? Und was meinte er damit, dass der Name Cordicio in Zukunft der einzig wichtige im Ghostend – oder in der gesamten Welt – sein würde? Immer wieder hallten diese Worte unheilvoll durch Nemos Gedanken und hinterließen überall Fragezeichen. Eine Weile überlegte er hin und her, wie er herausfinden könnte, was Victor für Lex transportieren sollte. Doch irgendwann sah er schließlich ein, dass ihm gar keine andere Wahl blieb: Er musste bei der Übergabe am Mittwoch ebenfalls dabei sein.

5
Ciel

Geschickt wechselte Ciel vom Ast der uralten Eiche auf das Fensterbrett hinüber und schob das leicht geöffnete Fenster weit auf. Dahinter wartete Victors mit Zetteln, Büchern und dreckigem Geschirr überfüllter Schreibtisch, der jedes Mal, wenn sie herkam, unordentlicher aussah. Eine Weile versuchte Ciel, mit dem Fuß eine Lücke zu schaffen, wo sie gefahrlos hintreten konnte. Aber irgendwann gab sie entnervt auf und stapfte einfach über das Chaos hinweg. Mit einem dumpfen Plumps landete sie gleich darauf auf alten Holzdielen.

Das Zimmer, in dem der Schreibtisch stand, war dunkel. Hier roch es nach kalter Pizza, nach klebriger Limo, Deo und Zimt. Obwohl Victor den Geruch von Zimt überhaupt nicht ausstehen konnte, haftete er diesem Raum an wie ein unsichtbarer Umhang. Ciel glaubte inzwischen, dass die Tapeten das Problem waren, doch Victor hatte seine Geschwister in Verdacht. Angeblich verstreuten die jedes Mal heimlich Zimt in den Ecken, wenn er sie nicht fernsehen ließ.

Ciel öffnete die Zimmertür und schlüpfte hindurch. Stimmen drangen aus dem Wohnzimmer am anderen Ende des Gangs zu ihr herüber. Christopher und Vanessa stritten sich gerade, wer von beiden heute schon länger PlayStation gespielt hatte, und das ziemlich laut. Wären ihre Eltern zu Hause gewesen, hätten die beiden vermutlich längst in ihren Betten gelegen. Aber wie jeden Dienstagabend passte Victor auf seine jüngeren Geschwister auf, während sein Vater Überstunden im Büro anhäufte und seine Mutter die Abendschule besuchte.

»Ich sag's dir jetzt zum letzten Mal, Chris. Wenn du mich nicht endlich in Ruhe lässt, werfe ich das blöde Teil weg«, keifte Vanessa in diesem Augenblick und fuchtelte bedrohlich mit dem Controller herum, den sie in der Hand hielt.

»O ja! Hier rüber«, antworte Ciel. »Dann kann ich spielen.«

Die Köpfe der Zwillinge zuckten herum. Während Vanessas Miene sich sofort aufhellte, als sie Ciel erblickte, hoben sich Christophers Mundwinkel nur langsam. Und im Gegensatz zu seiner Schwester, die sich kreischend über die Sofalehne schwang, blieb er reglos sitzen.

»Ciel!«, rief Vanessa und fiel ihr um den Hals. »Ich wusste gar nicht, dass du heute vorbeikommst.«

»War auch nicht geplant«, gab Ciel lächelnd zu. »Wie läuft euer sturmfreier Abend?«

»Wie immer. Vicky lässt uns nicht fernsehen und hat beim Nudelkochen beinahe die Küche abgefackelt.« Flüsternd fügte sie hinzu: »Er ist echt ein blöder Spielverderber.«

»Das hab ich gehört!«, schallte Victors Stimme aus der Küche herüber. »Und zur Strafe werde ich dir …« Auf einmal ertönte ein helles, scharfes Ratschen, gefolgt von einem Klirren, das nichts Gutes verhieß. »Verdammter Mistkack!«, fluchte Victor.

»Und das hab *ich* gehört!«, trällerte Vanessa selbstzufrieden, verzog sich danach aber schnell in Richtung Badezimmer. Den Controller für die PlayStation legte sie auf dem Esstisch ab, weit weg von ihrem Bruder, der noch immer auf dem Sofa saß.

Ciel betrachtete Christopher eingehend. Er sah Victor viel ähnlicher als seiner Zwillingsschwester Vanessa. Sogar die dunkle, eckige Brille war die gleiche. Charakterlich hätten die beiden Brüder jedoch verschiedener nicht sein können. Während Victor auf jede Person – ob fremd oder nicht – schnurstracks zugehen konnte, hielt sich Chris immer im Hintergrund.

»Willst du nicht nachsehen, ob Victor was passiert ist?«, fragte Ciel.

Christopher schien einen Moment lang darüber nachzudenken, dann schüttelte er entschieden den Kopf. »Mich kriegen da keine zehn Pferde rein«, sagte er mit dem Hauch eines Lächelns auf den Lippen. »Ist nämlich nicht das Erste, das ihm heute runterfällt.«

»Würde mich auch wundern.« Ciel strubbelte ihm durch die Haare und verschwand anschließend in der Küche.

Der kleine Raum sah aus, als hätte ein hungriger Troll gekocht. Leere Nudelpackungen lagen auf dem Boden, und neben dem Herd rollten zwei Dosen herum, die mal mit Tomatensoße gefüllt gewesen waren. Eine von ihnen war sogar noch halb voll, und ihr restlicher Inhalt verteilte sich nun über dem Küchentresen. Der einzige Stuhl im Raum war von einem Topf mit am Boden festgebackenen Spaghetti besetzt, weil im Spülbecken kein Platz mehr dafür war. Außerdem bedeckten glitzernd weiße Körnchen den halben Fußboden. Victor hob gerade die Überreste der Salzschale auf, die ihren Sturz vom Regalbrett nicht überlebt hatte.

»Na, Spaß mit der Familie?«, fragte Ciel, woraufhin Victor ihr einen mürrischen Blick zuwarf.

»Noch so ein Spruch, und ich lasse dich mit Hänsel und Gretel da draußen allein«, erwiderte er. Dann deutete er mit dem Kinn zu der Tonne hinüber, die in der Ecke hinter der Küchentür stand. »Mach mal den Mülleimer auf.«

Ciel hob den Deckel an, damit Victor die Scherben hineinwerfen konnte. Natürlich schnitt er sich dabei in den Daumen, doch die Verletzung war nicht tief genug, um Ciel mehr als eine hochgezogene Augenbraue zu entlocken.

»Die zwei kosten mich echt noch den letzten Nerv«, fuhr Victor fort, während er mit flinken Fingern ein Pflaster aus einer Dose hinter dem Spülbecken fischte. Überall im Haus waren diese kleinen Boxen mit Verbandsmaterial verteilt, denn inzwischen hatten sich Victors Familienmitglieder mit seiner Gabe, sich selbst an einer Nussschale zu verletzen, abgefunden. Sie machten einfach das Beste daraus, und das Beste war in dem Fall, Blutflecken von den Möbeln fernzuhalten. »Wenn das so weitergeht, ziehe ich aus.«

»Und die Wohnung bezahlst du von deinem Taschengeld, oder wie?«, hakte Ciel grinsend nach.

»Ach, das wird schon. Ich bettele Albert einfach um einen Vollzeitjob an. Und falls das nicht funktioniert, wohne ich eben bei dir.«

»Oh. Okay.« Ciels Grinsen vertiefte sich. »Sag mir vorher Bescheid, damit Ma und ich das Haus rechtzeitig victorsicher machen können.«

»Hm«, machte Victor. Er fegte mit den Händen notdürftig die Salzkörner zu einem Haufen zusammen. Danach kramte er einen kleinen Handstaubsauger aus einem der übervollen Schränke und saugte das Salz ein. Anschließend kümmerte er sich um die rohen Spaghetti, die auf dem Boden lagen, und versuchte es zum Schluss auch noch mit den angebackenen Nudeln im Topf. Aber die klebten bombenfest. Mit einem Seufzen drehte er sich zu Ciel um und sah sie forschend an.

»Du bist nicht zufällig hergekommen, um mir beim Aufräumen zu helfen?«, fragte er.

»Auf keinen Fall.«

»Dachte ich mir fast. Also was gibt's? Wollten wir uns nicht erst morgen treffen?«

Ciel holte tief Luft. Sie wusste, dass Victor am liebsten gar nicht mehr über die Sache mit Lex sprechen wollte. Nachdem sie ihm gestern im Laden eine gefühlte Ewigkeit lang Löcher in den Bauch gefragt hatte, waren sie beide total erschöpft gewesen. Ciel, weil sie keinen Ausweg aus der Situation gefunden hatte, und Victor, weil er keine Kraft mehr gehabt hatte, ihr bei der Suche nach diesem Ausweg zu helfen. Für ihn stand fest, dass er den Auftrag für Lex erledigen musste, und danach würde alles wieder so sein wie vorher. Das war seine Art, Probleme anzugehen.

»Jaaaa?«, sagte Victor jetzt, während er den Staubsauger wieder zurück in den Schrank stopfte. »Ich höre.«

»Du willst diesen Job für Lex also wirklich machen?«

Victor zog die Augen zusammen. »Ciel …«, nölte er.

»Ja, ja. Schon kapiert.« Sie hob abwehrend die Hände. »Ich habe bloß eine letzte Bedingung, damit ich dich morgen zu diesem Treffen gehen lasse.«

Gepeinigt stöhnte Victor auf. »Meine Güte, was denn noch? Soll ich vorher beim Papst die Beichte ablegen? In Weihwasser baden? Ein Lamm opfern?«

Ciel verdrehte die Augen. »Nein, du Spinner«, sagte sie, dann griff sie sich in den Nacken. Vorsichtig löste sie eine lange, schmale Kette von ihrem Hals, die sie seit ihrem fünften Geburtstag jeden Tag trug. Und genau wie sie erwartet hatte, fühlte es sich komisch an, das Schmuckstück jetzt abzunehmen. Mit einem angespannten Lächeln auf den Lippen hielt Ciel die Kette so weit nach oben, dass der Anhänger, der dranhing, direkt vor Victors Gesicht baumelte. Es war ein unförmiges Stück gebrannter Ton, an einer Seite schnurgerade, an der anderen ragten zwei Spitzen heraus. Der untere Teil endete in einer Rundung, während oben zwei Ösen für die Kette geformt worden waren. An manchen Stellen schimmerte blaue Farbe auf der Oberfläche.

Victors Augen weiteten sich, und er streckte langsam, ganz langsam die Hand nach dem Anhänger aus. Ciel konnte seine Verblüffung sehen, als er feststellte, wie kalt das Material war. Im nächsten Moment runzelte er die Stirn – und zog seine Hand dann hektisch wieder zurück.

»Ein Wandeling«, stellte er fest, und Ciel nickte. Sie hatte zwar bisher noch nicht herausgefunden, was genau der Anhänger bewirkte, aber eines Tages würde sich das sicherlich klären.

»Sieht … seltsam aus«, fuhr Victor fort. »Was ist das für ein Stein? So einen hab ich ja noch nie gesehen.«

»Das ist kein Stein, sondern Ton. Glaube ich zumindest.« Ciels Lächeln wurde breiter, entspannter. »Es soll ein Talisman sein. Albert hat ihn mir geschenkt, als ich noch klein war.«

»Ach ja, ich vergesse immer wieder, dass ihr euch schon eine Ewigkeit kennt«, murmelte Victor und betrachtete den Anhänger neugierig von allen Seiten. »Was stellt er dar? Soll das eine … Figur sein?«

»Das weiß Albert selbst nicht genau. Oder vielmehr – er will es mir nicht sagen.«

»Ah.« Victor zog eine Grimasse. Er musste inzwischen schon mitbekommen haben, dass sich Albert gern hinter einem Schild aus gespielter Unwissenheit versteckte. So chaotisch der alte Geist manchmal wirkte, er war mit Sicherheit eine der intelligentesten Personen, die die Lücke freigegeben hatte. Und wenn man die fünfzig Jahre Lebenserfahrung noch dazurechnete, die er seit dem Phänomen angehäuft hatte, war er wahrscheinlich sogar einer der hellsten Köpfe auf dem gesamten Planeten.

»Die Hauptsache für ihn ist, dass mich der Anhänger beschützt«, entgegnete Ciel.

»Tut er das denn?«

»Anscheinend. Jedenfalls kann ihn kein Geist einfach so berühren, ohne verletzt zu werden. Was in Bezug auf Lex vielleicht kein Fehler ist.«

»Abgefahren.« Vorsichtig tippte Victor den Talisman an. Mit einem ehrfürchtigen Blick musterte er erst Ciel und danach ein weiteres Mal den Glücksbringer, der nun freudig vor seinen Augen herumtanzte. »Er muss unglaublich wertvoll sein«, fügte er dann hinzu.

»Ich denke schon, ja«, sagte Ciel und schluckte schwer. Den ganzen Tag hatte sie bereits hin und her überlegt, was sie tun sollte. Albert hatte ihr zwar damals das Versprechen abgenommen, die Kette niemals weiterzugeben. Aber vielleicht galt für Victor eine Ausnahme? Immerhin war er Ciels bester Freund, und aus irgendeinem Grund fühlte sie sich für ihn verantwortlich, jetzt mehr denn je.

Mit einem Seufzer ließ sie die Kette ein Stück sinken. Hätte Victor nicht in ein altes Hausmütterchen reinrennen und sich dafür eine gepfefferte Ohrfeige einfangen können? Nein, er hatte ausgerechnet Lex Cordicio gegen sich aufgebracht! Und dem begegnete man lieber nicht ohne Unterstützung.

Deshalb holte Ciel nun tief Luft und sagte: »Das ist

auch der Grund dafür, warum du ihm nicht verraten wirst, dass ich dir den Talisman gegeben habe.«

»WAS?«, quäkte Victor und schob Ciels Hände entschlossen von sich fort. »Nein, nein, nein. Das ist deiner, den kann ich nicht annehmen.«

»Kannst du wohl, weil ich ihn dir ja bloß leihe«, erwiderte Ciel ebenso energisch. »Tu mir einfach den Gefallen und geh nicht verloren, damit du ihn mir zurückbringen kannst.«

Sie trat einen Schritt näher an Victor heran, doch er wich sofort zurück. »Nein, das geht nicht. Ich ...«

»Victor. Ich bleibe hier stehen, bis du ihn genommen hast.«

»Bis er was genommen hat?«, fragte Vanessa, die in diesem Moment den Kopf zur Küche hereinstreckte.

Victors Hand schnellte nach vorn. Er riss Ciel den Talisman aus den Fingern und ließ ihn eilig in seiner Hosentasche verschwinden.

»Nichts«, zischte er. »Geh PlayStation spielen.«

»Kann ich nicht, Chris spielt gerade. Außerdem hab ich Hunger«, nörgelte Vanessa. »Wann gibt's denn endlich was zu essen?«

Ciel grinste und drängte sich an Victor vorbei zum Herd hinüber. »Ich weiß wirklich nicht, wie ihr überleben konntet, bevor ihr mich gekannt habt«, sagte sie und machte sich daran, frisches Nudelwasser aufzusetzen. Sie konnte Victors finsteren Blick im Nacken spüren, ignorierte ihn aber. Wenn er diese Sache mit Lex schon durchziehen wollte, dann wenigstens auf ihre Weise.

6
Victor

Victor schaute sich unruhig um. Immer wieder ging er in Gedanken die Anweisungen durch, die Lex ihm bei ihrem Aufeinandertreffen im Ghostend eingeschärft hatte, damit auch ja alles nach Plan verlief. Wenn er sich jetzt einen Fehler erlaubte, war die ganze Streiterei mit Ciel umsonst gewesen. Abgesehen davon, dass Lex ihm wahrscheinlich das Fell über die Ohren ziehen und ihn in kleinen Stückchen an die Piranhas im Zoo verfüttern würde.

Um Punkt fünf Uhr abends sollte Victor am Denkmal auf dem Marktplatz im Menschenviertel stehen, hatte Lex gesagt. Genau hier fand jede Woche der mittlerweile berühmt gewordene Mittwochsmarkt statt, wo sich Menschen und Geister begegnen und Seite an Seite durch die Reihen schlendern konnten. Der Platz lag nämlich direkt an der Grenze zum Ghostend, was es den weniger mutigen Geistern einfacher machen sollte, ihr angestammtes Viertel zu verlassen und sich frei unter den Menschen zu bewegen. Nachdem sie mehrere Jahrzehnte lang abgeschottet gewesen waren, fiel das einigen noch immer erstaunlich schwer. Aber das hier war der perfekte Ort, um sie hervorzulocken.

An den Rändern säumten hohe Häuser mit reichverzierten Steinfassaden den Platz, und überall lockerten kleine Brunnen und Statuen die Reihen der festgemauerten Buden auf. Jede noch so kleine freie Fläche war von bunten Wohnwagen belagert, die eine breite Palette von Waren anboten. Victor roch Zuckerwatte und Popcorn, entdeckte Wollkleider und bunt bemalte Geiststeine, bewunderte Kristallanhänger und Nasenringe … und versuchte, in dem bunten Treiben, das um diese Zeit schon herrschte, den Boten zu entdecken, nach dem er Ausschau halten sollte. Wahrscheinlich hatte Lex genau wegen dieses undurchdringlichen Gewusels den Mittwochsmarkt als Übergabeort ausgewählt.

In der Hand hielt Victor eine knallgelbe Papiertüte, und der Kurier, den er hier treffen sollte, hatte angeblich ebenfalls eine dabei. Diese Papiertüte war also ihr Erkennungszeichen. Und hatte Victor den Kurier erst einmal gefunden, wäre der Rest ein Klacks. Von ihm sollte er ein Paket übernehmen, das er anschließend auf schnellstem Weg ins Ghostend bringen musste. Dort angekommen, sollte Victor die Lieferung dann zu einer bestimmten Adresse bringen, wo Lex und sein Gehilfe Nick bereits auf ihn warteten. Zur Belohnung würde der Gangsterboss Victors unglücklichen Anrempler auf der Straße vergessen.

Falls Victor allerdings kneifen oder es verpatzen sollte, hatte Lex ihm einen gehörigen Berg Ärger versprochen. Und mit *Berg Ärger* hatte er seinen zwei Meter großen Schergen Herbert Lindel gemeint, der nicht gerade wie der nette Onkel von nebenan wirkte. Victor hatte bloß ein Foto von diesem Hünen gesehen, und das genügte ihm bereits vollkommen. Auf diese Begegnung hatte er nun wirklich keine Lust, deshalb war er wie versprochen am Treffpunkt aufgetaucht. Und seitdem wartete er hier.

Gerade jetzt ließ er ein weiteres Mal bctont gelangweilt seinen Blick zwischen den Buden umherwandern und rückte dabei seine Brille zurecht. Es war warm, und das blöde Ding rutschte immer wieder über den kleinen Knubbel auf seiner Nase, der das Überbleibsel eines Fahrradunfalls war.

Als die Brille wieder richtig saß, blickte er sich weiter unauffällig um. Nichts Außergewöhnliches. Niemand starrte ihn an oder kam auf ihn zu. Stattdessen strömten die Menschen um ihn herum wie ein Schwarm Sardinen um einen Felsen. Vielleicht war es klüger, wenn er seine gelbe Papiertüte ein wenig höher hielt? Als Erkennungszeichen diente sie nämlich nur dann, wenn man sie in diesem Gewimmel auch *sehen* konnte.

Er wollte die Tüte gerade anheben und demonstrativ auf die Uhr an seinem Handgelenk schauen, als jemand hinter ihm fragte: »Bist du der Bote?«

Wie ein aufgescheuchtes Rehkitz sprang Victor in die Luft. Wahrscheinlich quietschte er dabei sogar ein bisschen. Dann wirbelte er herum.

»Interessante Reaktion«, sagte der kleine Junge, der nun vor ihm stand. »Falls du tatsächlich der Bote bist, dann ein extrem schreckhafter.«

»Und was bist du, ein Zwerg?«, erwiderte Victor spitz und betrachtete skeptisch sein Gegenüber. Der Junge war höchstens sieben, acht Jahre alt. Seine knallbunte, lange Kleidung wirkte, als hätte er sie auf einem indischen Basar gekauft, sein Haar war straßenköterblond und seine Haut stark gebräunt. Als hätte er beim Spielen zu lange in der Sonne gesessen.

Und er hatte eine gelbe Tüte in der Hand.

»In deinem Alter darfst du bereits als Kurier arbeiten?«, fiepte der Kleine mit heller Kinderstimme. Seine Worte klangen so gewählt und seine Aussprache war dermaßen perfekt, dass Victor sich plötzlich wie ein trotteliger Hinterwäldler fühlte.

»Das sagt der Richtige«, giftete er zurück und kam sich gleich noch viel schäbiger vor. Der kleine Kerl konnte ja nichts dafür, dass sie sich unter solch doofen Bedingungen begegneten.

Doch bevor Victor zurückrudern und was Nettes sagen konnte, fuhr der Junge schon fort.

»Wie alt bist du denn?«, wollte er wissen.

»Dreizehn.«

»Wer schickt einen gewöhnlichen Dreizehnjährigen zu solch einer wichtigen Übergabe?«

»Wer schickt einen Siebenjährigen?«, konterte Victor.

»Ich bin neun. Und im Gegensatz zu dir alles andere als gewöhnlich.«

Victor rollte mit den Augen. Der Kleine gehörte also zur Gattung der Oberschlauen. Ganz große Klasse, so jemand hatte Victor gerade noch gefehlt. Es fiel ihm schwer zu glauben, dass das der Kurier war, den er laut Lex hier treffen sollte. Wenn da nicht die gelbe Tüte wäre … Aber gut, Victor konnte ganz einfach herausfinden, ob das purer Zufall war.

»Sonst noch Fragen?«, blaffte er den Jungen herausfordernd an.

»In der Tat.« Der Kleine grinste. »Wie ist das Frikassee in dieser Stadt?«

Verdammt! Victor ließ die Schultern hängen. Das war die Codefrage, die ihm Lex mit auf den Weg gegeben hatte. Ihm blieb nichts anderes übrig, als die besprochene Antwort herunterzuleiern, auch wenn er sich dabei wie in einem grottenschlechten Spionagefilm fühlte.

»Das Frikassee ist vorzüglich. Doktor Berger vom

archäologischen Institut der städtischen Universität hat es mir empfohlen. *Professor* Doktor Berger, um genau zu sein, und er wartet ganz ungeduldig auf seine Lieferung.«

»Der Professor persönlich, hm?« Nachdenklich legte der Junge seinen Kopf schief. »Im Ernst?«

»Wenn ich es dir doch sage!«, raunte Victor durch seine zusammengebissenen Zähne hindurch. »Wer sollte mich denn sonst geschickt haben?«

»Keine Ahnung. Ich soll nur sicherstellen, dass du das Päckchen niemand anderem übergibst«, erklärte der Junge selbstgefällig. »Angeblich hat diese Hexe Aulikki nämlich ebenfalls ein Auge darauf geworfen.«

Victor stutzte. Hexe? Von wem sprach der Kleine da? Das gehörte eindeutig nicht mehr zum geplanten Ablauf, und Victor hatte auch keine Lust auf Smalltalk mit diesem vorlauten Winzling. Also schüttelte er bloß den Kopf. »Können wir jetzt mal loslegen? Ich hab deine Frage beantwortet und – hier, siehst du? – eine gelbe Papiertüte.«

Der Junge lächelte milde. »Die ist mir aufgefallen. Allerdings hat da drüben noch jemand eine. Und der ist deutlich älter als du.« Mit einer Geste, die an das Winken eines gelangweilten Prinzen erinnerte, zeigte er nach rechts. Victor drehte den Kopf. Etwa zwanzig Meter von ihnen entfernt, im Schatten der Markise einer Pommesbude, lungerte ein kugelrunder, glatzköpfiger

Kerl herum. Der Typ schwitzte schon vom Aufrechtstehen, hatte eine Fritte im Ausschnitt seines Poloshirts hängen und – hielt eine gelbe Papiertüte in der Hand. Als er bemerkte, dass er beobachtet wurde, grinste er von einem Ohr zum anderen.

Victor kratzte sich nervös an der Schläfe. Wäre ja zu schön gewesen, wenn es mal keine Schwierigkeiten gegeben hätte. »Hör mal … äh …«

»Rufus«, flötete der Junge zuvorkommend.

»Schön, Rufus. Der Typ da drüben ist sicher nicht der, den du treffen sollst«, sagte Victor. »*Ich* bin es. *Ich* arbeite für Professor Doktor Berger. *Ich* wurde geschickt, um … um seine Lieferung abzuholen. Also …«

Rufus kniff kurz die Augen zusammen, und dann begann er auf einmal, laut zu lachen. So laut, dass ein vorbeilaufender älterer Herr kurz stehen blieb und sie verwundert anschaute.

»Hach, was für ein Spaß. Du hättest dein Gesicht sehen sollen«, kicherte Rufus. »Ich weiß doch, dass du der Richtige bist.«

»Na, also.« Victor spürte, wie Erleichterung durch seinen Körper strömte, und trat mit ausgestreckter Hand einen Schritt nach vorn. »Gib mir die Tüte.«

Doch anstatt ihm zu gehorchen, wich Rufus zur Seite aus. »Warte mal kurz …«, setzte er an, aber Victors Geduld war am Ende. Er ließ seine eigene Tüte fallen und grapschte nach der, die Rufus umklammert hielt. Sie war überraschend leicht, deshalb warf er einen Blick hinein, um sicherzugehen, dass der Winzling ihn nicht übers Ohr hauen wollte. Zufrieden atmete er auf, als er ein kleines, in braunes Packpapier eingewickeltes Päckchen darin entdeckte.

»Das ist ja winzig«, stellte er fest und sah Rufus dabei neugierig an. »Was ist da drin?«

»Hat Professor Berger dir etwa nichts darüber erzählt?«, fragte der Junge zurück.

»Nein. Kann mir aber eigentlich auch egal sein.« Victor grinste triumphierend, und im nächsten Moment war er bereits auf dem Weg ins Ghostend.

Besonders weit kam Victor nicht. Kurz nachdem er die Grenze zum Geisterviertel überquert hatte und sich nur mühsam ein Jubeln verkniff, weil er problemlos durch die Kontrolle gekommen war, wurde er überfallen. Jemand stellte ihm von hinten ein Bein und schubste ihn gleichzeitig grob nach vorne. Victor fiel wie ein Stein. Und noch während er fiel, merkte er, wie ihm die gelbe Tüte aus der Hand gerissen wurde.

»Besten Dank«, sagte eine jung klingende, weibliche Stimme, dann klatschte Victor hart auf den Boden.

Er überging den dumpfen Schmerz in seinen Knien, kämpfte sich wieder auf die Füße und schaute sich hektisch um. Das durfte doch nicht wahr sein! Jetzt hatte er es mit diesem blöden Paket bis ins Geisterviertel geschafft, und nun beklaute ihn jemand auf den letzten Metern? Was war bloß drin in dieser Tüte, dass es neben Lex offenbar auch noch andere Leute darauf abgesehen hatten? Er hätte auf der belebten Hauptstraße bleiben sollen, anstatt in diese enge, verwinkelte Gasse …

Da! Ein Stück entfernt erregte eine Bewegung Victors Aufmerksamkeit. Dort löste sich ein Mädchen von der Fassade eines Hauses und huschte die Gasse hinab. Sie hielt sich so gut es ging in den Schatten und trug Kleidung, die sich kaum von den sandfarbenen Häusern hier unterschied. Deshalb hätte Victor sie beinahe nicht entdeckt. Das musste das Mädchen sein, das ihm die Tüte geklaut hatte!

Zuerst glaubte er, dass sie ein Mensch war, weil ihr schulterlanges, glattes Haar leicht pink schimmerte. Aber als sie bemerkte, dass Victor sie entdeckt hatte, und sich kurz nach ihm umdrehte, änderte er seine Meinung. Blaue Haut – sie war ein Geist. Victor hatte darüber gelesen, dass sich manche Geister die Haare färbten. Innerhalb weniger Tage oder gar Stunden kehrten sie jedoch automatisch zu ihrer Ausgangsfarbe Weiß zurück.

Mit Wut im Bauch sprintete Victor los. Er schwor sich, dass er die hinterhältige Diebin einholen würde –

und wurde gleich darauf erneut umgenietet. Diesmal tat es schon mehr weh, denn nun schrammte er sich am Asphalt beide Hände auf. Außerdem riss seine Hose am rechten Knie ein, und die Haut darunter gleich mit.

Victor hob den Kopf, um nachzusehen, wer ihn über den Haufen gerannt hatte, und erstarrte. Nemo Cordicio stolperte fluchend über ihn hinweg. Der Geisterjunge zögerte kurz, jagte dann jedoch weiter. Offenbar war Victor also nicht der Einzige, der die Papiertüte dringend zurückerobern wollte. Aber das konnte Nemo schön vergessen! Victor würde sich dieses verfluchte Päckchen holen und es zu Lex bringen, so wie er es versprochen hatte.

Stöhnend rappelte er sich zum zweiten Mal hoch. Er machte ein paar vorsichtige Schritte, und als das gut funktionierte, versuchte er zu rennen. Inzwischen waren das Geistermädchen und Nemo weiter vorn um eine Straßenecke gebogen. Victor musste sich beeilen, wenn er sie nicht verlieren wollte. Falls ihn sein Orientierungssinn nicht völlig im Stich ließ, waren die beiden in Richtung Museum unterwegs. Vielleicht konnte er sie dort irgendwo abfangen.

Der Weg bis zur Kreuzung kam ihm entsetzlich lang vor, und als er sie endlich erreichte, hüpfte sein Herz vor Aufregung und Anstrengung gleichermaßen. Er schoss um die Ecke – und traute seinen Augen kaum. Nicht weit von ihm, halb hinter einem knallroten Hydranten verborgen, lag die gelbe Tüte! Siegesgewiss stürzte er sich drauf – nur um einen Moment später frustriert aufzustöhnen. Die Tüte war leer. Genauso leer wie die Straße vor ihm. Von Nemo und dem Mädchen fehlte jede Spur.

7
Nemo

Nemo hätte sich am liebsten selbst geohrfeigt, aber er war viel zu sehr damit beschäftigt, dem Geistermädchen nachzurennen. Wieso hatte er bloß nicht besser auf sie geachtet? Dabei war sie ihm doch bereits auf dem Markt im Menschenviertel aufgefallen, als sie scheinbar ziellos zwischen den Buden umhergeirrt war. Einen Moment lang hatte er sogar überlegt, ob sie wohl jemanden verloren hatte, so durcheinander hatte sie gewirkt.

Und dann hatte sie Victor Flec überfallen, aus heiterem Himmel und mit der Geschicklichkeit einer Meisterdiebin.

Nemo hatte sie unterschätzt, und diesen Fehler bezahlte er nun, indem er verzweifelt versuchte, sie einzuholen. Die junge Diebin war nämlich nicht nur verdammt schnell, sie wusste auch, wie sie Verfolger am besten loswerden konnte. Mit irrsinnigem Tempo flitzte sie aus den ruhigen Seitengassen hinaus direkt auf die Hobbit Road, eine der Hauptadern, die durch das Ghostend führten. Hier lagen die meisten großen

Geschäfte, und Woge um Woge an Geistern und Touristen schwappten durch die Eingänge hinein und wieder heraus. Dass auf dieser Einkaufsmeile keine Autos zugelassen waren, machte die Sache eher noch unübersichtlicher. Alle liefen wild durcheinander, jeder gefühlt in eine andere Richtung, und niemand schien sich an dem Geistermädchen zu stören, das sich durch die Menge schlängelte wie ein flüchtendes Tier.

Nemo heftete sich verbissen an ihre Fersen, doch vor Marilyn Monroes Karaokebar mit ihrer wie üblich kilometerlangen Touristenschlange verlor er das Mädchen kurz aus den Augen. Verflucht, dieses Biest war nicht nur flink, sondern dazu auch noch ziemlich klein! Sicher mehr als einen Kopf kleiner als er selbst.

Auf gut Glück drängte er sich durch die murrenden Wartenden hindurch, und als er schon dachte, er hätte sie tatsächlich verloren, entdeckte er die Diebin ein ganzes Stück weiter vorn. Sie hatte am Sandsteintor haltgemacht, das den Durchgang zum Promenadenplatz markierte, und schaute sich gehetzt um. Falls sie durch das Tor nach rechts auf den Platz abbog, wäre es leichter, sie zu erwischen, denn dort herrschte außer am Jahrestag des Phänomens meistens tote Hose. Falls sie aber stattdessen weiter der Hauptstraße folgte, würde Nemo sie früher oder später in der Menge verlieren.

Er trat einen Schritt zurück, in die Schlange der wartenden Touristen hinein, und stieß mit einem dicken, harmlos aussehenden Kerl zusammen, der sofort sein Handy zückte.

»Foto? Foto?«, fragte er begierig, und Nemo nickte abwesend. Ihm kam der rundliche Typ ganz gelegen, so fiel er zwischen all den Menschen wenigstens kaum mehr auf. Dabei ließ er das Geistermädchen allerdings nicht aus den Augen.

Sie zögerte.

Komm schon, dachte er, *geh nach rechts!*

Und dann tat sie ihm den Gefallen.

Nemo grinste zufrieden. Jetzt hatte er gute Chancen, sie zu schnappen. Er ließ den Dicken stehen, bevor der sein Selfie mit Geist überhaupt in Angriff genommen hatte, rempelte wahllos Mitglieder einer weiteren, eng zusammengedrängten Touristengruppe über den Haufen, legte noch einen Zahn zu – und schoss durch das Tor. Erleichterung wallte in ihm auf, als er die hellpink leuchtenden Haare das nächste Mal entdeckte. Die Diebin hatte ihre Geschwindigkeit mittlerweile gedrosselt und joggte nun in gemächlichem Tempo quer über den Platz. Sie war sich offenbar sehr sicher, Nemo abgehängt zu haben. Doch dann warf sie einen Blick über ihre Schulter nach hinten und erschrak fürchterlich. Sofort begann sie, erneut zu rennen, aber auf offenem Gelände war Nemo schneller als sie. Am Ende des Platzes hatte er sie schon beinahe eingeholt.

»Warte!«, rief er. »Ich will dir nichts tun!«

Sie verschwendete keine Energie darauf zu antworten. Stattdessen hielt sie sich Richtung Osten und bog hinter dem Promenadenplatz in eine Seitenstraße ein. Hier war sogar noch weniger los, das einzige Café, das sonst verirrte Touristen auffing, hatte geschlossen. Das Mädchen griff sich einen der Stühle, die zusammengeklappt neben dem Eingang lehnten, drehte sich im Laufen einmal um die eigene Achse und feuerte Nemo das metallene Ding genau zwischen die Beine. Er stolperte und fiel. Der Aufprall ging ihm durch und durch, aber er rappelte sich mit zusammengebissenen Zähnen auf und rannte weiter.

»Halt endlich an!«, rief Nemo, als er endlich wieder hinter ihr war. Er zwang sich, noch ein kleines bisschen schneller zu laufen, setzte an, um die Diebin zu überholen und zu Fall zu bringen – und entdeckte Nick, der ihnen vom anderen Ende der Straße entgegengelaufen kam.

Der Handlanger seines Vaters war ganz in schwarz gekleidet und hatte einen Arm nach vorne ausgestreckt. Viel zu spät bemerkte Nemo den Revolver, den Nick in der Hand hielt. Und es dauerte eine weitere Sekunde, bis er verstand, dass er damit auf das Mädchen zielte! Noch ehe Nemo einen klaren Gedanken fassen konnte, packte er die Kleine am Ärmel und zerrte sie aus der Schusslinie. Nicht rechtzeitig. Zwei Schüsse krachten, und das Geistermädchen sackte in sich zusammen. Wie ein im Sturm umgeknicktes Pflänzchen blieb sie liegen.

»Mein Bein!«, keuchte sie, als Nemo schlitternd neben ihr zum Stehen kam. Mit beiden Händen umklammerte sie ihren Oberschenkel, wo die Wandel-Pistole zwei große Löcher herausgerissen und ein Stück zerfetzte Hose zurückgelassen hatte. Nicht mehr lange, und die gesamte Energie des Mädchens würde verbraucht sein.

Nemos Blick huschte zu Nick auf der gegenüberliegenden Straßenseite hinüber. Der Scherge stand mit offenem Mund und weit aufgerissenen Augen da. Den Revolver hielt er locker in der herabhängenden Hand. Weil er keinerlei Anstalten machte, sich zu bewegen, konzentrierte sich Nemo wieder auf das Mädchen.

»Du … bist getroffen worden«, brachte er stockend hervor.

»Ach, sag bloß!« Die Kleine zitterte vor Zorn – und sicherlich auch wegen des schnellen Energieverlusts. »Lass mich raten, das waren keine normalen Kugeln.«

»Es sind gar keine Kugeln. Nicks Waffe entzieht Geistern ihre Energie.«

»Indem sie Löcher in Körper reißt, verstehe«, stöhnte das Mädchen und warf einen kurzen Blick hinunter auf ihre zerfetzte Hose. »Dass ihr Cordicios aber auch immer gleich mit dem halben Clan unterwegs sein müsst.«

Nemos Brust wurde schlagartig eng. Um ehrlich zu sein, hatte er Nick total vergessen gehabt. Als das Mädchen Victor umgerannt hatte und mit dem Paket geflüchtet war, hatte er einfach reagiert. Ohne ein einziges Mal darüber nachzudenken, hatte er die Verfolgung aufgenommen. Dabei wäre es eigentlich Nicks Aufgabe gewesen, das Mädchen wieder einzusammeln. Aber dass dieser Irre dafür gleich wild um sich ballern musste …! Bestimmt würde ihnen die Polizei deshalb jeden Augenblick auf die Pelle rücken, vielleicht sogar die Ghostguards.

»Du hättest nicht schießen sollen, Mann!«, blaffte er Nick an, der sich noch immer nicht rührte. »Ich hatte alles unter Kontrolle, bis du hier aufgetaucht bist.«

Es dauerte noch einen Moment, dann kam endlich wieder Leben in Lex' Handlanger. Mit einem Ruck löste er sich aus seiner Starre. »Ja, großartig hast du das gemacht, Frischling. Ganz ausgezeichnet, wie man sieht!«, schnauzte er, kam über die Straße gelaufen und spuckte dabei einen etwa münzgroßen Geiststein auf den Asphalt. Der kleine Kiesel sprang in den Rinnstein und verschwand. »Jetzt zieh Leine und überlass das Gör mir.«

Das Geistermädchen stieß ein ersticktes Keuchen aus, doch Nemo dachte ohnehin nicht daran nachzugeben.

»Nein«, sagte er und schüttelte entschieden den Kopf. »Ich erledige das.« Er war bisher ohne Nick klargekommen, und das würde er auch weiterhin tun. Es kam gar nicht in Frage, dass dieser schießwütige Hitzkopf jetzt alle Lorbeeren für sich beanspruchte, obwohl Nemo die ganze Arbeit erledigt hatte! »Ich kümmere mich um sie und bringe meinem Vater das Paket.«

»Junge, du blickst es wirklich nicht«, entgegnete Nick gereizt, während er sich breitbeinig vor Nemo aufbaute. »Du hast dich schon genug *gekümmert*, kapiert! Mach dich vom Acker, sonst …«

Wie aus dem Nichts landete plötzlich ein bronzefarbenes Etwas in Nick Walkers Nacken, und im nächsten Moment ging der Geist röchelnd zu Boden.

Nemo blinzelte überrascht. Was zur …?!

»Sieh mal einer an«, sagte die Lebende, die nun hinter einem geparkten Auto hervorkam, über Nick hinwegstieg und Nemo dabei skeptisch musterte. »Ein Schaukampf zwischen Lex Cordicios Schoßhündchen.«

Ihre roten Haare waren zu einem Zopf zurückgebunden und ihre Augen hinter einer dunklen Fliegerbrille verborgen. Nemo hatte das Gefühl, ihr schon mal irgendwo begegnet zu sein, aber ihm fiel nicht ein, wo.

Als Nick sich abrupt auf die Seite wälzte, fuhr das Mädchen herum und ging neben ihm in die Hocke. Mit flinken Fingern pflückte sie das bronzefarbene Etwas, das den Gangster angefallen hatte, aus dessen Nacken und setzte es stattdessen auf seinem Handgelenk ab. Es sah aus wie ein schmaler, einfacher Ring. Nur dass dieser Ring sich rasch wie ein Wiesel bewegte.

Nemo riss die Augen auf. Ein Wandeling!

Etwa eine Sekunde später verstand auch Nick, um was es sich bei dem kleinen Ding handelte, und versuchte jetzt energisch, es wieder loszuwerden. Doch zu diesem Zeitpunkt hatte es sich bereits fest um seinen Mittelfinger geschlungen. Nick fuchtelte wie wild mit den Händen herum, kämpfte fieberhaft gegen den Wandeling an – doch dann wich erneut alles Leben aus seinem Körper. Augenblicklich begannen seine Konturen im Licht der Abendsonne zu verschwimmen, bis schließlich der darunterliegende Straßenbelag durchschimmerte. Solange sich niemand erbarmte und Lex' Handlanger einen Geiststein in die Hand drückte, würde er nun genau so liegen bleiben.

Nemo wich zurück, tief in den Schatten des Bürogebäudes hinein, vor dem sie standen. Wie kam eine Lebende an einen Wandeling, der wie Nicks Pistolen auch mächtig genug war, um Geister auszuknocken? Und was hatte sie ausgerechnet hier zu suchen?

»Wer bist du?«, fragte er drohend, während er seine Chancen abschätzte, das Mädchen zu überrumpeln. »Und was ist das für ein Ding?«

»Ich hab ihn Schnapptast getauft«, gab die Lebende gelassen zurück. Sie nahm den Wandeling wieder an sich, hob anschließend ein winziges schwarzes Etwas vom Boden auf und hielt es in die Höhe. »Er saugt Geistern die Energie aus und verwandelt sie in Perlen wie die hier. Schön, nicht? War wohl früher mal ein Ring.« Ohne ihre Augen von Nemo zu lösen, stand sie auf. »Lust auf eine Kostprobe, *Cordicio*?«

»Bleib mir bloß vom Leib damit!«, fauchte er, bereit, bei der kleinsten Bewegung des Mädchens zum Angriff überzugehen.

»Dann verschwinde«, entgegnete sie gereizt und schob ihre Fliegerbrille nach oben. Darunter kamen meerwasserblaue Augen zum Vorschein, die ihn wachsam und mit einer Spur Argwohn musterten. »Oder wir sorgen dafür, dass du es tust«

»Wir?«, hakte Nemo nach.

»Ich und« – Victor Flec trat mit einem breiten Grinsen im Gesicht und einem beängstigend großen Knüppel in der Hand hinter demselben Auto hervor wie das Mädchen einige Minuten früher – »Victor. Und um deine zweite Frage zu beantworten: Ich bin Ciel. Ciel Moon.«

»Moon.« Schlagartig wurde Nemo klar, wer da vor ihm stand und woher sie den Wandeling wohl hatte. Ganz kurz kniff er seine Lider zusammen. Dieses Mädchen war niemand Geringeres als die Enkelin einer verdammten Ikone der Geisterwelt!

Sie strahlte ihn an, als hätte sie seine Gedanken erraten, dann hob sie die Hand und wedelte vielsagend damit herum. An ihrem Ringfinger saß der Schnapptast, bronzefarben, unauffällig und blitzgefährlich.

»Na, was ist?«, fragte das Mädchen. »Oder suchst du nach irgendwas?«

Nemo knurrte zwischen seinen zusammengebissenen Zähnen hindurch. Diese Moon schien genau zu wissen, dass er hier noch nicht fertig war, und sie genoss es sichtlich, ihm die Tour zu vermasseln. Denn ein Blick auf den ausgeknockten Handlanger seines Vaters genügte, um Nemo klarzumachen, dass er verloren hatte. Dem Schnapptast war er nämlich genauso wenig gewachsen wie Nick. Also musste er sich wohl oder übel einen anderen Plan einfallen lassen, wenn er herausfinden wollte, was die Lieferung für Lex gewesen war. Das Geistermädchen würde ihm diese Frage wohl nicht mehr beantworten können, die brachte es ja mittlerweile kaum mehr fertig, ihre Augen offenzuhalten.

Mit leicht erhobenen Händen, als wollte er sich ergeben, schob sich Nemo an der Hauswand entlang, und sobald er sicher war, weit genug weg zu sein, machte er auf dem Absatz kehrt und rannte die Straße zurück.

»Wir sehen uns!«, flötete Ciel ihm hinterher.

Nemo kochte innerlich. Er wurde schneller, bis er endlich das geschlossene Café erreicht hatte. Dessen Eingang lag etwas versteckt in einer Nische, und genau dort warf sich Nemo jetzt mit geradezu halsbrecherischem Tempo hinein. Er zählte bis zehn, dann spähte er vorsichtig die Straße hinunter – und entspannte sich. Niemand achtete mehr auf ihn. Stattdessen hatte sich Ciel über das verletzte Geistermädchen gebeugt und tastete es ab, während Victor Flec neben ihr von einem Bein aufs andere trat. Sie suchten nach dem Päckchen.

Ein zufriedenes Grinsen erschien auf Nemos Lippen. »Du hast völlig recht, Ciel Moon«, murmelte er. »Wir sehen uns.«

8
Ciel

Vorsichtig schob Ciel die Augenlider der Diebin nach oben und pustete in ihr noch immer etwas durchscheinendes Gesicht. Ohne Erfolg. Das Geistermädchen, das Victors Päckchen geklaut hatte, war nach wie vor ohnmächtig. Sie lag auf einer winzigen Klappliege im kaum viel größeren Warenlager von *Alberts achtsam ausgewählte Antiquitäten* und regte sich kein bisschen. Und das, obwohl Ciel ihr bereits vor über einer halben Stunde einen Geiststein in die schlaffe Hand gedrückt hatte.

Ciel wusste zwar, dass es eine Weile dauern konnte, die Energie eines Geistes aufzuladen, aber allmählich ging ihr die Geduld aus. Dabei hatte sie doch alles richtig gemacht! Der Stein war unverbraucht und hatte Kontakt zur Haut des Mädchens. Trotzdem passierte nichts, nicht das kleinste Wimpernzucken.

Mit einem unwilligen Brummen schob Ciel ihre Fliegerbrille nach oben und kickte gegen das Drahtgestell der Liege, so dass es bedrohlich unter dem Geistermädchen schwankte. Inzwischen war die kleine Diebin nicht mehr ganz so durchsichtig wie ein Bogen Transparentpapier, aber warum wachte sie denn nicht auf? Und war es überhaupt richtig gewesen, sie herzubringen?

Müde von der Warterei rieb sich Ciel die Augen. Wenn sie darüber nachdachte, war ihnen ja eigentlich gar nichts anderes übriggeblieben … Mehr als ihren Namen hatten Ciel und Victor nämlich nicht aus der Geisterdiebin herausbekommen, bevor sie auf der Straße im Ghostend endgültig das Bewusstsein verloren hatte. Nunzia hieß sie, und sowohl ihre Hände als auch die Taschen ihrer sandfarbenen Sweatjacke waren leer gewesen. Nicht einmal eine Spur des Päckchens aus der gelben Tüte, das sie Victor gestohlen hatte.

Leider hatten sie keine Zeit gehabt, das Mädchen genauer unter die Lupe zu nehmen, denn kurz darauf waren bereits die ersten besorgten Leute am Ende der Straße aufgetaucht, offenbar durch die Schüsse alarmiert. Und weil Ciel nicht besonders scharf darauf gewesen war, von Polizisten oder Ghostguards befragt zu werden, hatte sie vorgeschlagen, Nunzia woanders weiter zu durchsuchen. Eilig hatten sie das Mädchen daraufhin zwischen sich genommen und waren in letzter Sekunde abgetaucht.

Eine Weile hatten sie überlegt, Nunzia in *Franklins phantastische Spielhöhle* zu bringen. Die wäre bloß einen Katzensprung entfernt gewesen und hätte es ihnen erspart, sich mit einem bewusstlosen Geist im Schlepptau durch die halbe Stadt zu schlängeln. Aber zum einen hatte Donnas Schicht dort gerade erst begonnen gehabt, und für Ciel war es nicht in Frage gekommen, ihrer Mutter mit einem besinnungslosen Geistermädchen unter die Augen zu treten. Und zum anderen war da ja auch noch Nemo Cordicio gewesen. Der war nach seinem Abgang sicherlich sofort nach Hause gerannt und hatte seinem Papi alles gepetzt. Das hieß, inzwischen war wohl kein Ort im Ghostend mehr sicher.

Also hatten Ciel und Victor beschlossen, Nunzia in Alberts Antiquitätenladen unterzubringen. Zumal sie wussten, dass der bei ihrer Ankunft verlassen sein würde, denn jeden Mittwoch machte Albert ein paar Stunden früher Schluss, um den Abend bei Freunden zu verbringen, die nicht weit von seiner eigenen Wohnung entfernt im Ghostend lebten. Die Gefahr, dass er heute noch mal im Laden auftauchte, war daher ziemlich gering.

So hatte Ciel genügend Zeit gehabt, Nunzias Wunden zu versorgen. Sie musste grinsen beim Gedanken daran, dass Victor anfangs sogar geholfen hatte. Als ihm allerdings ein Brocken blauer Glibber auf die Hand geplatscht war, hatte sein Gesicht urplötzlich eine ungesunde Färbung angenommen. Gleich darauf war er würgend nach draußen gerannt. Inzwischen war Victor zwar wieder zurück, besonders fit sah er jedoch nicht aus.

»Ich frag mich die ganze Zeit, was so Wichtiges in diesem Paket drin gewesen sein könnte«, sagte er jetzt mit unglücklicher Miene. »Lex scheint ja nicht der Einzige zu sein, der es unbedingt haben will.«

Ciel blickte erneut auf das Geistermädchen hinab und seufzte. Sie hatte selbst schon öfter über diese Frage nachgedacht, und dabei war ihr mit jedem Mal unwohler geworden. Allein die Vorstellung, was dieser verrückte Cordicio diesmal alles im Schilde führen könnte …

»Ich weiß es nicht«, gab sie zerknirscht zu.

»Vielleicht sollten wir die Kleine einfach noch mal gründlicher durchsuchen«, schlug Victor vor. »Könnte ja sein, dass du vorhin was übersehen hast.«

Hoffnung schwang in seiner Stimme mit, und Ciel zuckte ergeben mit den Schultern. Obwohl sie ahnte, dass es nichts nützen würde, überprüfte sie zum dritten Mal die Jackentaschen des Mädchens, die – natürlich! – noch immer leer waren. Und in den Hosentaschen fand sie auch nichts anderes als den wertlosen Kram, den sie bereits vor einer halben Stunde ans Licht befördert hatte.

Allmählich fühlte Ciel Verzweiflung in sich aufsteigen. Sie brauchten nicht irgendwelches Gerümpel, sondern dieses Päckchen! Was bitte sollten sie mit einem abgebrochenen Bleistift, einem verbogenen Kronkorken, zwei Centmünzen und einem stinknormalen Steinsplitter anfangen? Murrend stopfte sie das Zeug zurück in die Taschen und tastete Nunzias Arme und Beine ab. Selbst ihre Schuhe untersuchte sie – ohne Ergebnis.

Victor ließ die Schultern hängen. »Dann bleibt ja nur noch die Möglichkeit, dass sie es irgendwo unterwegs versteckt hat. Wahrscheinlich weil ihr Nemo auf den Fersen war«, brummte er. »Oder es liegt dort, wo ich die gelbe Tüte gefunden habe … Mist, ich hätte gleich danach suchen sollen.«

»Hey, ganz ruhig.« Ciel trat neben ihn und knuffte ihn aufmunternd in die Seite. »Jetzt warten wir erst mal ab, bis sie aufwacht. Das kann ja keine Ewigkeit mehr dauern.«

Eine Weile lang beobachteten sie das Geistermädchen schweigend mit Argusaugen, bis Victor plötzlich murmelte: »Ich würde wirklich gern verhindern, dass mich Lex von seinem Gorilla vermöbeln lässt.«

»Wir sorgen schon dafür, dass das nicht passiert«, erwiderte Ciel und bemühte sich, dabei zuversichtlich zu klingen. Dass Victor jetzt die Nerven verlor, konnten sie beide nicht gebrauchen, genauso wenig wie weitere Verzögerungen. Ein Blick auf die Uhr verriet ihr, dass es bereits weit nach sieben war. Bestimmt ließ Lex inzwischen das gesamte Ghostend durchkämmen, während er selbst wutkochend zu Hause hockte und darüber nachgrübelte, wie er nun an seine Lieferung gelangen sollte und was er alles mit Victor anstellen würde, sobald er ihn in die Finger bekam.

»Ja.« Victor lächelte matt. »Kriegen wir bestimmt hin.«

»Was kriegt ihr hin?«, raunte auf einmal eine heisere Stimme, und Ciel und Victor fuhren heftig zusammen. Nur einen Moment hatten sie nicht aufgepasst, und ausgerechnet den hatte Nunzia genutzt, um aufzuwachen. Langsam drückte sich das Geistermädchen nach oben in den Sitz. Ihr Körper war inzwischen bloß noch an den Rändern leicht durchscheinend, und ihre Haare hatten sich weiter aufgehellt. Schon bald würden sie wieder ganz weiß sein.

Ciel nahm den Geiststein entgegen, den Nunzia ihr mit größter Anstrengung reichte, und verfolgte stirnrunzelnd, wie das Mädchen begann, von der Liege herunterzurutschen.

»Was hast du vor?«, wollte Victor wissen.

»Nach was sieht es denn aus?«, entgegnete Nunzia. Obwohl sie am ganzen Körper zitterte, wollte sie anscheinend unbedingt aufstehen. Erst als ihr die Knie wegknickten und sie beinahe umfiel, kam Ciel ihr zu Hilfe. Energisch drückte sie das Mädchen auf die Pritsche zurück.

»Meine Güte, nun warte doch wenigstens ein paar Minuten«, raunte sie. »Warum so eilig?«

»Weil ich lieber darauf verzichte, in einem Raum mit Leuten zu sein, die für Lex Cordicio arbeiten«, gab Nunzia grimmig zurück. Sie versuchte erneut aufzustehen, es klappte noch immer nicht. »Der Kerl ist ein Ekelpaket. Ein selbstverliebter, gewalttätiger, macht- und geldgieriger …«

»Schon gut, wir haben's kapiert.« Ciel hob abwehrend die Hände, um die Liste der Beleidigungen zu unterbrechen. Sie konnte zwar jede einzelne nachvollziehen, doch im Moment ging es nicht darum, wie sehr oder wie wenig jeder von ihnen Lex leiden konnte. Zunächst einmal mussten sie dieses Päckchen finden, und die Kleine hatte es entweder in ihrem Besitz, oder sie wusste zumindest, wo es war. Höchste Zeit, ihr dieses Geheimnis zu entlocken.

»Um das gleich mal klarzustellen«, fuhr Ciel fort. »Wir arbeiten nicht für Lex.«

Nunzia schnaubte durch die Nase und warf mit hochgezogenen Augenbrauen einen Blick in Victors Richtung. Ein betretenes Grinsen erschien auf seinem Gesicht.

»Normalerweise jedenfalls nicht«, murmelte er. »Aber dieses eine Mal schon, und eigentlich möchte ich es auch dabei belassen. Deshalb hätte ich jetzt gern das Päckchen zurück.«

»Schön für dich«, erwiderte das Geistermädchen. »Ich kann es dir nur leider nicht geben.«

»Und warum nicht?«

»Ich habe die Lieferung nicht mehr.«

Ciel fühlte, wie sich ihre Chancen, diese Sache möglichst bald abzuschließen, endgültig in Luft auflösten. Mit einem laut schallenden *POFF!*.

»Du meinst sicherlich, du hast sie nicht *dabei*, oder?«, fragte Victor hoffnungsvoll und ließ sich gegen den winzigen Tisch sinken, der das einzige Möbelstück im Lager war, das Albert nicht mit allerlei Plunder überhäuft hatte.

»Nein. Eigentlich will ich damit sagen, dass ich sie nicht mehr habe, weil jemand anders sie hat«, sagte Nunzia und musterte Victor dabei mit einem Ausdruck im Gesicht, als würde er etwas Offensichtliches übersehen. Dann wandte sie sich ab und blickte sich neugierig im Raum um. Mittlerweile schien sie es nicht mehr ganz so eilig zu haben, von hier wegzukommen. »Wo sind wir überhaupt?«

»Du hast das Päckchen also unterwegs weitergegeben?«, hakte Ciel nach, ohne auf die Zwischenfrage einzugehen, aber Nunzia schüttelte bloß den Kopf.

»Hab ich nicht.«

»Und wie kommst du dann auf die Idee, dass es jemand anders hat?« Ciel verschränkte die Arme vor dem

Körper. Allmählich verlor sie die Geduld mit diesem Mädchen und ihren patzigen Antworten.

Betont gelassen schaute Nunzia sich noch ein paar Sekunden lang um, ehe sie Ciel erneut das Gesicht zudrehte. Ihre Augen waren klar wie Gebirgsbäche und von einem fast durchscheinend hellen Blau. »Weil *ich* es nicht mehr habe und mir Nemo Cordicio gefolgt ist, falls du dich erinnerst.« Sie lächelte kühl. »Wie wär's denn, wenn ihr *ihn* mal danach fragt?«

9
Nemo

Nemo runzelte verärgert die Stirn. Hatte er das gerade eben richtig gehört, beschuldigte diese kleine, dreiste Diebin tatsächlich *ihn*? Die hatte doch nicht mehr alle Sprossen in der Leiter, so einen Mist zu behaupten! Aber wenigstens war sie mittlerweile aufgewacht. Die Warterei in diesem rattenverseuchten Hinterhof irgendeines Ramschladens ging ihm nämlich gehörig auf die Nerven. Es kam ihm wie Stunden vor, die er jetzt schon hier im Schatten kauerte und auf den richtigen Moment hoffte, um endlich in Aktion treten zu können. Aber bisher hatte er nur die sinnlosen Gespräche zwischen Ciel und Victor hinter der windschiefen Holztür belauschen können und dabei versucht, das Ungeziefer von sich fernzuhalten, das sich hier sicherlich überall rumtrieb.

Nachdem Ciel ihn mit dem Schnapptast bedroht hatte, war sein neuer Plan recht einfach gewesen: die kleine Diebin und die beiden Lebenden nicht aus den Augen lassen, bis es ihm gelungen war, das Päckchen seines Vaters an sich zu nehmen. Zuerst hatte er Zweifel gehabt, ob ihn Ciel und Victor nicht früher oder später bemerken würden, wenn er ihnen über eine so weite Strecke folgte. Die waren allerdings viel zu beschäftigt damit gewesen, das bewusstlose Geistermädchen mitzuschleifen und möglichst unauffällig das Ghostend zu verlassen. Widerwillig musste Nemo zugeben, dass sich die kleine Moon dabei gar nicht blöd angestellt hatte. Er kannte zwar selbst den ein oder anderen geheimen Ausgang, um die offiziellen Wachtore zu umgehen. Aber sie toppte das sogar noch. Das versteckte Tor, durch das sie ins Menschenviertel gelangt war, hatte Nemo erst bemerkt, als er direkt davorgestanden hatte.

Und nun waren die drei schon seit über einer Stunde in diesem Laden.

In dieser Zeit hatte Nemo beinahe minütlich mit seinem Handy die Nachrichten gecheckt, um herauszufinden, ob man Nick inzwischen gefunden hatte. Aber von einem gefassten Täter war nirgends die Rede. Stattdessen hatte die Polizei eine Schutzzone um das Ghostend errichtet, um weitere Schießereien zu verhindern. Offenbar war es Lex also irgendwie gelungen, seinen Handlanger noch vor den Wachen von der Straße zu kratzen. Und während die Einsatzkräfte jetzt jeden noch so verdächtigen Stein umdrehten, erzählte Nick seinem Boss wahrscheinlich gerade Schauermärchen darüber, wie sein missratener Sohn angeblich alles vermasselt hatte. Und es gab nur eine einzige Möglichkeit, Nicks Geschichte geradezurücken.

Aber jetzt behauptete dieses hinterhältige Geistermädchen allen Ernstes, das Päckchen nicht mehr zu besitzen! Wenn sie es nicht hatte, wer sonst? Nemo konnte nicht glauben, dass die drei dort drinnen wahrhaftig darüber diskutierten, wann *er* an das Paket gekommen sein und was er damit vorhaben könnte. Am liebsten wäre er durch die Tür gestürmt und hätte sie …

Das Handy in seiner Hosentasche begann zu vibrieren. Lautlos löste sich Nemo aus dem Schatten neben der Tür und huschte unauffällig den schmalen Weg zurück zum Hoftor. Sein Vater hatte ihm zwar stets verboten, sich in die Familiengeschäfte einzumischen. Wie man sich geschickt tarnte und unentdeckt andere Leute beobachtete, das hatte er Nemo allerdings schon im ersten Leben beigebracht.

Am Hoftor angekommen, zog Nemo das Telefon aus seiner Tasche, um einen Blick aufs Display zu werfen. Seine Augenbrauen zuckten nach oben, als er sah, wer anrief, und es dauerte fünf weitere Sekunden, ehe er sich dazu durchringen konnte, das Gespräch anzunehmen.

»Nick«, sagte er, sobald er das Handy am Ohr hatte. »Du bist wieder wach.«

»Ja, du Leberwürstchen, und sobald ich dich in die

Finger kriege, schläfst *du* erst mal für eine Weile«, erwiderte Nick mit gefährlich bebender Stimme.

Nemo verdrehte die Augen. Wenn Nick Walker die Beherrschung verlor, dann richtig. Aber in erster Linie war der Kerl dumm wie zehn Liter Luft.

»Oh, singst du mir vorher noch ein Gutenachtlied? Vielleicht eins über einen strunzdoofen Cowboy, der auf offener Straße wild um sich ballert?«

»HALT DEINE VERDAMMTE KLAPPE UND SAG MIR, WO DU BIST!«, brüllte Nick mit einem Mal so laut, dass Nemo instinktiv das Telefon von seinem Ohr wegriss. Himmel, der Typ hatte echt gewaltig einen an der Klatsche. Mit ein paar Tastenklicks regelte Nemo die Lautstärke des Gesprächs runter, während er prüfend über seine Schulter zurück zur Tür schaute. Dort war nach wie vor alles ruhig.

»ICH HAB DICH WAS GEFRAGT, FLATTERHIRN!«, bellte Nick weiter. »ALSO ANTWORTE GEFÄLLIGST!«

»Ja, Mann, komm mal wieder runter.« Nemo hielt sich eine Hand vor den Mund, damit bloß kein Laut zu viel nach außen dringen und ihn verraten konnte. »Ich bin ihnen gefolgt. Alles in Ordnung.«

»Wem bist du gefolgt?«, wollte Nick wissen. »Und wo zur Hölle ist die Lieferung?«

Nick und Lex hatten sie also auch nicht. Damit

konnte Nemo zwei weitere Verdächtige von der Liste streichen. Nun blieben eigentlich nur noch zwei Möglichkeiten übrig: Entweder log die Geisterdiebin wie gedruckt, oder sie hatte das Päckchen unterwegs verloren, und ihm war es nicht aufgefallen. Nemo hoffte, dass sie eine Lügnerin war und nicht bloß ungeschickt.

»Victor Flec und Ciel Moon«, flüsterte er. »Sie haben das Geistermädchen mitgenommen und wieder zusammengeflickt. Aber die Kleine rückt die Lieferung nicht raus. Sobald sie sie laufen lassen, hole ich mir das Päckchen und bringe es meinem Vater.« Besser gesagt würde er bis dahin schon herausgefunden haben, wo genau er danach suchen musste.

Eine Weile herrschte Stille am anderen Ende der Leitung. Dann ertönte erneut Nicks Stimme, und diesmal klang sie, als hätte er einen Eimer Eiswürfel geschluckt. »Die kleine Moon hat das Paket?«

»Nein, Mann, das hab ich nicht …«

»Sag mir jetzt sofort, wo du bist, Nemo.«

»Warum denn? Ich hab alles im Griff, lass mich ruhig machen.«

»Dich machen lassen? DICH?« Das letzte Wort schrie Nick wieder, und Nemo hatte das Gefühl, als hätte ihm jeder einzelne Buchstabe eine saftige Ohrfeige verpasst. »Ich hab dich vorhin schon machen lassen, als du dem Mädchen nachgerannt bist! Aber du hast es total verbockt! Und dann ziehst du Idiot die Kleine auch noch direkt in die Schusslinie! Wie beschränkt kann man eigentlich sein?«

Nemo öffnete den Mund – und schloss ihn wieder. Er hatte das Geistermädchen in die Schusslinie gezogen? Was sollte das nun wieder bedeuten? Er hatte sie doch extra zur Seite gezerrt, damit Nick sie *nicht* erwischen konnte! Aber er war einfach zu spät dran gewesen. Auch jetzt, fast zwei Stunden später, sah er es noch ganz genau vor sich: Nick, der mit seinem Revolver auf das Mädchen zielte und kurz davor war, seinen Schuss abzugeben. Im allerletzten Moment hatte Nemo sie am Ärmel gepackt und … und … Langsam ließ er die Hand sinken, mit der er bis jetzt seinen Mund verdeckt hatte.

Er hatte die Kleine in seine Richtung gezogen, dorthin, wo *er selbst* einen Augenblick zuvor gelaufen war.

»Nick«, presste er hervor. »Was willst du damit sagen?«

»Dass du dich zukünftig besser aus der Sache raushalten solltest, du Idiot!«

Sprachlos starrte Nemo auf das Display seines Handys. Sein Finger schwebte einen Moment lang unschlüssig in der Luft, während Nicks gifttriefende Stimme weiter zu ihm nach oben schwebte, dann drückte er das Gespräch weg und ließ das Handy sinken. Der Handlanger seines

Vaters hatte *ihn* treffen wollen. Er hatte nicht auf das Geistermädchen, sondern auf *ihn* gezielt. Und er hatte tatsächlich auch geschossen!

Nemo spürte, wie ein Brodeln in ihm hochstieg. Entweder war Nick vollkommen übergeschnappt, oder Lex hatte ihm den Auftrag gegeben, auf seinen Sohn zu schießen. Was von beidem schlimmer war, darüber wagte Nemo im Augenblick nicht nachzudenken.

Mittlerweile wutkochend steckte er sein Handy ein und fuhr sich unruhig übers Gesicht. Einen Plan, er brauchte einen Plan. Er musste herausfinden, was hier gespielt wurde, und dabei durfte er Lex und Nick auf gar keinen Fall unterschätzen. Am besten wäre es wohl, wenn er so schnell wie möglich herausfand, was in diesem verflixten Päckchen war.

Wie viel musste es wert sein, dass sein eigener Vater ihn dafür möglicherweise sogar zum Abschuss freigegeben hatte? Nemo stöhnte innerlich auf. Allein die Vorstellung machte ihm zu schaffen. Aber für Lex war er ja immer schon ersetzbar gewesen, ein notwendiges Übel, das er mitschleppen musste. Dummerweise war Nemo nämlich das einzige andere Mitglied der Cordicio-Familie gewesen, das auch den Weg aus der Lücke gefunden hatte. Von wegen, er sollte später einmal die Familiengeschäfte übernehmen. Lex hatte ihm noch nie etwas zugetraut. Aber damit war es jetzt endgültig vorbei!

Mit diesem Gedanken im Hinterkopf holte er aus und trat gegen das Gerümpel, das überall im Hof herumstand. Er trat noch mal, jetzt mit voller Wucht – und traf dabei eine alte Truhe aus dunklem Holz mit kunstvollen eisernen Beschlägen. Auf der Vorderseite war ein Ring in Form einer Schlange angebracht, die in diesem Moment mit zuckenden Bewegungen zum Leben erwachte. Sie fauchte bösartig und wand sich blitzschnell über den Deckel der Truhe auf Nemo zu. Er wich zurück, aber einen winzigen Augenblick zu spät. Als wäre sie von einem Katapult geschleudert worden, zischte die Schlange durch die Luft und landete genau an Nemos Kehle. Kleine spitze Fangzähne bohrten sich in seinen Hals, und Nemo konnte nicht anders: Er stieß einen unterdrückten Schrei aus.

Er packte das Reptil und zerrte daran, doch das bewirkte nur, dass sich die Zähne noch tiefer in seine Haut gruben. Also tastete er stattdessen nach dem Maul der Schlange, um ihre Kiefer auseinanderzubiegen. Aber kaum hatte er damit begonnen, wickelte das Tier seinen restlichen Körper in Windeseile um Nemos Kopf und drückte zu. Es presste und presste und schien dabei mit jeder Sekunde länger und dicker zu werden, sich weiter nach oben zu schlängeln. Ehe Nemo verstand, was die Schlange vorhatte, war es bereits zu spät. Mit einer letzten ruckartigen Bewegung wand sie ihren Schwanz über

Nemos Augen, und auf einmal wurde es dunkel um ihn herum.

Panisch begann er, erneut an dem Schlangenkörper zu ziehen. Dabei stolperte er orientierungslos zur Seite, stieß mit der Schulter gegen irgendwas Hartes und konnte sich gerade noch fangen. Er musste das Maul von diesem Vieh öffnen, und zwar sofort! Doch erst nach drei weiteren Versuchen gelang es ihm endlich, die Kiefer der Schlange so weit aufzubiegen, dass er sie von seinem Hals lösen konnte. Er hielt den Kopf fest, so gut er konnte, riss mit voller Wucht daran – und kurz bevor sich ihr Körper spannte, ließ die Schlange los.

All die Kraft, die Nemo in die Bewegung gelegt hatte, sorgte nun dafür, dass er ungebremst nach hinten polterte. Begleitet von ohrenbetäubendem Lärm krachte er in eine Wand aus Holzpaletten, auf denen gefühlt einhundert leere Kartons gestapelt waren. Der Kartonturm zitterte, schwankte und fiel dann wie in Zeitlupe in sich zusammen. Innerhalb einer Sekunde war Nemo unter so viel Pappe begraben, wie er in seinen beiden Leben zusammengerechnet noch nicht gesehen hatte.

Na toll.

Nemo machte sich gar nicht erst die Mühe, sich aus dem Kartonberg herauszukämpfen, er blieb einfach liegen. Es war sowieso sinnlos. Diesen Krach hatten wahrscheinlich nicht nur Ciel, Victor und das Geistermädchen mitbekommen, sondern mit etwas Pech auch alle anderen Bewohner des Viertels. So viel zur geschickten Tarnung.

Kaum hatte er den Gedanken zu Ende gedacht, wurde der Pappkarton zur Seite geschoben, der sein Gesicht bedeckt hatte, und Ciel Moon beugte sich mit selbstgefälliger Miene über ihn. Zwischen Daumen und Zeigefinger ihrer rechten Hand drehte sie den bronzefarbenen Schnapptast. Victor Flec stand schräg hinter ihr und sah ihn an.

»Sieh mal einer an, wir haben Besuch«, sagte Ciel. »Wie praktisch, dann müssen wir nicht erst nach dir suchen.«

10
Ciel

Noch ein letztes Mal prüfte Ciel den Doppelknoten, mit dem sie das Seil um Nemos Handgelenke festgezurrt hatte, dann richtete sie sich auf und musterte den Geisterjungen argwöhnisch von oben herab. Sie und Victor hatten beschlossen, den Cordicio-Sprössling wegen der vermissten Lieferung einer genauen Befragung zu unterziehen. Vielleicht rückte er ja freiwillig mit der Sprache heraus, was er damit angestellt hatte. Und wenn nicht, mussten sie ihn eben durchsuchen. So oder so, sie würden schon noch an dieses Päckchen gelangen, und danach konnten sie Nemo zurück zum Teufel jagen.

Aber vorher musste sie erst noch dafür sorgen, dass Nunzia sich wieder beruhigte. Seit sie den jungen Cordicio erblickt hatte, schien das Geistermädchen nämlich wie ausgewechselt.

»Ihr … das … ihr könnt doch nicht … das ist …«, stammelte sie gerade und schnappte auf ihrer Liege nach Luft wie ein erstickender Koi-Karpfen. Nicht dass sie so was wie Luft gebraucht hätte, denn als Geist war sie darauf genauso wenig angewiesen wie auf Essen oder Trinken. Das machte ihr Verhalten nur umso seltsamer.

»Halt dich am besten einfach raus und sei still«, knurrte Ciel sie an. Dann drehte sie sich zu Nemo um, öffnete den Mund – und schloss ihn wieder, denn Nunzia dachte überhaupt nicht daran, sich ruhig zu verhalten. Sie tobte und versuchte mehrfach aufzustehen, aber ihre Beine waren nach wie vor zu schwach.

Ciel musste fast schon schadenfroh grinsen beim Gedanken daran, dass Nunzia den Geiststein vorhin so schnell aus der Hand gegeben hatte. Hätte sie ihn behalten und ihre Kräfte weiter aufgetankt, wäre sie jetzt wohl bereits über alle Berge. Doch so lag der Stein weit außerhalb ihrer Reichweite auf einer Kommode neben der Hintertür.

Ciel hatte keine Ahnung, was mit dem Mädchen auf einmal los war. Hatte sie solche Angst vor Nemo, dass ihr selbst ein paar Minuten in einem Raum mit ihm gegen den Strich gingen? Zu verdenken wäre ihr das nicht nach der Aktion auf der Straße vorhin.

Trotzdem galt es gerade viel drängendere Dinge zu klären: Was hatte der junge Cordicio hier zu suchen? Konnte es sein, dass er das Päckchen doch nicht in seinem Besitz hatte? War er von seinem Vater geschickt worden, um es ausfindig zu machen? Oder sollte er ihnen die Lieferung vielleicht sogar abnehmen und Victor damit aus dem Spiel kicken?

So viele Fragen brannten Ciel auf der Seele, doch Nemo beantwortete keine einzige davon. Er hatte seinen Blick stur auf Nunzia gerichtet und starrte sie so feindselig an, als wäre sie das Ultraböse in seinem ganz persönlichen Superheldenfilm. Dabei zwinkerte er nicht ein einziges Mal. Und Nunzia? Die starrte plötzlich ebenso gehässig zurück. Von Angst keine Spur.

Schließlich hatte Ciel die Nase voll von diesem stummen Gezanke. Sie lief an Nemo vorbei und stellte sich genau zwischen die beiden Geister, um das Blickblitz-Duell zu unterbrechen.

»Hört endlich auf mit dieser beknackten Glotzerei!«, blaffte sie, ehe sie sich direkt an Nemo wandte. »Und du sagst mir jetzt gefälligst, wo das Päckchen ist.«

Der Junge hob den Kopf und zischte mürrisch: »Frag doch deine Freundin da drüben. Das letzte Mal, als ich es gesehen habe, hatte sie es.«

»Dumm nur, dass sie dasselbe von dir behauptet«, brummte Victor. Seit sie zurück im Hinterzimmer waren, lehnte er neben Nunzias Liege am Bücherregal und ließ seinen Blick zwischen den beiden Geistern hin- und herwandern. Vielleicht hoffte er auf diese Weise herauszufinden, wer von ihnen die Wahrheit sagte.

»Schon mal auf die Idee gekommen, dass sie lügt?«,

erwiderte Nemo spitz. »Immerhin hat *sie* das Ding geklaut, nicht ich. Aber *ich* bin derjenige, den ihr an diesen bescheuerten Stuhl fesselt.«

Ciel biss sich ertappt auf die Lippe. Nemo hatte recht, bisher hatte er ihnen nichts getan. Im Gegenteil, er hatte sich sogar widerstandslos gefangen nehmen lassen, während Nunzia sich total zickig verhalten hatte. Doch bevor Ciel eine passende Antwort darauf einfiel, warf das Geistermädchen mit übermäßiger Empörung ihre Arme in die Luft.

»Also das ist ja wohl die Höhe!«, nörgelte sie. »Hier.« Gedämpft vor sich hinfluchend kramte sie all den Müll aus ihren Taschen, den Ciel vorhin schon durchwühlt hatte, und legte das Zeug neben sich auf die Liege. Danach stülpte sie die Taschen nach außen, schob ihre Ärmel und Hosenbeine nach oben und zog sogar die Schuhe aus. Nichts. Natürlich nicht.

»Zufrieden, Cordicio?«, fauchte Nunzia, als sie fertig war.

»Nein.« Nemo schüttelte den Kopf. »Du *musst* es haben.«

Mit flatternden Nerven ging Ciel ein weiteres Mal dazwischen. »Schluss jetzt, das bringt uns nicht weiter«, befahl sie, ehe sie zu Victor hinübersah. Sie hatten keine Zeit für diese sinnlosen Streitereien, sie mussten etwas *tun.* »Wenn die beiden es nicht haben, liegt es irgendwo da draußen. Wir gehen zurück und suchen danach.«

»Okay.« Victor stieß sich vom Regal ab und kam zu ihr herüber. »Aber vorher«, sagte er, »will ich noch wissen, was überhaupt in dem Päckchen drin war.« Er schaute erst Nemo an, danach Nunzia. »Warum macht ihr alle so einen riesigen Wirbel darum?«

Nemo schwieg beharrlich, ohne seine Augen von Nunzia zu lösen. Das Geistermädchen dagegen zuckte betont ahnungslos mit den Schultern und erwiderte: »Hab nicht nachgeschaut, und es ist mir auch egal.«

»Du wusstest gar nicht, was du da klaust?«, hakte Victor überrascht nach.

»Nö.« Nunzia streckte den Zeigefinger aus und schob ein paar ihrer wertlosen Habseligkeiten auf der Liege herum. Dann probierte sie ein weiteres Mal, ob ihre Beine sie trugen, und diesmal hatte sie Erfolg. Sogar Laufen funktionierte, wenn auch sehr steif und eher schleppend. Das schien sie allerdings nicht weiter zu stören. Entschlossen krempelte sie Hosenbeine und Ärmel wieder nach unten und machte sich anschließend auf den Weg zur Hintertür. Ciel schaute ihr ratlos nach. Sie hatte das leise Gefühl, als wäre es ein Fehler, das Mädchen gehen zu lassen. Ihr fiel jedoch auch kein Grund ein, es nicht zu tun.

»Ich denke, wir sind hier fertig. Vielen Dank fürs Aufpäppeln, und tut mir leid, dass ich nicht weiterhelfen konnte«, flötete Nunzia, streckte ihre Hand nach der Türklinke aus und …

»Warte.« Nemos Stimme ließ sie mitten in der Bewegung gefrieren. Der junge Cordicio musterte Nunzia durchdringend von oben bis unten und zog nachdenklich seine Unterlippe zwischen die Zähne. »Eine Frage hätte ich da noch.« Mit einer ruckartigen Drehung löste er seine Handgelenke aus den Fesseln, dann stand er auf.

Ciel klappte vor Erstaunen die Kinnlade herunter. Wie zum Teufel hatte der Kerl das angestellt? Und wie schaffte er es, sich so schnell zu bewegen? Denn bevor irgendjemand im Raum reagieren konnte, war Nemo bereits an Nunzia vorbeigehuscht und hatte ihr den Weg nach draußen versperrt.

»Wieso nur der kleine Splitter?«, fragte er, während er das Geistermädchen mit langsamen Schritten rückwärts drängte. »Das ganze restliche Zeug aus deiner Hosentasche liegt noch da drüben, aber dieses Steinchen hast du wieder eingepackt. Und das, obwohl es nicht mal ein Geiststein ist.« Nemo kniff die Augen zusammen. »Weshalb ist dir ausgerechnet dieses unscheinbare Ding so wichtig?«

»Ich … ich …« Nunzia verbarg ihre Hände hinter dem Rücken und wich so weit zurück, bis sie mit der Hüfte gegen den Tisch in der Mitte des Zimmers stieß. »Das … das geht dich nichts an.«

»Der Splitter ist die Lieferung, nicht wahr? Und du weißt, was es damit auf sich hat.«

Urplötzlich machte der junge Cordicio einen Satz auf das Mädchen zu, packte ihre Arme und zog beide nach vorne. Nunzia zappelte wie verrückt, trat und zerrte, aber sie war noch immer viel zu schwach, um sich ernsthaft wehren zu können. Als Nemo ihre linke Hand losließ, um sich der zur Faust geballten rechten zu widmen, brüllte sie frustriert auf.

»Ich weiß gar nichts! Also nimm gefälligst deine Flossen weg, du verblödeter …« Zu mehr kam sie nicht. Nemo hatte ihre Finger aufgebogen und das Steinchen herausgeholt, das sie darin versteckt hatte. Mit einem selbstzufriedenen Lächeln im Gesicht hielt er ihn nach oben, weit außerhalb von Nunzias Reichweite.

11
Victor

Erstaunt starrte Victor zu dem Stein in Nemos Hand hinauf. Wie hatte ihm das bloß entgehen können? Die ganze Zeit über hatte er Nunzia im Auge behalten, trotzdem war ihm nicht aufgefallen, dass sie den Stein wieder mitgenommen hatte. Ausgerechnet dieser Schnösel Cordicio hatte es bemerkt und feierte seinen Triumph nun mit einem breiten Grinsen im Gesicht. Jetzt musste er sich nur noch umdrehen und mit seiner Beute durch die Tür verschwinden. Die Sache war gelaufen. Und Victor würde nie erfahren, was so besonders an diesem seltsamen kleinen Stein war, dass Lex Cordicio solche Mühen dafür in Kauf nahm.

Ganz kurz spielte er mit dem Gedanken, Nemo zu überrumpeln und ihm das Steinchen abzunehmen. Immerhin waren sie beide etwa gleich groß und deshalb vielleicht auch ähnlich stark. Die Idee reifte sogar so weit in Victors Kopf, dass er sich aufrichtete und ein paar Schritte auf den Gangsterjungen zu machte, um … Ja, um was zu tun? Ihn umzurennen? Das war eine

Möglichkeit, die nicht ganz sinnlos klang. Aber dann pinnte ihn Ciels genervt klingende Stimme mitten in der Bewegung fest.

»Das ist ein Stein«, sagte sie. »Ein gewöhnlicher, nicht mal besonders hübscher Stein. Du glaubst doch nicht im Ernst, dass …«

Nemo achtete nicht auf sie. Stattdessen schob er Nunzia zur Seite, lief um den Tisch herum und zog einen Stuhl zurück, um sich zu setzen. Verwundert hob Victor die Augenbrauen.

»Ähm, ich will ja nicht hetzen oder so«, sagte er. »Aber wenn das wirklich die Lieferung für deinen Vater ist, solltest du sie ihm dann nicht schnellstens bringen?«

»Nein.« Nemo schüttelte den Kopf. »Jedenfalls nicht, solange ich mir nicht hundertprozentig sicher bin.«

Er ließ den Stein in seinen Fingern kreisen wie einen dieser Zauberwürfel, bei denen man durch Drehen die Farben auseinander sortieren musste. Auch Ciel und Nunzia konnten ihre Verblüffung jetzt nicht mehr verbergen, sahen Nemo jedoch schweigend dabei zu, wie er den Stein mit hochkonzentriertem Gesichtsausdruck untersuchte. Es dauerte eine ganze Weile, bis …

»Aha!«, machte der junge Cordicio so plötzlich, dass Victor und die beiden Mädchen erschrocken zusammenfuhren. »Sieh mal einer an. Das ist tatsächlich nicht bloß irgendein Stein.«

»Und wie kommst du darauf?«, fragte Ciel, sobald sie sich gefangen hatte.

»Weil *sie*« – Nemo deutete mit dem Daumen über seine Schulter zu Nunzia, die sich neugierig herangebeugt hatte – »sonst schon längst nicht mehr hier wäre. Außerdem ist an zwei Stellen etwas eingraviert.«

Wie auf Kommando traten alle einen Schritt näher, um zu sehen, ob Nemo recht hatte. Aber der Stein war verdammt klein, mehr ein Splitter. Er maß kaum zwei Zentimeter in der Breite, vielleicht einen in der Höhe, und seine zerklüftete Oberfläche war von mehreren andersfarbigen Schlieren durchzogen. Es war unmöglich, aus dieser Entfernung Genaueres zu erkennen. Schon gar keine winzigen Gravuren.

»Gib mal her«, verlangte Victor und streckte die Hand aus, doch Nemo warf ihm bloß einen ungläubigen Blick zu.

»Spinnst du?«, knurrte er. »Nimm deine Pfoten weg.«

»Wartet, ich hole eine Lupe.« Ciel wirbelte herum und verschwand drüben im Verkaufsraum. Gleich darauf kam sie auch schon wieder zurück, ein Vergrößerungsglas in der Hand, das beinahe so groß war wie ihr Kopf.

»Wenn du ihn schon nicht hergibst, halt den Stein wenigstens so, dass wir die Gravuren auch sehen können«, sagte sie an Nemo gewandt, und nach kurzem Zögern gab der Geisterjunge nach. Er öffnete seine Handfläche, legte den Stein in die Mitte und deutete auf die einzige Ecke, die komplett schwarz gefärbt war.

Zunächst konnte Victor gar nichts erkennen. Erst als er den Tisch umrundet und sich zwischen Ciel und Nunzia gedrängelt hatte, entdeckte er einige dünne Linien, die in den Stein geritzt waren. Zwei von ihnen bildeten ein Oval, das an den Seiten spitz zulief und einen winzigen Kreis umschloss. Darüber konnte Victor einen weiteren Strich sehen, der den Schwung des Ovals genau nachahmte. Vom vorderen Ende des Ovals lief eine Linie in einem geschwungenen Bogen nach hinten, eine kürzere ging gerade nach unten, und ein kleiner Strich schräg nach vorne. Irgendwo hatte Victor dieses Zeichen schon mal gesehen, er konnte sich jedoch nicht daran erinnern, wo das gewesen war. So wie es aussah, schien es allerdings …

»Das ist ägyptisch«, stellte Ciel fest.

»Das Auge des Ra«, fügte Nemo leise hinzu. Als er die darauffolgenden Blicke der anderen bemerkte, zuckte er unwirsch mit den Schultern. »Was denn? Mein Vater war drei Jahre im Gefängnis und ich wusste nicht, was ich sonst machen soll.«

»Und da hast du mal eben alle Dokumentationen übers alte Ägypten geschaut, oder was?«, feixte Victor amüsiert, aber Nemo ging nicht darauf ein. Stattdessen drehte er den Stein um und zeigte auf eine Stelle, wo sich goldene und graue Schlieren vermischten. Dort war ein weiteres Auge zu sehen.

»Die zweite Gravur ist eine Spiegelung der ersten«, sagte der Geisterjunge. »Man nennt sie Horus-Auge.«

Ciel war die Erste, die sich wieder aufrichtete. Sie verschränkte die Arme vor dem Körper und sah Nemo herausfordernd an. »Okay, und was will dein Vater so Wichtiges mit einem Stein anstellen, auf dem zwei ägyptische Augen eingeritzt sind?«, fragte sie. »Ich meine, das Ding sieht ja nicht gerade wertvoll oder sonst wie besonders aus. Was kann es denn?«

Nemo schwieg. Er drehte den Stein auf sciner Handfläche pausenlos im Kreis und hatte die Augenbrauen so weit zusammengezogen, dass sie beinahe einen durchgehenden weißen Strich bildeten.

Schließlich stöhnte Nunzia verärgert auf. »Meine Güte, du hast das Ding doch jetzt, also rück schon raus mit der Sprache«, sagte sie und warf sich mit einer fließenden Bewegung die langen, glatten Haare über die Schulter. »Aulikki schickt mich ja sicher nicht, um irgendeinen …«

Mitten im Satz brach sie ab. Ihre Augen wurden riesig, und mit dem Mund formte sie ein stummes »Oh«. Als wäre ihr aufgefallen, dass sie gerade etwas ziemlich Dummes getan hatte. Victor hatte keine Ahnung, was das gewesen sein könnte, Ciel und Nemo aber offenbar schon. Auf deren Gesichtern breitete sich in diesem Moment nämlich etwas aus, das Victor nur schwer einordnen konnte. Überraschung? Ungläubigkeit? Panik?

Einen Atemzug später schloss Nemo seine Faust um den Stein. »Wie war das?«, zischte er. »Wer hat dich geschickt?«

»Ähm …« Das Geistermädchen rieb sich die Nase.

»Aulikki Costa?«, schlug Ciel ungeduldig vor und trat einen Schritt näher an sie heran. »Du arbeitest für sie?«

Während Victor bloß Bahnhof verstand, zog Nunzia ihren Kopf ein, als wäre sie eine von Feinden umzingelte Schildkröte, und lächelte gequält.

»Na, bestens. Dann erzähl *du* uns doch einfach, was das für ein Stein ist!«, giftete Nemo. »Wenn die Hexe ihn haben will, muss er ja wohl irgendwelche Fähigkeiten besitzen.«

»Ich hab euch gesagt, ich weiß von nichts. Aulikki bezahlt mich nämlich nicht dafür, dass ich ihr Fragen stelle«, bellte Nunzia ebenso bissig zurück. »Außerdem glaube ich nicht, dass sie überhaupt wusste, was in dem Paket drin war.«

»Was soll das nun wieder bedeuten?«

»Dass ich eher den Eindruck hatte, als wollte sie die Lieferung nur deshalb abfangen, weil Lex so einen Aufwand dafür betrieben hat. Oder arbeitet er seit neuestem gern mit Menschen zusammen, und der Rest der Geisterwelt hat es bloß nicht mitbekommen?«

Nemo sprang auf. Er wollte zu einer Antwort ansetzen, schien es sich aber in letzter Sekunde anders zu überlegen und schwieg. Mit Grabesmiene begann er abermals, den Stein in seiner Hand zu drehen.

»Jetzt entspannt euch alle mal ein bisschen«, raunte Victor. Ihn beschäftigte momentan etwas anderes viel mehr als die Frage, aus welchem Grund Lex neuerdings mit Menschen zusammenarbeiten wollte. Dieser Name, den die anderen genannt hatten ... Aulikki Costa ... der kam ihm irgendwie bekannt vor. Hatte ihn nicht schon der Junge auf dem Marktplatz erwähnt? Und hatte der nicht ebenfalls die Bezeichnung *Hexe* benutzt? »Erklärt mir lieber mal, wer diese Aulikki Costa ist«, fügte er schließlich hinzu. »Wieso nennt ihr sie eine Hexe?«

»Weil sie eine ist. Eine extrem gefährliche, um genau zu sein«, antwortete Nemo. »Aus dem Grund wird sie den Stein auch auf gar keinen Fall bekommen.«

Ein spitzes Lachen platzte über Nunzias Lippen. »Na klar, du gibst ihn lieber deinem Vater, dem miesen Mafioso. Bei dem ist das Ding selbstverständlich *viel* besser aufgehoben.«

»Das hab ich doch gar nicht behauptet. Ich ...«

Victor seufzte schwer, als die beiden erneut mit Worten aufeinander einhackten. Ratlos schaute er zu Ciel hinüber, die seinen Blick ebenso unschlüssig erwiderte und dabei unaufhörlich den Schnapptast um ihren Ringfinger drehte. Der Wandeling schimmerte im Licht der funzeligen Deckenbeleuchtung und – Victor stockte. Der Schnapptast, natürlich! Beinahe hätte er laut losgejubelt. Stattdessen nickte er unauffällig in Richtung des Wandelings hinab und hoffte, dass Ciel es bemerken würde.

Mit dem Schnapptast konnten sie nicht nur dafür sorgen, dass Nemo und Nunzia endlich die Klappe hielten. Sie konnten dem Geisterjungen auch den Stein abnehmen. Und ganz vielleicht konnten sie sogar noch herausfinden, wozu das Ding gut war, ehe sie es zurückbrachten. Lex hatte jetzt so lange auf seine Lieferung gewartet, ein paar Minuten mehr oder weniger fielen da sicherlich nicht ins Gewicht.

Sobald Ciel verstanden hatte, worauf Victor hinauswollte, zog sie grinsend den Schnapptast von ihrem Finger, trat einen Schritt auf die Geister zu und räusperte sich lautstark. Augenblicklich kehrte Stille im Hinterzimmer ein. Sowohl Nunzia als auch Nemo hatten den freudig zappelnden Wandeling in Ciels Hand heute schon in Aktion erlebt, und scheinbar legten sie beide keinen großen Wert darauf, das nächste Versuchskaninchen zu spielen. Beschwichtigend hoben sie ihre Hände.

»Warum legst du den Stein nicht einfach auf den Tisch, Nemo?«, schlug Ciel mit Engelsstimme vor. »Wäre wirklich zu schade, wenn er runterfällt, während mein kleiner Freund hier deine Energie aussaugt.« Demonstrativ rollte sie den Wandel-Ring zwischen Zeigefinger und Daumen hin und her.

Nemo zog eine Grimasse, legte den Splitter dann aber gehorsam auf der Tischplatte ab. Es fiel ihm sichtlich schwer, seine Beute herzugeben, nachdem er sie doch gerade erst gefunden hatte.

»Stell dich neben Nunzia«, befahl Ciel. »Und du, Victor, holst dir den Stein. Wir beenden diese Sache jetzt.«

»Ich hoffe für euch, ihr fällt die richtige Entscheidung«, brummte Nemo, während er sich mit verschränkten Armen neben dem Geistermädchen aufbaute.

Victor schnaubte belustigt durch die Nase. Er war bereits auf dem Weg zum Tisch hinüber, warf dabei einen Blick über die Schulter zu Nemo zurück und grinste. »Tja, hättest du deine Chance vorhin mal ge...« Das letzte Wort schaffte es nicht mehr über Victors Lippen. Es wurde vom gleichen Ruck zurückgezerrt wie sein Fuß, der in diesem Moment an einem orientalischen Teppich hängenblieb, den Albert aus Platzgründen ständig woanders deponierte.

Victor stolperte. Er ruderte hektisch mit den Armen,

um das Gleichgewicht zu halten, und knallte im nächsten Augenblick mit der Hand auf den Tisch, direkt neben den Stein. Für den Bruchteil einer Sekunde war er erleichtert, dass er es tatsächlich geschafft hatte, sich abzufangen. Dann spürte er ein Kribbeln in seinen Fingern aufsteigen.

Wandeling, schoss es ihm durch den Kopf – und gleich darauf wurde er einmal quer durchs Zimmer geschleudert.

Mit der Geschwindigkeit einer Kanonenkugel krachte Victor in die hölzerne Kommode neben der Hintertür. Eine Welle aus Schmerz schoss seine Wirbelsäule hinauf und vernebelte seine Sinne, als er auf dem harten Boden aufschlug. Keine Sekunde später wurde er unter etwas begraben, das sich verdächtig nach einer Person anfühlte. Ein Ellbogen landete in seinem Magen, ein Knie bohrte sich in seinen Oberschenkel und ein Schädel knallte gegen seinen Unterkiefer.

Um ihn herum flappte, knackte und pochte es, als das halbe Inventar des Lagerraums durch die Luft gewirbelt wurde und dann ebenfalls zu Boden fiel. Von irgendwoher kam ein gequältes Ächzen. Und gar nicht weit von Victor entfernt brach nach einem langen, schrillen Quietschen etwas in sich zusammen, das hoffentlich nicht die Vitrine mit den gefährlichen Wandelingen war, die Albert zur Sicherheit wegsperrte. Mit angehaltenem Atem blieb Victor liegen, doch nichts regte sich. Das Einzige, was ihn überfiel, war eine plötzliche bleierne Müdigkeit. Er fühlte sich unendlich schwer und ausgelaugt und wollte sich am liebsten so lange verkriechen, bis dieser Tag – oder besser noch diese Woche – vorbei war.

Stattdessen hob er benommen den Kopf.

Nunzia rollte gerade von der Liege herunter, auf der sie vorhin schon mal gelegen hatte, und strich sich dabei die wirren Haare aus dem Gesicht. Träge blinzelnd sah sie sich um. Neben ihr zog sich Nemo am Bücherregal hoch. Ein Großteil der Bücher lag nun im Raum verteilt, der Rest in unordentlichen Haufen im Regal. Ein paar lose Seiten flatterten um die Geister herum, und hinter ihnen, knapp unterhalb der Decke, klebten zwei schillernde Schmetterlingsbroschen an der Wand, die sachte mit den Flügeln schlugen. Wahrscheinlich waren die Wandelinge aus irgendeiner Kiste herauskatapultiert und an die Mauer geklatscht worden. Aber zumindest hatte die Vitrine aus Sicherheitsglas nichts abbekommen. Erleichtert ließ Victor seinen Kopf wieder auf den Boden sinken.

»Was zum Geier war das?« Ciels heisere Stimme drang aus nächster Nähe an seine Ohren. Dass sie halb auf ihm lag, wurde Victor allerdings erst bewusst, als sie begann, ihre und seine Körperteile auseinanderzusortieren.

»Du ftüfpt dif auf meinem Gefift ab«, nuschelte er und schob sie von sich. Fluchend kämpfte sich Ciel nach oben. Sie rückte ihre Fliegerbrille zurecht, dann tappte sie mit unsicheren Schritten zum Tisch hinüber.

»Was ist da gerade passiert?«, wiederholte sie und starrte mit offenem Mund auf die Tischplatte. »War das etwa« – sie streckte einen Finger aus – »dieses *Ding*?«

»Sieht ganz so aus«, ächzte Nemo, der nun ebenfalls zum Tisch hinüberhinkte. Im Gegensatz zu Ciel hielt er jedoch einen gehörigen Sicherheitsabstand zu dem Stein. »Es sei denn, dein vieräugiger Kumpel hat irgendwelche Kräfte, von denen er uns nichts erzählen will.«

»Habe ich nicht«, entgegnete Victor. »Der Stein ist ein Wandeling.« Noch immer spürte er das unangenehme Kribbeln, das der Splitter in seinem Körper ausgelöst hatte. Als würden abertausende, mit winzigen Stecknadeln gefüllte Brauseblasen in ihm aufsteigen. Normalerweise fühlte sich das nicht so fies an.

Stöhnend richtete Victor sich auf, wischte den Staub von seinen Brillengläsern und betrachtete dann das Chaos um sich herum. Der Stein hatte wirklich ganze Arbeit geleistet. Nichts schien mehr an seinem ursprünglichen Platz zu liegen – außer dem Stein selbst.

»Alles in Ordnung bei dir?«, fragte Ciel mit besorgter Miene. »Du blutest.« Sie zeigte auf Victors Stirn, knapp unterhalb des Haaransatzes, ehe sie ein unbenutztes

Taschentuch aus ihrer Hosentasche kramte und es ihm reichte.

Victor nahm es dankbar entgegen. Die Berührung der Wunde brannte zwar wie Feuer, trotzdem presste er das Tuch darauf, so fest er konnte, um die Blutung zu stoppen. Außerdem tat ihm ohnehin schon alles weh, selbst die Haut hinter seinen Ohren. Wenn er genauer darüber nachdachte, konnte er wirklich von Glück reden, dass er sich nach dieser Explosion überhaupt noch bewegen konnte. Immerhin hatte er direkt danebengestanden, als dieses Teufelsding aus welchem Grund auch immer hochgegangen war. Gebrochen schien dennoch wie durch ein Wunder nichts zu sein.

»Und was wollt ihr nun mit dem Stein anfangen?«, wollte Nemo schließlich wissen.

Anstatt auf seine Frage zu antworten, funkelte Ciel ihn drohend an. »Wenn du glaubst, dass wir ihn jetzt tatsächlich noch deinem Vater überlassen, hast du dich gewaltig geschnitten.«

Nemo schwieg, und nicht zum ersten Mal beschlich Victor das seltsame Gefühl, dass der Junge gar nicht hier war, um die Lieferung für Lex einzusacken. Immerhin hatte er alle bisherigen Chancen, sich damit aus dem Staub zu machen, ungenutzt verstreichen lassen. Inzwischen machte er ja nicht mal mehr den Eindruck, sich dem Stein auch nur nähern zu wollen.

Und Nunzia?

»Keine Sorge, ich verzichte dankend«, platzte das Geistermädchen heraus, als hätte sie Victors Gedanken erraten. »Ich lasse mir doch nicht die Hände von einem durchgeknallten Wandeling abreißen, Auftrag von Aulikki hin oder her. Das Teil ist gemeingefährlich.«

»Scheinbar nur, wenn sich jemand daneben auf den Tisch wirft«, entgegnete Victor mit einem schmalen Lächeln. Dabei ließ er Nemo nicht aus den Augen, der nun zur Liege zurückhumpelte, als wäre es das Normalste der Welt. Als wäre er jeden Tag hier und nicht bloß deshalb, weil Victor und Ciel ihn vorhin beim Lauschen erwischt hatten.

Bei der Liege angekommen, ließ sich der Geisterjunge ächzend auf das vergilbte Leder sinken.

»Was glotzt ihr mich denn ständig alle so an?«, fragte er, weil Ciel und Nunzia ihn mittlerweile ebenfalls ungläubig musterten.

Einen Moment lang herrschte gespannte Stille im Raum, die nur von den leisen Flügelschlägen der Wandel-Broschen an der Wand unterbrochen wurde. Dann verschränkte Ciel ihre Arme vor dem Körper und legte den Kopf schief. »Weißt du, Nemo, langsam habe ich den Verdacht, du hast absolut keinen Plan, was das für ein Stein ist«, sagte sie. »Und Lex will dir auch nicht erzählen, was er damit vorhat. Stimmt's?«

»Das würde zumindest erklären, warum er immer noch hier ist«, stimmte Nunzia zu. »Er will es irgendwie herausfinden.«

»Und was ist *deine* Entschuldigung, du Nachwuchsagentin?«, blaffte Nemo. »Immerhin bist du ja auch noch nicht abgehauen.«

»Weil ich jetzt gesehen habe, was dieses Ding kann. Ich will wissen, welchen Blödsinn dein Vater diesmal ausheckt.« Sie zuckte mit den Schultern. »Und wen er dabei auf dem Kieker hat.«

Victor musste zugeben, dass es ihm ähnlich ging. Obwohl ein Teil von ihm darauf brannte, Lex den Stein zu bringen und diesen Schlamassel damit endlich hinter sich zu lassen, pochte der größere Teil von ihm darauf zu erfahren, was hier gespielt wurde. Er wusste von Ciel, was dieser Kerl in seiner bisherigen Laufbahn schon so alles angerichtet hatte, und das war eine Menge übles Zeug gewesen. Dabei hatte er bisher allerdings keine Hilfe von einem explosiven Wandel-Stein gehabt.

Ciel beugte sich näher an den Wandeling heran und fixierte ihn eine Weile schweigend. Schließlich drehte sie ihren Kopf in Victors Richtung. »Ehrlich gesagt glaube ich, Nunzia hat recht«, gab sie mit zerknirschter Miene zu. »Ich weiß, ich habe verlangt, dass wir das schnell über die Bühne bringen. Aber solange wir nicht wissen, wozu Lex …«

Victor hob eine Hand, um Ciel zu unterbrechen. »Was du auch vorschlägst, ich bin dabei.« Er grinste. »Meine einzige Bedingung ist, dass wir dieses Teufelsding vorher wieder einpacken. Außerdem muss ich dringend noch mal aufs Klo.«

12
Nemo

Ausgerechnet Aulikki Costa. Nemo gefiel die Vorstellung überhaupt nicht, die Hexe einzuweihen, aber da war er leider der Einzige aus ihrer zusammengewürfelten Runde. Nunzia hatte natürlich sofort zugestimmt, als Ciel mit ihrem waghalsigen Plan herausgerückt war, und Victor war ja ohnehin schon im Boot gewesen. Nemos Einwände dagegen waren abgeprallt wie Tischtennisbälle an einer massiven Wand.

Ciel und Victor hatten ihm zwar aufmerksam zugehört, als er erzählt hatte, wie gefährlich Aulikki sein konnte. Bei der Geschichte über den Pockenfluch, den die Hexe einem korrupten Politiker auf den Hals gehetzt und für den sie strikten Hausarrest kassiert hatte, war Victor sogar ein bisschen blass um die Nase geworden. Doch sobald Nemos Argumente aufgebraucht gewesen waren, hatte das rothaarige Mädchen nur mit den Schultern gezuckt und beschlossen, dass sie trotzdem gehen würden. In ihren Augen gab es keine andere Möglichkeit, mehr über den Stein herauszufinden. Und das Problem an der Sache war: Nemo fiel ja selbst keine ein!

Der Name Cordicio wird der einzige sein, der noch von Bedeutung ist.

Die bedrohlichen Worte seines Vaters schwirrten nach wie vor durch seine Gedanken, ebenso wie die Erkenntnis, dass Nick anstatt Nunzia eigentlich *ihn* hatte treffen wollen. Das Geistermädchen und die anderen beiden ahnten allerdings nichts davon, weshalb sie ihn weiterhin von Zeit zu Zeit anstarrten, als wäre er ein Roboter, dem es sämtliche Schaltkreise auf einmal rausgehauen hatte.

Wahrscheinlich witterten sie inzwischen sogar eine Falle, und ehrlich gesagt hatte Nemo auch gar nichts dagegen einzuwenden. Sollten sie ruhig denken, was sie wollten, er würde ab jetzt nur noch sein eigenes Ding durchziehen. *Lex Cordicios Schoßhündchen …* so hatte Ciel ihn im Ghostend genannt. Die Zeiten waren vorbei, und Nemo wusste ganz genau, wie er seinem Vater das unmissverständlich unter die Nase reiben konnte. Der Schlüssel dazu war dieser Stein. Aber bisher hatte er noch nicht den Hauch einer Ahnung, was es damit auf sich hatte. Um das zu ändern, hatte er dem Aulikki-Plan schließlich – wenn auch zögerlich – zugestimmt. Die Hexe war Nemos Chance zu erfahren, warum Lex dieser Stein so wichtig war.

Inzwischen war Victors Stirnwunde versorgt, die Lebenden hatten was gegessen und getrunken und Nemo und Nunzia ihre Energie noch einmal mit Geiststeinen aufgefüllt. Um das Chaos im Lager zu beseitigen, fehlte ihnen die Zeit. Ärgerlich war nur, dass die Hintertür seit der Explosion von einem Berg Gerümpel blockiert wurde. Bevor das nicht weggeräumt war, konnten sie das Lager nicht verlassen. Es sei denn ...

Nemo spähte hinüber in den Verkaufsraum und fragte, ob jemand den Schlüssel für die Ladentür hatte. Ciel brummelte etwas, und keine fünf Sekunden später folgte Nemo ihr zum vorderen Eingang. Nunzia und Victor stapften mit einigem Abstand hinterher. Die kleine Moon steckte den Schlüssel ins Schloss, drehte ihn ein paarmal, riss die Tür auf – und wich mit einem erschrockenen Aufschrei zurück, als sie die dunkel gekleidete Gestalt entdeckte, die auf der anderen Seite gesessen hatte. Es war ein Menschenkind, das jetzt mit breitem Grinsen zu ihnen aufsah. Der Junge war angezogen wie ein indischer Straßenverkäufer und hatte die dunkle Haut eines Südländers.

»Nemo Cordicio«, sagte der Kleine. »Das ist ja eine Überraschung.«

Nemo starrte ihn sprachlos an. Woher kannte dieser Winzling seinen Namen? Und wieso grinste er, als hätte jemand einen besonders guten Witz erzählt? Irgendwo hatte Nemo den kleinen Kerl schon mal gesehen. Doch gerade als ihm einfiel, wo genau das gewesen war, schob ihn Ciel mit einem Knurren zur Seite.

»Entschuldige, normalerweise ist das hier nicht Nemos …« Sie stockte.

»Hallihallo«, entgegnete der Junge in ihr Zögern hinein, und sein Grinsen wurde dabei sogar noch breiter. »So schnell sieht man sich wieder. Ich bin auf der Suche nach einem Boten, dem ich ein Paket für Professor Doktor Berger überreicht habe. Er müsste hier irgendwo …«

»Bist du nicht der kleine Sprücheklopfer, der letztens unbedingt in Franklins Spielhöhle hineinschauen wollte?«, blaffte Ciel ihn an. Dabei klang sie dermaßen feindselig, dass Nemo ihr einen verwunderten Seitenblick zuwarf. »Was hast du hier verloren?«

»Ich dachte, das hätte ich gerade erklärt«, gab der Junge selig lächelnd zurück. »Mein Name ist Rufus Handler, und ich suche einen Boten.«

»Werdet ihn los!«, kam es nun gedämpft aus dem Schatten hinter der Ladentür. Victor hatte sich dort versteckt, wo der Kleine ihn nicht sehen konnte, und wedelte so heftig mit den Händen, als müsste er eine ganze Invasion von Mücken abwehren. »Macht schon, lasst euch was einfallen.«

Nemo schüttelte fassungslos den Kopf. Diese Geschichte wurde ja immer verrückter. Was zum Henker suchte der Zwerg jetzt hier?

»Ich habe ihn gesehen, den Boten«, fuhr der Kleine unbeirrt fort. »Er war mit Ciel Moon unterwegs und einem anderen Mädchen. Sie sah gar nicht gut aus, muss ich zugeben. Fast als wäre sie ohnmächtig oder so. Deswegen bin ich allerdings nicht gekommen.« Nicht ein einziges Mal schien der Junge zwischendurch Luft zu holen. »Ich muss sichergehen, dass das Päckchen auch wirklich bei seinem Käufer landet. Das ist unglaublich wichtig, vielleicht könnt ihr mir helfen.«

Niemand sagte ein Wort. Ciel und Victor wirkten beinahe schockgefroren, und Nunzia hatte ein einziges Fragezeichen im Gesicht, das umso größer wurde, je länger der Kleine stumm grinsend vor ihnen stand.

»Wow«, hauchte sie schließlich. »Jetzt verstehe ich endlich, was Aulikki mit dem Unterschied zwischen besonderen und sonderbaren Menschen meinte.«

»Aulikki?«, echote der Junge. »Bitte sagt mir nicht, der Bote ist inzwischen bei Aulikki Costa.«

In diesem Moment riss Nemo der Geduldsfaden. Er drängelte sich an Ciel vorbei, schob sie zurück in den Laden und schenkte Rufus Handler ein übertrieben freundliches Lächeln.

»Tut mir leid, wir haben geschlossen«, sagte er und knallte dem Jungen die Tür vor der Nase zu. Dann drehte er den Schlüssel dreimal in die andere Richtung, ging zum Lager nach hinten und begann, die gröbste Unordnung aus dem Weg zu räumen. »Jemand was dagegen, wenn wir doch den Hinterausgang nehmen?«

Nunzia führte ihre kleine Gruppe an. Selbst Nemo wusste nicht, wo genau Aulikki Costa wohnte, und das Geistermädchen genoss diesen Vorteil sichtlich. Mit einem zufriedenen Lächeln auf den Lippen stolzierte sie durch das Menschenviertel, erwiderte neugierige Blicke mit einem Winken und steuerte zielstrebig auf den mittlerweile streng bewachten Grenzübergang zum Ghostend zu. Wenn Nemo das bei ihrer kurzen Fahrt mit der U-Bahn nämlich richtig aufgeschnappt hatte, waren die Wachen weiter aufgestockt worden, damit die Polizei den Fall endlich aufklären konnte.

Dabei gab es offenbar noch nicht mal einen Verdacht, was passiert war. Nemo hatte zwar sofort sein Handy gezückt, um es selbst in den Nachrichten nachzulesen, aber genau in dem Moment hatte sich das letzte Prozent Akkuladung mit einem Surren in Luft aufgelöst. Ihm blieb nichts anderes übrig, als zu glauben, was die Leute um ihn herum tuschelten.

Nick war also noch immer auf freiem Fuß.

Aber das war gerade nicht Nemos drängendstes Problem. Der Handlanger seines Vaters versteckte sich bestimmt in der Cordicio-Villa und leckte seine Wunden. Nemo dagegen näherte sich mit jedem Schritt mehr den schwerbewaffneten und sicherlich schlechtgelaunten Polizisten an den Wachtoren. Und die Vorstellung, ihnen gleich persönlich zu begegnen, machte ihn nervös. Seine Reaktion auf die Ordnungshüter war nämlich immer dieselbe: Sobald er einen aus der Nähe sah, verlor er den Kopf. Dabei hätte er inzwischen daran gewöhnt sein müssen, so oft wie Lex bereits von uniformierten Männern nach Hause gebracht oder abgeholt worden war.

Als sie um eine Ecke bogen und das Tor mit der Inschrift *In 100 Metern betreten Sie das Ghostend* vor ihnen auftauchte, blieb Nemo stehen.

»Was ist, machst du dir Sorgen, dass sie dich aus dem Verkehr ziehen?«, fragte Ciel, die als Einzige sein Zurückbleiben bemerkt hatte.

Nemo antwortete mit einem unbestimmten Brummeln.

»Das wird doch nicht das erste Mal sein, dass du offiziell über die Grenze gehst, oder?«, hakte sie weiter nach.

»Nein. Aber die Chancen dafür, dass sie mich diesmal festhalten, stehen ja nicht gerade schlecht«, gab er zurück. »Ich kann mir gut vorstellen, welcher Familienname ganz oben auf der Liste der Verdächtigen für die

Schießerei steht. Und wer sitzt nicht brav zu Hause, wo er eigentlich sitzen sollte?« Stumm deutete Nemo auf sich.

»Du hast recht, das könnte Probleme geben.« Ciel schaute Victor und Nunzia kurz hinterher. Dann wandte sie sich erneut an Nemo und piekte ihm herausfordernd den Zeigefinger in die Brust. »Also gut. Nenne mir einen Grund, warum ich die beiden darum bitten sollte, dass wir *nicht* durch dieses Tor gehen, sondern einen anderen Weg nehmen«, sagte sie. »Einen einzigen Grund.«

Nemo starrte sie mit großen Augen an. »Weil … weil ich keine Lust habe, im Gefängnis zu landen?«, schlug er vor.

»Das reicht mir nicht.« Ciel drehte sich um und wollten den anderen nachlaufen, doch Nemo packte sie am Ellbogen und hielt sie fest. »Warte«, bat er. »Da ist noch was.«

Abwartend verschränkte Ciel ihre Arme vor der Brust.

»Ich …« Er zögerte. Sollte er diesem Mädchen tatsächlich die Wahrheit erzählen? Er könnte ihr auch wie beim letzten Mal einfach heimlich folgen. Aber die Gefahr war zu groß, dass er sie auf der anderen Seite der Mauer nicht wiederfand, wenn er sich jetzt von ihr und den anderen beiden trennte. Und dann würde er nie herausfinden, was es mit dem Stein auf sich hatte. »Ich fürchte, mein Vater hat schlimme Dinge mit diesem Stein vor«, fuhr er deshalb fort. »Sehr schlimme Dinge. Und ich weiß nicht, ob ich das gut finde.«

»Du weißt es nicht.« Das Mädchen musterte ihn noch einen Augenblick länger, ehe sie mit den Schultern zuckte, schnurstracks herumwirbelte und Victor und dem Geistermädchen nachrannte.

Nemo ließ den Kopf sinken. Na super, er hatte es verbockt. Er hatte alles auf eine Karte gesetzt und verloren. Natürlich! Was hatte er sich auch bloß dabei gedacht? Ja, Lex hatte ihm wahrscheinlich diesen Irren mit seinen Revolvern auf den Hals gehetzt. Aber Nemo hatte sich ja nicht an die Anweisungen seines Vaters gehalten. Und indem er sich jetzt gegen ihn stellte, machte er alles nur noch schlimmer.

Hatte er wirklich geglaubt, es wäre okay, auf die Hilfe von zwei Menschen und einem Geistermädchen angewiesen zu sein? Würde es ihm nicht viel mehr bringen, wenn er sich jetzt endlich aus dem Staub machte und Lex erzählte, wo er den Stein finden konnte? Nemo wäre der Held des Tages, und sein Vater würde … er würde … Ja, was? Nemo zukünftig besser behandeln? Ihm erzählen, dass Nick gar nicht hätte schießen sollen? Nick seinem Sohn zuliebe vielleicht sogar vor die Tür setzen?

Ha! Ganz sicher nicht, dachte Nemo verbittert. Ihm

blieb wohl nichts anderes übrig, als allein weiterzumachen.

Er hob den Blick, um Ciel und den anderen ein letztes Mal hinterherzuschauen – und stutzte. Die drei liefen nicht von ihm weg, sondern auf ihn zu!

»Keine Ahnung, wie du das geschafft hast, aber wir nehmen wohl nicht den einfachen Weg«, brummte Nunzia, als sie an ihm vorbeiging. »Ich hoffe, das bereuen wir später nicht.«

Ja, das hoffte Nemo auch.

Nemo hatte damit gerechnet, dass Ciel sie zum selben Durchgang führen würde, durch den sie das Ghostend kaum drei Stunden zuvor verlassen hatten, aber weit gefehlt. Stattdessen lotste das Mädchen sie wortlos in die andere Richtung.

»Noch ein Schleichweg?«, wollte Nemo wissen, nachdem sie eine Weile schweigend die Mauer entlanggelaufen waren, ohne ihr dabei allzu nahe zu kommen. Als Antwort erhielt er allerdings bloß ein knappes Nicken. Offenbar gefiel Ciel der Gedanke nicht, dass am Ende des Tages ein weiterer ihrer Geheimgänge nicht mehr ganz so geheim sein würde. Falls sie es überhaupt so weit schafften, denn im Gegensatz zu heute Nachmittag, als sich noch niemand darum gekümmert hatte, ob jemand die Mauer außerhalb der Grenzkontrollen passierte, patrouillierten mittlerweile Wachen entlang der *gesamten* Absperrung. Auch dort, wo Ciel nach ihrem Marsch durchs Menschenviertel endlich stehen blieb.

Neugierig blickte Nemo sich um. Hinter ihnen breiteten sich in geraden Linien unzählige gleich aussehende Bürogebäude der Lebenden aus, vor ihnen eine meterhohe Wand. Sie wurde aus den Rückseiten von siebzehn nahtlos aneinandergebauten Häusern gebildet, die zum Ghostend gehörten. Zwischen den Bürogebäuden und der Wand lagen eine ruhige Straße und ein zugemüllter Grünstreifen. Die eigentliche Mauer konnte Nemo nur mit Mühe erst wieder viel weiter rechts und links erkennen. Hier war sie überflüssig, denn diese massive Fassade hielt jeden Eindringling hundertmal besser fern.

Und ausgerechnet diesen Ort hatte sich die kleine Moon ausgesucht, um ins Ghostend einzusteigen. Nemo blies die Backen auf.

»Wir warten hier, bis die Wache weitergezogen ist«, sagte Ciel jetzt und deutete dabei auf den einzelnen Polizisten in Kampfmontur, der weiter vorn die Mauer abschritt. »Scheinbar decken die alle ein größeres Gebiet ab, deshalb müssen sie in Bewegung bleiben.«

»Woher weißt du das?«, flüsterte Victor, obwohl es gar keinen Grund gab, leise zu sein.

»Weil ich sie die ganze Zeit über beobachtet habe.« Ciel nickte in Richtung der Häuserfront. »Sobald die

Luft rein ist, gehe ich vor. Ihr kommt erst nach, wenn ich das Signal gebe. Verstanden?« Einen Moment lang musterte sie jeden von ihnen scharf, ehe sie fortfuhr: »Ich warte an der Hecke hinter dem grünen Haus auf euch. Und es wäre wirklich gut, wenn niemand stolpert oder sonst wie die Aufmerksamkeit auf sich zieht.« Bei diesen Worten blieb ihr Blick an Victor hängen.

»Und danach?«, kiekste Nunzia aufgeregt. Ihr schien die ganze Aktion riesigen Spaß zu bereiten. »Wie kommen wir rüber?«

»Ihr müsst springen, wenn ich es euch sage.«

Mehr war nicht aus Ciel herauszubekommen, sosehr Victor und das Geistermädchen auch bohrten. Nemo fragte gar nicht erst. Er nickte nur, lehnte sich mit dem Rücken an eine Hauswand und wartete.

Eine Viertelstunde später war es endlich so weit: Die Wachen zogen sich langsam in Richtung der Wachtore zurück. Als sie weit genug weg waren, machte Ciel sich bereit, schätzte den richtigen Moment ab – und rannte los. Kopfüber warf sie sich in das Gebüsch hinter dem grünen Haus. Es dauerte ein paar Sekunden, dann tauchte sie wieder zwischen den Ästen auf. Nemos Körper spannte sich und explodierte in Bewegung, als Ciel ihnen endlich winkte. Er kam als Erster bei ihr an, aber schon kurz nach ihm brachen Nunzia und Victor durch die Hecke.

Vor ihnen klaffte ein Loch im Boden, aus dem ihnen tiefe Schwärze entgegenschlug. Normalerweise wurde es von einer großen hölzernen Klappe verdeckt, die momentan allerdings geöffnet war und an der Hauswand lehnte.

»Na los, runter da!«, zischte Ciel.

»Ähm …«, machte Nunzia und quietschte schrill auf, als Victor sie energisch nach vorne schubste. Sie verschwand in der Luke, aber ihrem Geschimpfe nach zu urteilen hatte ihr der Sprung nicht geschadet. Ganz im Gegenteil, sie klang genauso biestig wie zuvor.

Victor sprang als Nächster, danach winkte Nemo Ciel hinunter. Er war der Einzige, der nun noch draußen stand.

»He, Junge, du hast da nichts verloren«, ertönte plötzlich eine Stimme hinter ihm, und er wirbelte erschrocken herum. »Los, sofort raus aus dem Gebüsch!« Schritte näherten sich, *schnelle* Schritte, und sie gehörten ganz offensichtlich zu jemandem, der schwere Stiefel trug. Es gab nicht viele Personen, die aktuell an der Absperrung zum Ghostend herumlungerten und schwere Stiefel trugen.

»Hier spricht die Polizei!«, brüllte dieser Jemand nun und bestätigte damit Nemos Verdacht. Eigentlich hätte er sich jetzt erst recht beeilen sollen, aber er konnte sich nicht bewegen. Es war wie immer: Sein Kopf setzte aus.

»Nemo, was ist denn? Komm schon!«, rief Ciel aus der Schwärze unter ihm – es half nichts. Er konnte sich keinen Zentimeter rühren.

»Hey, Cordicio!«, drang jetzt auch Nunzias Stimme nach oben. »Mach keinen Mist, wir müssen verschwinden!«

Das wusste er! Verdammt, das wusste er doch. Er konnte sich ja selbst nicht erklären, warum er in solchen Situationen immer völlig die Kontrolle über seinen Körper verlor.

Auf einmal tauchte Victors Kopf in der Luke auf. Er hatte sich mit den Händen am Rand festgekrallt und nach oben gezogen. Nemo rechnete mit der nächsten sinnlosen Aufforderung zu springen, doch stattdessen warf sich Victor nach vorn und schloss seine Hand um Nemos Knöchel. Mit der anderen packte er Nemos Hose kurz oberhalb des Knies. Und dann hängte sich dieser Verrückte tatsächlich mit seinem ganzen Gewicht an Nemos Bein. Nemo wollte schreien, sich wehren. Stattdessen verlor er das Gleichgewicht und stürzte kopfüber mit panisch wedelnden Armen in die Luke hinein.

Keine Sekunde später zog Ciel die Klappe hinter ihm ins Schloss.

13
Ciel

Der Keller gehörte einem uralten Geist namens Schlauer Falke und grenzte an ein mittelgroßes, eher spärlich ausgestattetes Haus. Schlauer Falke war in seinem früheren Leben – das ungefähr 250 Jahre zurücklag – der Anführer eines abgeschieden lebenden Sioux-Stammes gewesen und nur einer von sieben Indianern insgesamt, die es aus der Lücke zurück in die Welt der Lebenden geschafft hatten.

Da die übrigen sechs Indianer anderen Stämmen angehörten und die Lücke obendrein in anderen Teilen der Welt verlassen hatten, war Schlauer Falke meistens allein. Oder er war es zumindest gewesen, bis Ciel ihm vor gut fünf Jahren zum ersten Mal bei einem Mittwochsmarkt über den Weg gelaufen war und sich dort mit ihm angefreundet hatte. Seitdem besuchte sie den alten Sioux regelmäßig und ließ sich von ihm Geschichten erzählen oder Lieder vorsingen. Manchmal kam Donna mit. Weder Ciel noch ihre Ma hatten sich bisher an dem Bild des weißhaarigen Indianer-Häuptlings mit prächtigem Kopfschmuck sattgesehen, und das würde wohl auch nie passieren.

Als Ciel jetzt mit Victor, Nunzia und Nemo auf den Fersen die Kellertreppe hinaufstieg, suchte sie fieberhaft nach einem Grund, den sie Schlauer Falke für ihren unangekündigten Besuch liefern könnte. Aber im Haus war es mucksmäuschenstill. Der Sioux war nicht da, um sie zur Rede zu stellen, also lotste Ciel die anderen schleunigst auf die Straße hinaus.

Dort übernahm Nunzia wieder die Führung. Ciel juckte es nicht weiter, sie versank wie Victor und Nemo in stillen Grübeleien und folgte dem Geistermädchen blind. Bis Nunzia aus heiterem Himmel stehen blieb und sich lächelnd zu Ciel und den beiden Jungs umdrehte. Offenbar hatten sie ihr Ziel erreicht.

Verstohlen und ein wenig schuldbewusst ließ Ciel ihren Blick umherschweifen. Die düstere Gasse, in der sie standen, kam ihr nicht gerade bekannt vor, und das verunsicherte sie. Es musste schon eine ganze Weile her sein, seit sie zum letzten Mal hier gewesen war. Monate mindestens, vielleicht Jahre. Schnell ging sie im Kopf die Ecken durch, die sie im Ghostend nur selten betrat. Die meisten davon lagen im Norden des Viertels, sie mussten also irgendwo nördlich sein.

Alles hier wirkte klein und beinahe zurückhaltend. Das Haus, auf das Nunzia deutete, war winzig, schnuckelig und besaß eine Fassade aus rohem, unbehauenem Stein. Mit seinen hellen Rahmen um Fenster und Tür duckte es sich unauffällig zwischen zwei ähnlich unscheinbare Nachbarhäuser. »Hier gibt es nichts zu sehen, gehen Sie weiter!«, schien es zu rufen. Aber genau das tat Nunzia nicht. Stattdessen öffnete sie das kleine Gatter im weiß gestrichenen Gartenzaun und trat über die Schwelle.

Gebannt blickte Ciel ihr hinterher.

Genau wie Ciels Großmutter Beatrice war Aulikki Costa eine Legende innerhalb der Geisterwelt. Doch anders als Beatrice, die momentan mit einem befreundeten Geist ein uraltes indigenes Volk im brasilianischen Dschungel besuchte, hatte Aulikki die Öffentlichkeit schon immer gemieden. Deshalb kursierten wohl auch dermaßen viele Gerüchte über die Hexe, und täglich kamen neue hinzu. Bisher hatte Ciel nie die Gelegenheit gehabt, ihnen auf den Grund zu gehen, denn seit mehr als zehn Jahren durfte Aulikki ihr Zuhause nicht verlassen.

Grund dafür war der Fluch gewesen, von dem Nemo vorhin gesprochen hatte, allerdings fehlten den Anklägern handfeste Beweise. Deshalb war es nie zu einer Gefängnisstrafe gekommen. Stattdessen versuchte man, Aulikki mit Hausarrest unter Kontrolle zu halten. Selbst ihre recht enge Freundschaft mit Albert hatte an dieser

Entscheidung nichts rütteln können. Und die Gewissheit, der Hexe gleich zum ersten Mal persönlich gegenüberzustehen, versetzte Ciel in ungewohnte …

»Du kommst spät«, ertönte plötzlich eine samtweiche Stimme vom Haus herüber. »Und du hast Gäste mitgebracht.«

Ciel zuckte zusammen. Auf halbem Weg zwischen Haus und Gartenzaun stand Aulikki Costa in ihrer ganzen Pracht. Sie hatte Haut so dunkel und glänzend, dass der bläuliche Schimmer darunter nur zu erahnen war, obendrein weißes, wallendes Haar bis zur Hüfte und trübe, blicklose Augen, in denen weder eine Iris noch eine Pupille zu erkennen waren. Außerdem trug sie ein bodenlanges, golden funkelndes Gewand, das wie Wasser an ihr herunterfloss. Der schimmernde Stoff schien das gesamte Licht in der ohnehin spärlich beleuchteten Gasse anzuziehen und festzuhalten, so dass alles um Aulikki herum in Schatten gehüllt war.

Ciel fühlte Ehrfurcht in sich aufsteigen. Und Victor erging es anscheinend ähnlich, denn er starrte Aulikki mit offenem Mund an.

Unvermittelt musste Ciel an ihre Mutter denken. Donna hatte ihr einmal erzählt, dass sie bei ihrer ersten und bisher einzigen Begegnung mit der Hexe kein Wort herausgebracht und auch nie das Bedürfnis verspürt hatte, ihr Treffen zu wiederholen. Wenn sie wüsste, dass ihre Tochter in diesem Augenblick keine fünf Meter von Aulikki entfernt stand, würde sie wahrscheinlich ausflippen. Ciel schluckte hektisch gegen den größer werdenden Kloß in ihrem Hals an.

»Tut mir leid, dass Sie so lange warten mussten«, sagte Nunzia jetzt und rieb verlegen ihre Nasenspitze. »Mir ist was dazwischengekommen.«

»Oh ja. Ein Revolverheld, wie ich hörte.« Aulikki strich sich eine gelockte Strähne hinters Ohr. »Ich dachte, ich hätte dich ausreichend vor Nick Walker gewarnt.«

»Haben Sie. Ich hatte allerdings nicht auf dem Schirm, dass sich Lex' Sohn ebenfalls einmischen könnte. Das hat die Sache dann leider etwas erschwert.«

Nemo stieß einen Laut aus, der wie ein verächtliches Knurren klang. Seit der Sache mit dem Polizisten hatte er kein Wort verloren, nicht einmal ein »Danke« für Victor war über seine Lippen gekommen. Dabei wäre Nemo ohne ihn mit Sicherheit auf der Wache gelandet. Stattdessen hatte der Geisterjunge schweigend vor sich hingebrütet, und mit jeder Minute, die verging, fürchtete Ciel mehr, dass sie vielleicht einen Fehler begangen hatte. Sie wurde einfach nicht schlau aus diesem Kerl. War er tatsächlich hier, um seinem Vater die Show zu vermasseln? Oder war das bloß eine Ausrede gewesen, um möglichst problemlos und mitsamt dem Stein ins Ghostend zurückzukommen? Ihr blieb nichts anderes übrig, als den Jungen noch ein bisschen besser im Auge zu behalten.

»Nemo Cordicio.« Aulikki drehte ihm das Gesicht zu und zog missmutig die Stirn kraus, als hätte Ciel ihre Gedanken laut ausgesprochen. »Ich bin mir nicht sicher, was ich von deiner Anwesenheit hier halten soll. Dein Vater und ich sind nicht unbedingt die besten Freunde, muss ich zugeben.«

»Er hat versucht, mir gegen Nick Walker zu helfen. Ich denke, er ist in Ordnung«, sagte Nunzia zur Verwunderung aller. Selbst Nemos grummeliger Gesichtsausdruck verrutschte für einen winzigen Moment. Dann vergrub er seine Hände in den Hosentaschen, brummte irgendwas Unverständliches, und das schien genau die Reaktion zu sein, die Aulikki erwartet hatte. Mit einem Seufzen wandte sie sich an Ciel.

»Ciel Moon«, säuselte sie, während Ciel bei jedem Wort ein Stückchen mehr zur Salzsäule erstarrte. »Es ist eine Ewigkeit her, dass ich dich zuletzt getroffen habe. Damals warst du noch ein Baby.« Sie lächelte beiläufig. »Wer ist der Junge, den du mitgebracht hast?«

»Ein Freund von mir«, gab Ciel heiser zurück. »Victor Flec.«

»Victor … Albert hat mir viel von ihm erzählt«, sagte sie gedehnt. »Ein interessanter Bursche.«

Victor grinste gebauchpinselt und rückte mit den Fingerknöcheln seine Brille zurecht, als Aulikki grüßend den Kopf in seine Richtung neigte.

Einen Moment lang hielt sich das Lächeln noch im Gesicht der Hexe, ehe es urplötzlich verschwand und einer Art Habachtstellung Platz machte.

»Genug geredet«, entschied sie und breitete ihre Arme aus wie eine Hohepriesterin bei der Predigt. »Was führt euch zu mir?«

Ciel konnte förmlich spüren, wie sich alle Aufmerksamkeit plötzlich auf sie richtete. Natürlich, immerhin hatte *sie* vorgeschlagen, die Hexe um Rat zu fragen. Ganz kurz schwankte sie, überlegte, ob es nicht vielleicht doch eine andere Lösung gab. Dann holte sie tief Luft.

»Wir würden Ihnen gern etwas zeigen«, sagte sie mit betont fester Stimme. »Vielleicht können Sie uns sagen, was es ist.«

Aulikkis Wohnzimmer schien einer Dokumentation über das vorletzte Jahrhundert entsprungen zu sein. Geblümte Vorhänge verdeckten die Fenster, bestickte Kissen lagen auf dem Sofa, und eine dicke Wolldecke war über dem großen Sessel am offenen Kamin ausgebreitet. Unzählige Bücherregale säumten die Wände, dazwischen drängten sich massive Schränke mit dicken Türen, in deren Schlössern verschnörkelte Schlüssel steckten.

Ciel juckte es in den Fingern, einen der Schränke

zu öffnen, um herauszufinden, was die Hexe dort aufbewahrte. Aber obwohl Aulikki tief in ein Gespräch mit Nunzia versunken war und ohnehin nichts sehen konnte, weil sie bereits in ihrem ersten Leben blind gewesen war, entschied sich Ciel dagegen. Stattdessen ging sie im Wohnzimmer auf und ab und warf dabei neugierige Blicke in die angrenzenden Räume. Das Haus war groß, viel größer, als es von außen gewirkt hatte.

Im Flur hingen altmodische Wandleuchten, die mit einer Schnur angeschaltet wurden, und im Zimmer gegenüber stand ein uraltes Klavier. Überall bedeckten schwere Teppiche die dunklen Holzdielen. Alles wirkte drückend, überladen und fremd, außerdem roch es im ganzen Haus nach Weihrauch. Das fortschrittlichste Gerät, das Ciel finden konnte, war ein Kastenradio. Von moderneren Errungenschaften wie Fernseher, Computer oder gar einem Smartphone war weit und breit nichts zu sehen.

Victor schien das ebenfalls aufgefallen zu sein, denn als Aulikki kurz in der Küche verschwand, fragte er an Nunzia gewandt: »Sie ist wohl eine von denen, die nicht viel von Netflix und Co. halten, hm?«

Nunzia runzelte die Stirn und ließ sich auf das wuchtige Sofa fallen.

»Aulikki ist blind«, sagte sie. »Was denkst du, sollte sie mit *Netflix und Co.* anfangen?«

»Blind, ohne Mist?«, hakte Victor nach, und Ciel nickte zustimmend. Wenn man nichts davon wusste und Aulikkis weiße Augen für eine Laune der Geisternatur hielt, konnte einem dieses Handicap tatsächlich durch die Lappen gehen. Die Geisterfrau bewegte sich ohne Hilfsmittel dermaßen sicher durch ihr Haus, dass ihre Blindheit gar nicht groß auffiel.

»Ihr veräppelt mich doch.« Victor lachte nervös. »Wie soll sie uns denn mit dem Stein helfen, wenn sie … ihn nicht sehen kann?«

»Ich hab's dir schon mal gesagt, Aulikki hat andere Fähigkeiten. Sehr gefährliche«, schaltete Nemo sich ein, der schon grollend auf der Couch hockte, seit sie den Raum betreten hatten. »Also sei lieber froh, dass sie blind ist. Allein die Vorstellung, was sie alles anrichten könnte, wenn sie ihr Augenlicht noch hätte …« Misstrauisch blickte er sich um. »Sie hat ja jetzt schon ihre Ohren und Finger überall. Bestimmt kann sie uns sagen, was du gestern zum Frühstück gegessen hast.«

»Kann sie nicht«, schnurrte Aulikki, die in diesem Moment zurück ins Wohnzimmer geschwebt kam. Sie hatte die Hände wie zum Gebet vor sich gefaltet und ein huldvolles Lächeln auf den Lippen. Sogar hier drin war es, als würde die Sonne aufgehen, wenn sie den Raum betrat. »Ich tippe allerdings auf Cornflakes mit Sojamilch, weil die Kuhmilch leer war. Wie jeden Dienstagmorgen.«

Victor riss entsetzt die Augen auf. Ciel konnte es ihm nicht verübeln, sie brauchte selbst einen Moment, um sich wieder zu fangen. Aulikkis angebliche Allwissenheit war zwar eins der Gerüchte, die über sie kursierten, sie am eigenen Leib zu spüren aber war etwas vollkommen anderes. Die Hexe musste entweder einen ganzen Sack voller Spione oder tatsächlich hellseherische Fähigkeiten haben, wenn sie sogar über solch belanglose Dinge Bescheid wusste. Und was von beidem schlimmer war, wagte Ciel nicht zu sagen.

»Okay«, flüsterte Victor tonlos. »Ich tu einfach so, als hätte ich das nicht gehört.«

Beruhigend legte ihm Ciel eine Hand auf die Schulter. Aulikki dagegen vertiefte ihr Lächeln noch und postierte sich neben dem gewaltigen Tisch aus Eiche, der zusammen mit dem riesigen Sofa das Wohnzimmer beherrschte und Menschen wohl als Esstisch gedient hätte. »Nun gut, dann wollen wir uns euren Fund mal vornehmen. Nunzia hat ja leider nicht viel verraten wollen.«

Ciel zog das kleine Päckchen aus ihrer Tasche, ging zu Aulikki hinüber – und stoppte mitten im Raum. Was nun? Sie konnte Aulikki ja schlecht zwingen, den Stein aus der Ferne zu untersuchen. Wenn sie herausfinden wollten, ob die Geisterfrau etwas über den Splitter wusste, musste Ciel ihn wohl oder übel aus der Hand geben. Und dann hatten sie alle keinerlei Einfluss mehr darauf, was damit geschehen würde.

Aulikki war das natürlich ebenfalls bewusst, und sie schien Ciels nagende Zweifel zu spüren. Doch anstatt sie zu drängen, wartete sie reglos, bis Ciel auf gut einen Meter herangekommen war. Dann hob sie ruckartig die Hand.

»Stopp«, bellte sie, jetzt gar nicht mehr so freundlich. Stattdessen grub sich auf einmal eine tiefe Sorgenfalte in ihre Stirn. »Bleib dort stehen und beschreibe mir den Inhalt des Päckchens«, befahl sie.

»Ähm, okay.« Ciel zögerte kurz, warf einen Blick zu Victor und den anderen hinüber. »Also gut, es ist ein Stein – aber kein Geiststein. Er sieht aus wie ein stinknormaler Splitter. Verschiedene Grautöne, dazwischen eine ... Schicht aus irgendeinem goldbraunen Material. Scharfe Kanten. Nichts Besonderes.« Sie macht eine kurze Pause. »Allerdings haben wir auf beiden Seiten etwas entdeckt. Es sind recht einfache Zeichnungen, bloß ein paar dünne Linien, die in den Stein geritzt wurden. Auf der einen Seite sieht man das Auge des Ra und auf der anderen ...«

»... das Horus-Auge«, vollendete Aulikki ihren Satz. Die Stimme der Geisterfrau klang plötzlich ganz rau und kratzig, als wäre sie vom einen Moment auf den anderen um hunderte Jahre gealtert.

»Genau«, hauchte Ciel. »Sie wissen also, was das für ein Ding ist?«

»Diesen Stein wollte Lex Cordicio in seinen Besitz bringen?«, hakte die Hexe nach, ohne auf Ciels Frage einzugehen.

»Ja. Victor sollte ihn ins Ghostend liefern, weil …«

Aulikki hob ihre Hand. »Was auch immer geschieht, Lex darf den Stein unter gar keinen Umständen in die Finger bekommen.« Sie straffte ihre Schultern und machte einen Schritt auf Ciel zu. »Ihr könnt euch nicht vorstellen, welche Macht in diesem Splitter steckt.«

»Na ja, wir haben zumindest eine Ahnung«, erwiderte Victor, der nun neben Ciel auftauchte. »Immerhin hat das Teil Alberts Lager in eine Baustelle verwandelt.«

»Dann ahnt ihr sicherlich *auch*, dass ihr ihm nicht gewachsen seid.« Mit blanker Miene streckte Aulikki ihre Hand aus. »Gib mir den Stein«, verlangte sie.

Doch Ciel wich kopfschüttelnd zurück. »Nein«, sagte sie. »Wir … wir wollten …« Hilfesuchend schaute sie Victor an, doch der zuckte bloß unsicher mit den Schultern. Und auch Nunzia und Nemo, die das Gespräch vom Sofa aus verfolgten, schien auf die Schnelle nichts Passendes einzufallen. Falls sie überhaupt darüber nachdachten, der Hexe den Stein auszureden.

»Ihr wolltet was? Ihn diesem Gangster übergeben, nachdem ihr mich darüber ausgefragt habt?«, brauste

Aulikki auf. Ihre Haare bauschten sich, während sie sprach, und ließen die Hexe größer und beeindruckender wirken. »Wenn ich gewusst hätte, um was es hier geht, hätte ich nicht Nunzia geschickt, um die Lieferung abzufangen, sondern einen ganzes Haufen muskelbepackter Hünen!«

Nunzia verzog getroffen das Gesicht, sagte aber nichts.

»Dieser Stein sollte weggeschlossen werden, Ciel Moon«, fuhr die Hexe eindringlich fort. »Und Albert muss schleunigst davon erfahren, dass er gefunden wurde. Also gib ihn mir. Oder willst du, dass ich ihn mir hole?«

Noch einen winzigen Moment lang zögerte Ciel, dann gehorchte sie und trat näher an die Hexe heran. Sie konnte sich nämlich beim besten Willen Schöneres vorstellen, als von jemandem wie Aulikki Costa aus dem Weg geräumt zu werden.

»Warum verraten Sie uns nicht, was das für ein Stein ist?«, fragte sie, während sie die Hand mit dem Päckchen ausstreckte.

Ganz vorsichtig schloss die Geisterfrau ihre Finger um das Bündel, machte jedoch keine Anstalten, es zu öffnen oder auf Ciels Frage zu antworten. Stattdessen wandte sie sich um, ging zielsicher zu einem Regal hinüber, in dem kleine Statuen mit Menschenkörpern und afrikanischen Tierköpfen um Aufmerksamkeit buhlten, und verrückte eine der Figuren. Beinahe zeitgleich schwang in der Wand daneben ein Stück Tapete zurück und gab den Blick auf einen Wandtresor frei, wie Ciel ihn bisher nur aus alten Filmen kannte. Zwei große Drehräder schützten den Inhalt.

Zunächst wunderte sich Ciel, wie Aulikki da die richtige Kombination finden konnte. Doch als sie ein Stück näher herantrat, erkannte sie die Punkte von Blindenschrift.

Mit zusammengepressten Lippen legte die Hexe den Stein in den Tresor, verriegelte alles wieder sorgsam und drehte sich anschließend zu Ciel und den anderen um. Dabei knetete sie angestrengt ihre Hände.

Aulikki war nervös. Vielleicht hatte sie sogar Angst. Und wenn Aulikki Costa Angst hatte, dann steckten sie tatsächlich bis zum Hals in … was genau, wollte sich Ciel gar nicht ausmalen.

»Aulikki, der Stein«, probierte es Ciel ein weiteres Mal. »Weshalb ist er so gefährlich?«

»Wir müssen Albert finden«, entgegnete die Geisterfrau. »Er kann uns helfen.«

14
Victor

»Mach dir nicht so viele Sorgen.« Victor mühte ein Lächeln auf sein Gesicht und hoffte, dass es überzeugender aussah, als es sich anfühlte. Dabei legte er Ciel einen Arm um die Schulter und drückte sie unbeholfen an sich. »Wir reden hier von Albert. Der taucht schon wieder auf.«

Mittlerweile war es fast Mitternacht, und sie hatten Albert bisher nicht gefunden. Er war weder in seinem Laden noch bei seinen Freunden, wo er sich für den Abend eingeladen hatte, noch ging er ans Telefon. Etwa alle zehn Minuten versuchte Ciel, ihn zu erreichen, doch immer sprang die Mailbox an. Vor gut einer Stunde hatte Aulikki deshalb Nunzia losgeschickt und ihr aufgetragen, sich im Ghostend ein wenig umzuhören.

Die Hexe selbst führte währenddessen einen Suchzauber nach dem anderen aus, die aber allesamt ergebnislos zu bleiben schienen. Zumindest konnte sich Victor nicht vorstellen, dass ihr grimmiger Gesichtsausdruck für Zufriedenheit stand.

Und Nemo? Der hatte seit einer Ewigkeit kein Wort

verloren, sondern saß bewegungslos auf einem Sessel am Fenster und starrte nach draußen.

»Ich drehe durch, wenn wir Albert nicht bald finden«, wimmerte Ciel jetzt, nachdem sie ein weiteres Mal erfolglos probiert hatte, den Alten zu erreichen. Sie sprang vom Sofa auf und begann, unruhig im Raum umherzugehen. »Am liebsten würde ich meine Ma anrufen. Er kann doch nicht einfach so verschwinden, ohne eine Spur zu hinterlassen!«

Victor hatte selbst schon daran gedacht, Donna um Hilfe zu bitten, den Gedanken dann aber verworfen. Mal ganz abgesehen davon, dass Donna den Verstand verlieren würde, wenn sie wüsste, in was für Schwierigkeiten sie steckten, hatte Ciel ihr nämlich vorgeschwindelt, sie würde bei Victor übernachten. Und sobald Donna auch nur den Hauch einer Ahnung verspüren sollte, dass das eine Lüge war, würde sie bei Victors Eltern auftauchen. Die glaubten allerdings, Victor wäre bei Ciel – und schon hätte sich das Chaos verdreifacht.

»Natürlich hat er Spuren hinterlassen«, erwiderte Aulikki unwirsch. »Die werde ich aber ganz bestimmt nicht finden, wenn du mich weiterhin ständig ablenkst, Ciel Moon!« Sie wedelte mit den Händen in Richtung der Wohnzimmertür, die zum Flur hinausführte. »Also tu mir einen Gefallen und drehe deine Runden irgendwo anders im Haus, damit ich in Ruhe arbeiten kann.«

Ciel schnaubte empört durch die Nase, gehorchte der Hexe jedoch und zog Victor im Vorbeigehen mit sich.

»Der erste Stock ist tabu!«, rief Aulikki ihnen noch hinterher, ehe sie sich mit angespannter Miene erneut über ihre seltsamen Zauberutensilien beugte. Unter anderem hatte sie eine mit Wasser gefüllte Sanduhr, einen großen Erdbrocken, mehrere Federn und eine in einem Glas gefangene Flamme um sich herum ausgebreitet. Mehr konnte Victor auf die Schnelle nicht erkennen.

Er stolperte hinter Ciel aus dem Zimmer, über den Flur und in den Raum auf der anderen Seite hinein, der bis auf ein kleines Klavier und eine dahinter aufgestellte Sitzbank leer war. Grummelnd nahm Ciel darauf Platz. Dann klappte sie die Abdeckung über der Klaviertastatur nach oben und drückte wahllos ein paar Tasten.

»Wir müssen etwas unternehmen«, raunte sie Victor dabei leise zu. »Diese ewige Warterei macht mich sonst noch wahnsinnig!«

Victor nickte entschieden und bedeutete Ciel mit einer Geste weiterzuklimpern.

»Geht mir ganz genauso«, gab er flüsternd zurück. »Aber ich glaube, im Moment sind wir hier drinnen sicherer als draußen. Lex lässt seine Leute bestimmt schon nach dem Päckchen suchen.« Er stockte kurz. »Und nach mir.«

Mit einem Seufzen ließ Ciel die Schultern hängen.

»Das heißt ja nicht, dass wir weiter bloß rumsitzen müssen«, fuhr Victor fort und lotste Ciel mit einem verschwörerischen Grinsen zurück in den Flur. Ein Blick ins Wohnzimmer genügte, um herauszufinden, dass Aulikki voll und ganz in ihrem nächsten Suchzauber versunken war. Nemo dagegen hatte Victor entdeckt und musterte ihn misstrauisch von seinem Sessel aus. Einen winzigen Moment lang spielte Victor mit dem Gedanken, den Geisterjungen herzuwinken, ließ die Gelegenheit jedoch ungenutzt verstreichen. Stattdessen schlich er mit Ciel im Schlepptau den verwinkelten Flur entlang zu den anderen Räumen nach hinten.

»Was hast du vor?«, wollte Ciel wissen, als er sie in ein Zimmer schob, dessen Wände mit deckenhohen Bücherregalen vollgestellt waren.

Victor zuckte mit den Achseln. »Wir sehen uns ein bisschen um«, erwiderte er. »Wenn uns Aulikki schon nichts über den Stein verraten will, finden wir vielleicht selbst was raus.«

Er griff nach dem erstbesten Buch im Regal, schlug es auf – und stieß enttäuscht die Luft aus. Blindenschrift, natürlich. Vorsichtshalber probierte er es noch bei drei weiteren Büchern, deren Seiten aber ebenfalls mit Punkten anstatt mit Buchstaben übersät waren. Eine Sackgasse. Und auch der Schreibtisch, den Ciel in der Zwischenzeit untersucht hatte, wollte seine Geheimnisse lieber für sich behalten, denn jede einzelne Schublade war abgeschlossen.

Unzufrieden nickte Victor in Richtung der Tür. Blieb nur noch der letzte Raum im Erdgeschoss, um etwas Licht ins Dunkel zu bringen. Doch auch dort entdeckten sie nichts, was irgendwie hilfreich war. Jedenfalls erweckten das verschlissene Sofa, der niedrige Couchtisch und das antike Grammophon in der Ecke nicht den Eindruck, als wüssten sie was über den Stein zu erzählen.

»So viel dazu«, seufzte Victor, als sie zurück auf den Flur traten. Er sah sich missmutig um, bis sein Blick schließlich wie von selbst an der Treppe hängenblieb, die nach oben führte. Irgendetwas daran reizte ihn. Vielleicht war es Aulikkis Warnung, dass sie dort oben nichts zu suchen hatten. Oder war es was anderes, etwas ... Magisches? Immerhin waren sie im Haus einer waschechten Hexe, da konnten ein paar Bücher und alte Möbel doch nicht schon alles sein!

Mit langsamen Schritten ging Victor zur Treppe hinüber und setzte einen Fuß auf die erste Stufe. Fast rechnete er damit, dass Aulikki aus dem Wohnzimmer stürmen und ihn zur Rede stellen würde. Aber als nach drei Atemzügen noch nicht die Hölle über ihn hereingebrochen war, lief er weiter. Ciel folgte ihm ohne Zögern.

Die Stufen waren aus Holz, trotzdem gaben sie keinen

Laut von sich, während sie immer weiter hinaufstiegen. Von oben drang das flackernde Leuchten von Kerzenschein herab, und ein wenig wunderte sich Victor, dass eine blinde Frau so viel mit Feuer hantierte. Sein Vater hatte ihm strengstens verboten, auch nur in die Nähe von offenem Feuer zu kommen, seit Victor sich mal die Jacke angekokelt hatte. Deshalb hielt er jetzt ordentlich Abstand zu der Kerze, als er den Gang entlangschlich. Sie hatten bereits genug Ärger, fehlte noch, dass er sich selbst oder das Haus in Brand steckte.

»Wo willst du denn hin?«, zischte Ciel und deutete auf die Zimmertüren, an denen sie bereits vorbeigelaufen waren. »Ich dachte, wir wollten uns umsehen!«

»Ja, gleich.« Victor schaute starr geradeaus, hinein in die Dunkelheit am Ende des Gangs. Irgendwas da hinten … rief nach ihm! Ein leichtes Kribbeln, das stärker wurde, je weiter er vorankam. Ein Kribbeln, das er kannte. Aber sonst verspürte er es bloß, wenn …

»Wandelinge«, flüsterte Victor. »Irgendwo dort muss Aulikki Wandelinge versteckt haben.«

»Woher willst du das wissen?«

Victor hob stumm die Augenbrauen.

»Du kannst sie fühlen, ohne sie anzufassen?«, fragte Ciel verdutzt. »Seit wann das denn?«

»Keine Ahnung. Passiert mir heute das erste Mal.« Vorsichtig ging Victor weiter, die Augen direkt auf sein

Ziel gerichtet. »Und wenn ich mich nicht irre, liegen sie direkt …«

»Merk dir, was du sagen wolltest«, ertönte plötzlich Nemos Stimme hinter ihnen, und Victor und Ciel wirbelten erschrocken herum. Der Geisterjunge stand keine zwei Meter von ihnen entfernt, trotzdem hatten sie ihn nicht bemerkt. Scheinbar machten Geister, deren Energiereserve zur Neige ging, weniger Geräusche. Und dass Nemos Kraft tatsächlich nachließ, bewiesen seine schon leicht ausgefransten Konturen. Nicht mehr lange, und er würde nach und nach durchscheinend werden.

»Nunzia ist zurück«, sagte Nemo, während er mit dem Daumen über seine Schulter nach unten deutete. »Und sie hat keine guten Nachrichten mitgebracht.«

Natürlich waren die Nachrichten schlecht gewesen, sonst hätten sie ja nicht zum Rest des Tages gepasst.

Victor rollte sich träge auf den Rücken und hustete röchelnd, als ihm ein unangenehmer Geruch in die Nase stieg. Es roch nach irgendeinem Räucherwerk – vielleicht Weihrauch? –, und wahrscheinlich war das der Grund dafür, warum sein Schädel dermaßen dröhnte. Und warum sein rechter Arm fehlte.

Sein Arm fehlte?

Von Panik erfüllt riss Victor die Augen auf. Er lag lang ausgestreckt auf einem weich gepolsterten Untergrund, hatte seinen rechten Arm – der glücklicherweise doch noch da, aber vollkommen taub war – über dem Kopf ausgestreckt und brauchte einen Moment, bis er sich daran erinnerte, wo er sich befand.

In Aulikkis Haus. Auf Aulikkis Sofa. Und dem Morgendämmern nach zu urteilen, das hinter dem Wohnzimmerfenster zu erkennen war, hatte er einige Stunden hier gelegen.

Stöhnend drehte er den Kopf zur Seite und blinzelte überrascht, als seine Brille verrutschte. Offenbar war er so plötzlich eingeschlafen, dass er ganz vergessen hatte, sie abzusetzen. Dabei war ihm seine Müdigkeit überhaupt nicht bewusst gewesen, als er mit Ciel und den anderen darüber beratschlagt hatte, was als Nächstes zu tun war. Denn sogar Nunzia hatte Albert nicht finden können, und das, obwohl sie all ihre Kontakte hatte spielen lassen. Und auch Aulikkis letzter Versuch, den alten Geist mit Hilfe eines Suchzaubers aufzuspüren, war ins Leere gelaufen. Ciel hatte daraufhin beschlossen, selbst nach Albert zu suchen, und sich fürchterlich darüber aufgeregt, dass Aulikki es ihr strikt verboten hatte.

Eine Weile war die Streiterei deshalb hin und her gegangen, bis die Hexe schließlich auf Victor und Ciel zugekommen war, ihnen mit beruhigender Miene jeweils eine Hand auf die Schulter gelegt hatte und … und … dann nichts mehr.

Victor zog die Augenbrauen zusammen. Hatte Aulikki etwa dafür gesorgt, dass er so schnell eingeschlafen war? Er drehte den Kopf, um nachzusehen, ob es Ciel ebenso ergangen war, doch sie war verschwunden. Eine Wolldecke lag zusammengefaltet auf dem Sofa, ein Kissen scheinbar unbenutzt daneben.

Noch ein wenig benommen stand Victor auf. Auch sonst war niemand im Raum, nur tiefe Stille lag in der Luft. Er wedelte so lange mit seinem Arm herum, bis die Taubheit einem Gefühl glühender Nadelstiche wich, dann tappte er zur Küchentür hinüber. Aber die Küche war leer. Er schaute sogar hinter der Tür nach, bevor er – schneller jetzt – zurück ins Wohnzimmer und von dort ins Klavierzimmer hinüberlief, das allerdings ebenfalls leer war. Das Zimmer mit dem Grammophon – leer. Das Badezimmer – leer. Keine Ciel, kein Nemo, keine Nunzia. Nur Aulikkis Stimme drang aus der Bibliothek zu ihm nach draußen.

Er klopfte, öffnete die Tür einen Spalt und zuckte sofort zurück, als sie ihn forsch mit der Hand hinauswedelte. Obwohl sie nichts sehen konnte, wurde Victor das Gefühl nicht los, dass sie ihn mit ihren anderen Sinnen mindestens genauso gut wahrnahm. Und schon der Gedanke, dass die anderen ihn allein mit Aulikki in diesem Hexenhaus zurückgelassen hatten, bereitete ihm eine Gänsehaut. Wo waren die bloß alle abgeblieben?

Sein Herz schlug inzwischen bis zum Hals, und er wollte eben nach Ciel rufen, als er durch die kleinen Glaseinsätze in der Haustür eine Gestalt entdeckte, die draußen auf der Veranda herumlief. In Windeseile stürmte Victor hinaus – und stockte.

Ciel stand keine zwei Meter von ihm entfernt, aber er spürte sie trotzdem bis in seine Fingerspitzen. Spürte die Angst, die aus ihr herauswaberte wie giftig beißender Rauch.

»Was ist passiert?«, fragte er, doch Ciel antwortete nicht. Stattdessen reichte sie ihm einen Zettel.

Nur wenige Zeilen waren darauf geschrieben, in krakeliger Handschrift und mehr hingerotzt als sorgfältig aneinandergereiht. Unwillkürlich hielt Victor die Luft an, als er die Worte las.

Ihr könnt aufhören, nach Albert zu suchen.
Ich habe ihn. Bringt mir meine Lieferung und meinen Sohn, oder ich lasse den Alten für euren Ungehorsam büßen.
Die Zeit läuft.
L. C.

»Lex … Lex hat Albert gekidnapped?« Victor gefror zu Eis, als die Worte den Teil seines Hirns erreicht hatten, wo sie sich zu einem sinnvollen Satz zusammensetzen ließen. Lex hatte Albert, und er würde ihm etwas antun, wenn sie nicht auf seine Forderungen eingingen. Was um Himmels willen sollten sie jetzt machen? Ob Aulikki sich unter diesen Umständen wohl dazu bereit erklären würde, den Stein wieder rauszurücken? Aus irgendeinem Grund zweifelte Victor daran. Und was Nemo betraf …

Ciel ging in die Knie, schnürte ihre regenbogenfarbenen Doc Martens und murmelte dabei die ganze Zeit leise vor sich hin. Als sie sich einen Moment später wieder aufrichtete, blitzte gleißend helle Wut in ihren Augen auf.

»Was hast du vor?«, wollte Victor wissen und ahnte bereits, dass ihm die Antwort nicht gefallen würde.

»Ist das nicht offensichtlich?«, gab Ciel schroff zurück. Sie steckte ihre Haare zu einem unordentlichen Knoten zusammen. »Lex ist zu weit gegangen. Das wird er bereuen.«

»Ciel.« Victor holte tief Luft. Er konnte verstehen, dass sie aufgeregt und wütend war. Aber wenn sie jetzt voreilig handelten, begingen sie vielleicht einen Fehler. Und nach allem, was Victor bisher über Lex gelernt hatte, wusste er, dass der Kerl jeden Fehler ausnutzte. »Bitte mach das nicht. Das ist Wahnsinn.«

»Nein. Das hier« – mit einem Ruck riss ihm Ciel den Zettel aus den Fingern, knüllte ihn zu einem Ball zusammen und schleuderte ihn in den Garten – »ist Wahnsinn. Und ich beende ihn jetzt ein für alle Mal.«

»Nun warte doch.« Mit flehend erhobenen Händen machte Victor einen Schritt auf sie zu. »Lex wird dich erwischen, wenn du einfach so da auftauchst, Ciel. Lass uns vorher …«

»Uns?«, fauchte sie. »Ich habe dir gesagt, wie gefährlich dieser ganze verfluchte Cordicio-Clan ist, du wolltest allerdings nicht auf mich hören. Das sind alles Verbrecher, Victor!«

»Ich weiß, und es tut mir auch unendlich leid, dass ich dich mit in die Sache reingezogen habe. Kein Problem, wenn du mich nicht dabeihaben willst. Aber dann lass mich wenigstens Nunzia suchen, damit sie …«

Gereizt stöhnte Ciel auf. Sie vergrub ihr Gesicht in den Händen, und kurz regte sich Hoffnung in Victor, dass sie ihren Plan noch einmal überdenken würde. Doch stattdessen zog sie ihre Brille über die Augen und wandte sich ab.

»Nunzia erledigt irgendwas für Aulikki«, sagte sie, während sie die Verandastufen hinuntersprang. »Es bleibt dabei, ich hole Albert. Und du kümmerst dich in der Zwischenzeit um den Stein.«

Victor hätte sie zu gerne gefragt, was genau sie damit meinte, aber Ciel war bereits auf der Straße. Einen Atemzug später war sie verschwunden.

15
Nemo

Dieser ganze verfluchte Cordicio-Clan. Das sind alles Verbrecher.

Die Worte klingelten in Nemos Ohren. Er wusste nicht, ob er sich geschmeichelt fühlen sollte, weil Ciel Moon ihm zutraute, gefährlich zu sein, oder ob er sich darüber aufregen sollte. Wahrscheinlich war sie der Meinung, dass er irgendeinen teuflischen Plan verfolgte und nur deshalb noch hier war.

Dabei war es vielmehr andersrum: Er wusste nicht, was er sonst tun sollte. Er hatte seinen Vater hintergangen, und nun saß er in diesem Hexenhaus fest, ohne einen blassen Schimmer, wie es weitergehen sollte. Eigentlich hatte er mehr über den Stein herausfinden wollen. Nur, wie sollte er das anstellen? Weder die beiden Menschen noch die Geisterfrauen bezogen ihn in eine ihrer Aktionen mit ein, stattdessen beäugten ihn alle wie eine tickende Zeitbombe. Nemo kam sich vor wie das fünfte Rad am Wagen – was er rein mengentechnisch gesehen ja auch war. Aber länger würde er sich das nicht gefallen lassen.

Auf der Veranda verbarg Ciel in diesem Moment stöhnend ihr Gesicht in den Händen, und Nemo schob sich zurück in den Spalt zwischen Hecke und Hauswand. Eigentlich war er nur nach draußen gegangen, weil er den Gedanken nicht ertragen hatte, die ganze Zeit mit Aulikki in einem Haus eingesperrt zu sein. Die Hexe machte ihn immer noch furchtbar nervös, und hier im Garten hatte sich diese Nervosität etwas gelegt. Aber dann war Ciel herausgekommen und hatte den Zettel vor der Tür gefunden, und Nemo hatte keine besonders gute Erklärung dafür gehabt, warum *ihm* dieser blöde Zettel *nicht* aufgefallen war. Er war nämlich durch das Schiebefenster im Badezimmer ausgestiegen, anstatt den Vordereingang zu nehmen. Und da Ciel ihn ja anscheinend sowieso für einen Verbrecher hielt, würde sie davon ausgehen, dass *er* den Zettel geschrieben und dort auf der Veranda hinterlassen hatte.

»Ich hole Albert zurück«, hörte er sie jetzt sagen, und nur einen Moment später tauchte sie in seinem Blickfeld auf. Ohne sich noch einmal umzudrehen, eilte sie zum Gartentor und vergeudete keine Zeit damit, es erst aufzumachen, sondern schwang sich mit einem Satz auf die andere Seite. Ihre schnellen Schritte hallten laut auf dem Asphalt wider, als sie die Straße hinabrannte, aber kurz darauf verstummte auch dieses Geräusch.

Nemo ließ sich mit dem Rücken an der Hauswand in

die Hocke sinken. Ciel lief in ihr Verderben, das wusste er. Niemand drang unbemerkt in Lex Cordicios Haus ein oder konnte unbemerkt daraus entkommen. Aber gut, ihn ging es ja nichts an. Er wollte nur herausfinden, was es mit dem Stein auf sich hatte. Ihn vielleicht sogar irgendwie in die Finger kriegen. Obwohl ihm der Gedanke daran, sich seinem Vater eines Tages mit oder ohne Stein stellen zu müssen, nicht gerade gefiel.

Sein Blick landete auf dem zusammengeknüllten Zettel, den Ciel vorhin von der Veranda in den Garten gepfeffert hatte. Er lag nicht weit von der Hecke entfernt auf dem Rasen und wartete darauf, aufgehoben zu werden. Gelesen zu werden.

Nemo stand auf. Er schlich nach vorn, lugte um die Hausecke, bis er die Veranda komplett einsehen konnte, und hielt nach Victor Ausschau. Aber der Junge war weg. Also schoss Nemo aus seiner Deckung hervor, schnappte sich das Papier und faltete es auseinander.

… bringt mir meine Lieferung und meinen Sohn …

Meinen Sohn. Nemo konnte sich gerade noch ein belustigtes Schnauben verkneifen. Auf einmal wollte Lex ihn wiederhaben? Das war doch lächerlich. Aus welchem Grund sollte sein Vater sich plötzlich …

Nemo stockte und las den Satz noch ein zweites Mal. Und dann noch mal. Nachdem er ihn zum vierten Mal gelesen hatte, ließ er den Zettel fallen und rannte los.

16
Ciel

Ciel konnte es kaum glauben. Sie hatte eine zwei Meter hohe Mauer mit Stacheldraht-Abschluss und dahinter dichtes Dornengestrüpp überwinden müssen, um unentdeckt auf das Grundstück der Cordicios gelangen zu können. Deshalb hatte sie mindestens eine Handvoll weiterer Vorkehrungen erwartet, die das Haus schützen würden. Damit, dass die Hintertür des Anwesens unverschlossen war, hatte sie dagegen ganz sicher nicht gerechnet. Mehr aus Gewohnheit denn aus Zuversicht hatte sie die Klinke nach unten gedrückt, doch die Tür zu Lex Cordicios Villa war tatsächlich aufgeschwungen und gab nun den Blick auf einen kurzen, dunklen Flur frei.

Es war niemand zu sehen. Entweder war der Gangsterboss extrem leichtsinnig, oder er glaubte nicht daran, dass es jemand wagen würde, bei ihm – dem großen Lex Cordicio! – einzusteigen. Immerhin war er stadtbekannt, und das nicht unbedingt für seine Gastfreundlichkeit.

Statt die Chance zu nutzen und so schnell wie möglich ins Haus hineinzuschlüpfen, zögerte Ciel. Der Lauf hierher steckte ihr immer noch in den Beinen, ihr Herz hämmerte von innen gegen den Brustkorb, und ihr Atem ging stoßweise. Dazu kamen die Zweifel, ob es tatsächlich schlau war, was sie hier versuchte. Vermutlich war es sogar alles andere als schlau, und bestimmt verfluchten Victor, Aulikki und die anderen Ciel in diesem Moment dafür, dass sie einfach getürmt war. Aber beim Anblick von Lex' Nachricht war irgendetwas in ihr ausgetickt. Sie konnte es nicht ertragen, auch nur eine Sekunde länger tatenlos herumzusitzen, während es Albert vielleicht schon an den Kragen ging. Dann musste Victor die Sache mit dem Stein jetzt eben allein regeln, auf welche Weise auch immer.

Nachdem Ciel sich vergewissert hatte, dass niemand ihr auflauerte, schlüpfte sie ins Haus und schloss die Tür hinter sich. Der kurze Flur endete in einem L-förmigen Raum, der bis auf ein paar Regale und einen Tisch mit sechs Stühlen ebenso leer war. Nirgends auch nur die kleinste Regung, geschweige denn ein Geräusch.

Erst jetzt kam Ciel die Idee, dass es noch eine dritte Möglichkeit gab, warum die Tür offen gewesen war: Vielleicht hatte Lex sie erwartet und ihr zur Begrüßung eine Falle gestellt.

Mit angehaltenem Atem schaute sie sich nach etwas um, das als Waffe herhalten konnte. Die Wandelinge aus Alberts Vitrine hätten ihr hier wirklich gute Dienste leisten können, aber daran, dass sie am nächsten Morgen in Lex Cordicios Haus einbrechen würde, hatte Ciel bei ihrem Aufbruch gestern Abend natürlich nicht gedacht. Und dummerweise hatte sie ihren Schnapptast verloren, als sie heimlich die Grenze zum Ghostend überquert hatten. Also musste sie improvisieren.

Wenn sie bloß endlich etwas finden würde, das … Da, eine blecherne Gießkanne auf der Anrichte gegenüber! Ciel konnte sich zwar etwas Besseres vorstellen als eine Gießkanne, um sich im Notfall gegen Lex und seine Handlanger zu verteidigen, aber es half nichts. Sie musste Albert finden. Wenn er denn überhaupt hier war …

Sie schob den Gedanken beiseite, kontrollierte ein letztes Mal, ob auch tatsächlich niemand in der Nähe war, und flitzte anschließend hinüber, um sich die Kanne zu holen. Dabei fiel ihr Blick schräg hinein in das kurze Stück des L-förmigen Raumes und auf die Tür, die dort etwas versteckt in die Ecke gedrängt war. Sie war angelehnt, dahinter herrschte tiefe Dunkelheit. Ein Kellerabgang vielleicht? Ciel konnte sich kaum vorstellen, dass diese protzige Villa *keinen* Keller besaß. Und was eignete sich besser für die Unterbringung von Gefangenen als finstere Räume unter der Erde, die man nur über eine verborgene Tür in einem nahezu ungenutzten Zimmer erreichen konnte?

Auf Zehenspitzen ging Ciel näher heran, lugte durch den Türspalt – und entdeckte tatsächlich ein paar steinerne Stufen, die nach unten führten. Kühle Luft und ein Geruch nach Moos drangen zu ihr nach oben. Ciel biss sich auf die Unterlippe. Sollte sie es wagen? Was, wenn Albert nicht dort unten war und sie wertvolle Minuten verplemperte? Was, wenn sie Lex direkt in die Arme lief? Vielleicht war es doch klüger …

Bevor sie den Satz zu Ende denken konnte, griff sie nach der Tür und zog sie vorsichtig weiter auf. Kneifen galt nicht, Albert zu finden war alles, was zählte.

Die Treppe führte steil nach unten. Es dauerte ein paar Sekunden, bis sich Ciels Augen an die Finsternis gewöhnt hatten. Jede andere Person hätte spätestens jetzt die dunkel getönte Fliegerbrille abgesetzt, doch Ciel dachte gar nicht daran. Nichts half ihr besser, um sich zu konzentrieren.

Sie wartete noch einen Moment länger, nutzte die Pause, um zu lauschen, und schlich dann behutsam weiter. Die Kanne hielt sie angriffsbereit vor sich, und hin und wieder warf sie einen Blick zurück nach oben. Nichts. Schließlich knickte die Treppe scharf nach rechts ab. Ganz langsam schob Ciel sich um die Ecke herum und hielt an.

Vor ihr erstreckte sich nun ein schmaler, langer Gang, der auf der linken Seite von drei Türen gesäumt war.

Rechts zogen sich metallene Regale an der Wand entlang, die mit unzähligen Ordnern vollgestopft waren. Die Ordner interessierten Ciel nicht die Bohne, die Türen dagegen schon. Alle drei waren geschlossen, und nur die mittlere besaß kein Fenster, durch das man hindurchschauen konnte.

Eilig trippelte Ciel zur ersten Tür. Sie stellte sich auf die Zehenspitzen, um durch das Guckloch hineinzusehen – und stieß enttäuscht die Luft aus. Es war ein einfacher Lagerraum. In der rechten hinteren Ecke stapelten sich zwei Sätze Reifen, links an der Wand stand etwas, das an eine Werkbank erinnerte. Kein Albert.

Ciel huschte weiter, stockte allerdings nach wenigen Schritten und ging noch mal zurück. Hatte sie das gerade eben richtig gesehen? Vorsichtig drückte sie die Klinke der Tür herunter – wieder nicht abgeschlossen. Mit zwei Sätzen war sie an der Werkbank, stellte ihre Blechkanne auf der Arbeitsfläche ab und griff stattdessen nach einem goldfarbenen Schraubenschlüssel, der an der Lochwand dahinter hing. Die zwei Zinken seines u-förmigen Kopfes hatten bisher nur träge aufeinander geklickt. Doch nun, da Ciel ihn in der Hand hielt, schnappte der Wandeling mit deutlich mehr Kraft und um einiges schneller zu. Perfekt! Außerdem steckte Ciel noch eine Spule mit starkem Draht ein, ehe sie zurück auf den Gang schlüpfte.

Jetzt war die zweite Tür an der Reihe, die ohne Fenster. Ciel legte ihr Ohr ans Türblatt und horchte zwei, vier, sechs Sekunden lang angestrengt. Kein Geräusch drang nach draußen. Auch hier drückte sie langsam die Klinke nach unten, aber diesmal schwang die Tür nicht auf. Abgeschlossen. Ciels Herz machte einen Satz, und es machte einen zweiten, als im Raum dahinter auf einmal schleifende Schritte zu hören waren. Sie packte den schnappenden Schraubenschlüssel fester, ging neben der Tür in Angriffsstellung und wartete. Sie wartete gefühlt eine Ewigkeit, und nichts passierte. Sollte sie es wagen, durchs Schlüsselloch zu schauen?

Gerade als sie sich dazu durchgerungen hatte, vernahm sie plötzlich Alberts Stimme.

»Hallo?«, sagte er ganz nah hinter der Tür. »Ist da jemand?«

»Albert!«, quietschte Ciel. »Ich bin es, Ciel!«

Es dauerte ein paar Sekunden, ehe der alte Geist erneut sprach. »Um Himmels willen, Kind! Was tust du denn hier?«

»Ich hol dich raus.«

»Einen Teufel wirst du tun! Mach, dass du wegkommst!«

Doch Ciel hatte den Schraubenschlüssel bereits auf dem Boden abgelegt, wo er zuckend davonhüpfte, und die Drahtspule aus ihrer Hosentasche geholt. Hastig bog sie das Ende des Drahts so, dass ein rechter Winkel entstand – oder sie versuchte es zumindest. Heraus kam etwas, das mehr wie ein ramponierter Haken aussah.

Mit zittrigen Fingern fummelte sie das Ding ins Schloss und drehte. Sie drehte und drehte, während Albert ihr die ganze Zeit über befahl, das Weite zu suchen. Doch anstatt auf ihn zu hören, wühlte Ciel weiter mit dem Haken in der Öffnung herum wie eine Wilde – und auf einmal schwang die Tür auf.

Albert starrte sie aus großen Augen an.

»Warum hast du denn nicht einfach nach dem Schlüssel gefragt?«, ertönte eine Stimme, diesmal hinter Ciel.

Sie wirbelte herum. Auf der ersten Treppenstufe, lässig mit der Schulter gegen die Wand gelehnt, stand Nick Walker. Ein Grinsen so grell wie Flutlicht war in sein Gesicht getackert, und er hielt den bissigen Schraubenschlüssel in der Hand.

»Schön, dass du auch zur Party kommst, Kleine.«

Ciel hatte den Raum förmlich auf den Kopf gestellt. In jeder noch so kleinen Ecke hatte sie nachgesehen, ob ihnen irgendwas dabei behilflich sein könnte zu fliehen – aber Fehlanzeige. Mehr als ein wuchtiges altes Ledersofa, einen Stuhl und einen Tisch aus Metall sowie eine nackt von der Decke hängende Glühbirne gab es hier nicht.

Das winzige Fenster in der Wand hinter der Couch

ließ zwar Licht hinein, allerdings niemanden hinaus. Es besaß nämlich keinen Griff. Und erst als Ciel die Idee gekommen war, die Scheibe mit dem Stuhl einzuschlagen, hatte sie bemerkt, dass alle Möbel fest im Boden verankert waren. Egal wie sehr sie zog, sie konnte weder den Stuhl noch den Tisch und schon gar nicht das Sofa bewegen. Es war aussichtslos, von hier zu entkommen, vor allem da Nick Walker auch noch die Drahtspule und Ciels Handy eingesackt hatte, bevor er laut lachend aus dem Raum verschwunden war.

Und auf einmal hatte Ciel gemeinsam mit Albert auf der falschen Seite der Tür gestanden.

Inzwischen musste etwa eine Stunde vergangen sein, seit Nick sie eingeschlossen hatte, und Albert wurde zusehends schwächer. Seinen letzten Geiststein hatte er offenbar gestern früh benutzt, weshalb sein Energielevel sich nun zügig dem Nullpunkt entgegenneigte. Die Konturen des alten Geistes waren bereits kaum mehr auszumachen, und an mehr als einer Stelle schien Licht durch seinen Körper hindurch. Dass er mitten auf der Straße von einem dunkel gekleideten Hünen wie ein Paket verschnürt und zu Lex Cordicios Haus gebracht worden war, hatte nicht wirklich geholfen, seine Kräfte zu schonen. Genauso wenig wie seine ewige Schimpferei jetzt. Also hatte Ciel ihn irgendwann wortlos auf den Stuhl gedrückt und ihm verboten, zu reden oder sich zu bewegen. Sie selbst hatte es sich daneben auf dem Tisch halbwegs bequem gemacht und missmutig die Tür angestarrt.

Das tat sie noch immer, als auf einmal ein Schlüssel von außen ins Schloss gesteckt wurde und die Kellertür gleich darauf nach innen schwang. Ein großer, kräftig gebauter Mann mit eleganter, heller Sommerkleidung betrat den Raum.

Ciel schluckte. Auch wenn einhundert Geister mit ihm zusammen durch die Tür gekommen wären, dieser Kerl hätte sofort ihre Aufmerksamkeit erregt. Sein gefährliches Aussehen mit den kurzgeschorenen weißen Haaren an einer Seite des Schädels und den vielen Tätowierungen führte dazu, dass sich Ciel plötzlich vorkam wie ein verirrtes Würmchen.

»Ciel Moon«, knurrte Lex mit bärentiefer Stimme und schüttelte missbilligend den Kopf. »Wenn deine Großmutter wüsste, in was für Angelegenheiten du dich einmischst, würde sie vor Angst tot umfallen.«

»Wagen Sie es nicht, Beatrices Namen in den Schmutz zu ziehen, Sie …«

Ehe Albert eine Palette an Schimpfwörtern auspacken konnte, sprang Ciel vom Tisch herunter und legte ihm eine Hand auf die Schulter. »Du sollst dich schonen«, ermahnte sie ihn leise. »Keine Bange, ich komm schon klar.«

»Ja, Albert, überlassen Sie das Sprechen am besten ihr«, stimmte Lex mit einem herablassenden Grinsen zu. »Immerhin ist sie es, mit der mein Sohn und ich noch ein Hühnchen zu rupfen haben.«

Ciel horchte auf. Sein Sohn? Was sollte das denn bedeuten? Der Kerl war doch nicht etwa …

»Du setzt meinen besten Mann außer Gefecht, entführst meinen Jungen und brichst in mein Haus ein. Und das alles in nur zwei Tagen«, fuhr Lex fort und kam dabei drohend einen Schritt näher. »Das ist eine ziemlich lange Liste für ein so kleines Mädchen wie dich.«

»Entführt?«, wiederholte Ciel fassungslos. »Sie denken, ich hätte Nemo entführt?«

»Willst du etwa das Gegenteil behaupten?«

»Das will ich nicht nur, ich mache es auch!«, regte sich Ciel auf. »Wie kommen Sie denn auf diesen Blödsinn?«

Seufzend schüttelte Lex den Kopf, bevor er sich zur Tür herumdrehte und fragte: »Ja, wie komme ich bloß auf so was? Nemo?«

In der Tür tauchte nun eine weitere Person auf, und Ciel erkannte die stoppelig nach oben stehenden Haare sofort. Scharf sog sie die Luft ein. Es war tatsächlich Nemo. Er stellte sich neben seinen Vater und blickte Ciel mit einem Ausdruck an, der ihr Blut zum Gefrieren brachte.

»Du?«, hauchte sie. »Was hast du hier verloren?«

Nemo sah furchtbar aus. Der Kragen und die Kapuze seines Hoodies waren eingerissen, und auf seiner Wange prangten vier lange Kratzer, die sich bereits gefährlich dunkelblau färbten. Außerdem lagen tiefe Schatten um seine sonst so hellen Augen.

»Er ist nach Hause zurückgekehrt, Ciel Moon«, antwortete Lex an seiner Stelle. »Einen echten Cordicio kann eben selbst Aulikki Costa nicht ewig festhalten.«

»Also das ist …«, hob Ciel an, brach sofort wieder ab und begann erneut. »Niemand hat ihn …« Doch auch dieser Satz wollte einfach nicht über ihre Lippen kommen. Egal was sie sagte, sie würde Lex nicht überzeugen können, das war ihr klar. Stattdessen wandte sie sich an Nemo.

»Diese Kratzer in deinem Gesicht, woher stammen die?«, fragte sie. Dabei gab sie sich die größte Mühe, ihre Stimme möglichst ruhig klingen zu lassen, aber ganz gelang ihr das nicht. Sie konnte kaum fassen, was hier gerade passierte. Und noch weniger konnte sie fassen, dass Nemo einfach schwieg.

»Ihr könnt euch später unterhalten«, grätschte Lex erneut dazwischen. »Jetzt wirst du erst einmal tun, was ich dir sage.«

Er schnippte mit den Fingern, und Nick Walker betrat den Raum. In seiner ausgestreckten Hand lag Ciels

Handy. Lex gab ihm mit einem Wink zu verstehen, dass er es Ciel überreichen sollte, und der Scherge gehorchte.

»Ruf deinen Freund Victor Flec an. Sag ihm, ich will den Stein.« Als Ciel nicht reagierte, trat Lex einen weiteren Schritt auf sie zu. »Sofort«, fügte er scharf hinzu.

»Selbst wenn ich wollte, das geht nicht«, entgegnete Ciel einer plötzlichen Eingebung folgend. »Ich habe Aulikki gebeten, den Stein zu zerstören, falls ich mich nicht innerhalb von zwei Stunden melde. Sie können ihn nicht wiederhaben.«

Der Gangster-Geist riss mit gespieltem Entsetzen die Augen auf. Dann trat er wieder neben seinen Sohn und legte ihm verschlagen grinsend einen Arm um die Schultern. »Was sagst du dazu, Nemo?«, wollte er wissen. »Stimmt das?« Dabei löste er seinen Blick nicht einmal für den Bruchteil einer Sekunde von Ciels Gesicht.

»Nein, sie lügt.« Nemo blinzelte heftig. »Die Hexe erträgt es ja nicht mal, länger in der Nähe des Steins zu sein. Ich glaube kaum, dass sie das Ding zerstören könnte.«

Nun blieb Ciel endgültig die Spucke weg. War das tatsächlich derselbe Nemo Cordicio, der zusammen mit ihr, Victor und Nunzia gestern Abend vor der Polizei geflohen war? Der Nemo, der neben Victor auf Aulikkis Couch gesessen hatte? Offenbar schon, auch wenn dieser hier sich wie ein aufgeblasener Vollpfosten verhielt. Vielleicht war es das – dieser Verrat jetzt –, was er die ganze Zeit über im Schilde geführt hatte. Ciel starrte ihn durchdringend an, als könnte sie so herausfinden, was in ihm vorging.

»Mädchen, Mädchen.« Lex holte sie mit einem enttäuschten Kopfschütteln aus ihren Gedanken zurück. »Du hast wirklich Glück, dass ich dich brauche. Sonst hätte ich dich für diese dreiste Lüge bestraft.«

»Für was denn brauchen?«, giftete Ciel bebend vor Wut zurück. »Sie haben doch gesehen, dass Sie den Stein nicht eintauschen können. Also geben Sie's endlich auf!«

»Falsch, Ciel. Er konnte den Stein nicht gegen *Albert* eintauschen.« Nemos Worte explodierten wie gewaltige Feuerwerkskörper in Ciels Ohren. Eins nach dem anderen hinterließ tiefe Krater. »Bei ihm hat die Drohung, ihn büßen zu lassen, aber auch nicht wirklich Sinn ergeben.« Ein Lächeln zupfte an Nemos Mundwinkeln, das seine Augen unberührt ließ. »Bei dir sieht das anders aus.«

Geräuschvoll atmete Ciel aus. Es fühlte sich an, als würde zeitgleich mit der Luft auch jeglicher Mut ihren Körper verlassen. Zurück blieben nur bleierne Müdigkeit und ein riesiger Haufen Selbstvorwürfe.

Nemo hatte sie allen Ernstes an der Nase herumgeführt, und sie hatte es zugelassen. Anstatt ihn zum Teufel zu jagen, hatte vor allem sie dafür gesorgt, dass er bei ihnen blieb.

Mit schweren Schritten ging sie zu Nick hinüber und griff nach ihrem Handy. Victors Nummer war gleich die zweite in ihrer Kurzwahlliste.

17
Victor

Victor saß nägelkauend auf einem Hocker in Aulikkis Küche und dachte nach. Seit einer halben Stunde überlegte er fieberhaft, was Ciel mit ihrem letzten Satz wohl gemeint haben könnte. Er solle sich um den Stein kümmern, hatte sie gesagt. Wie genau sollte er das bitte anstellen? Und was sollte das überhaupt heißen, *sich kümmern*?

Mit einem tiefen Seufzer vergrub er das Gesicht in den Händen. Diese Sache war wirklich verzwickt, und mit jeder Stunde, die verging, schien ein neues Problem aufzuploppen. Erst Alberts Entführung, dann Ciels Alleingang, und seit ihnen aufgefallen war, dass auch Nemo fehlte, fühlte Victor sich endgültig wie einer dieser überteuerten Helium-Ballons, die schon lange nicht mehr richtig fliegen können. Sie dümpelten knapp über dem Boden dahin und kippten bei der kleinsten Berührung zur Seite. Und irgendwann blieben sie dann liegen, für immer. Weil das Helium sich vom Acker gemacht hatte.

Victor hätte in diesem Moment gern das Gleiche getan. Er träumte davon, sich hinlegen, die Augen schließen und den Tag einfach verschlafen zu können. Oder gleich die ganze Woche. Und nach dem Aufwachen wäre alles wieder in bester Ordnung. Ciel und er würden wieder einträchtig im Laden arbeiten, Nunzia das Eigentum von irgendwelchen anderen Leuten klauen, und Nemo wäre zurück bei seinem Vater.

Nemo …

Wo war der überhaupt abgeblieben? Und seit wann war er fort? Zuletzt gesehen hatte Victor den jungen Cordicio gestern Nacht, bevor Aulikki ihn mit ihren magischen Händen in Schlaf versetzt hatte.

Unruhig warf Victor einen Blick auf die Uhr an seinem Handy. Mehr als zwei Stunden waren vergangen, seit Ciel aufgebrochen war, und die meiste Zeit davon hatte er mit Grübeleien darüber verbracht, was er denn nun wegen dieses verflixten Steins unternehmen sollte. Mittlerweile konnte Victor das Ding spüren, genau wie die anderen Wandelinge oben im ersten Stock, die er gestern bei seinem Erkundungsgang mit Ciel entdeckt hatte. Was der Grund für diese plötzliche Feinfühligkeit war, konnte er allerdings nicht sagen. Vielleicht hatte es was mit der Explosion in Alberts …

»Victor?« Nunzia tauchte aus dem Nichts neben ihm auf, und Victor schreckte panisch hoch. Weil er so komisch dagesessen hatte, verlor er den Halt, kippte nach hinten und krachte mitsamt dem Stuhl polternd zu Boden.

»Autsch«, maulte er und warf einen gifttriefenden Blick zu Nunzia nach oben. »Warum schleichst du dich so an mich ran?«

»Ich hab zweimal deinen Namen gesagt, Anschleichen ist was anderes.« Nunzia reichte ihm eine Hand, um ihn wieder hochzuziehen. »Was machst du hier?«

»Nachdenken«, gab Victor zu und bemühte sich dann, möglichst schnell das Thema zu wechseln. »Und wo warst du?«

»Ach, ich habe einige Leute im Ghostend daran erinnert, dass sie Aulikki noch einen Gefallen schuldig sind, den wir vielleicht bald einlösen müssen«, erwiderte das Geistermädchen. »Genauer willst du es gar nicht wissen, glaub mir.« Sie zwinkerte ihm zu. »Ihr habt ja ordentlich für Wirbel gesorgt, während ich weg war.«

»Hm«, machte Victor. Eigentlich hatte er das Gefühl, Nunzia trauen zu können. Bei Aulikki war er sich dagegen nicht so sicher. Sie schien zwar eine gute Freundin von Albert zu sein, trotzdem fiel es Victor schwer, die Hexe einzuschätzen. Vor allem nach der Handauflege-Sache von gestern Nacht. Und da Nunzia nun mal für sie arbeitete … »Ist Aulikki noch sauer, weil Ciel abgehauen ist?«

»Selbst wenn, sie kommt drüber hinweg.« Nunzia

zuckte mit den Schultern. »Im Moment ist sie eher beschäftigt damit, Leute zusammenzutrommeln, die deine Freundin da rausholen. Am besten, *bevor* Donna und Beatrice davon erfahren.«

»Und?«

»Bisher mit wenig Erfolg, fürchte ich«, erwiderte das Geistermädchen und lehnte sich mit hinter dem Kopf verschränkten Händen gegen die Küchenzeile. »Wenn das so weitergeht, muss sie wohl die Ghostguards einschalten. Und ich bin mir nicht sicher, ob das eine gute Idee ist.«

Victor nickte betrübt und wischte ein paarmal sinnlos auf seinem Handydisplay herum. Einerseits war es wahrscheinlich schlau, die Guards zu informieren. Die würden Ciel – und hoffentlich auch Albert – bestimmt ruckzuck befreien können. Andererseits würde dann früher oder später die Frage aufkommen, wie sie alle überhaupt in diese Situation hineingeraten waren und warum sie nicht schon viel früher Hilfe geholt hatten. Ganz abgesehen davon, wie Victor dazu kam, ausgerechnet mit jemandem wie Lex Cordicio zusammenzuarbeiten …

Beim Gedanken an Lex ploppte sofort wieder Nemos Gesicht vor Victors inneren Augen auf.

»Glaubst du, Nemo hat uns die ganze Zeit nur was vorgespielt?«, fragte er vorsichtig.

Nunzia verzog den Mund. Doch ehe sie antworten

konnte, begann plötzlich das Handy in Victors Hand zu vibrieren, und er erschrak so sehr, dass er es beinahe fallen ließ.

»Ganz ruhig. Ich glaube kaum, dass es beißt«, flachste Nunzia. Dann versuchte sie, einen Blick aufs Display zu werfen. »Wer ist dran?«

Mit zitternden Fingern drehte Victor das Handy um. Ein einzelnes Wort blinkte ihm hektisch entgegen.

Ciel.

Victor brauchte drei Anläufe, ehe er die Taste mit dem grünen Hörer traf. Seine Nerven flatterten. Ciel rief an! Vielleicht war es ihr und Albert doch irgendwie gelungen, Lex zu entwischen, und jetzt benötigten sie dringend Hilfe, um …

»Ciel!«, platzte Victor heraus. »Ciel! Ist alles in Ordnung?«

»Hallo, Victor.«

Oh, oh. Irgendwas am Klang ihrer Stimme gefiel Victor ganz und gar nicht.

»Wo … wo bist du?«, wollte er wissen.

»Ich hab's nicht geschafft, Victor, ich konnte Albert nicht rausholen.«

»Das ist nicht weiter schlimm! Wir versuchen es einfach wieder und …«

»Nein, machen wir nicht.«

Inzwischen drängte sich Nunzia so nah an Victor heran, um mithören zu können, dass er automatisch zurückwich, bis er mit der Hüfte gegen die Küchenzeile stieß. Eilig zwängte er sich aus dem engen Spalt heraus und schaltete auf Lautsprecher.

»Doch, das kriegen wir hin«, versicherte er. »Vielleicht ist ja Nemo unsere Chance, um …«

»Nemo?« Ciel lachte hart auf. »Vergiss den Verräter. Der ist hier, und ehrlich gesagt ist er der größte Speichellecker, den ich je … AU!«

Victor verkrampfte sich, und auch Nunzias Körper spannte sich so urplötzlich an, als hätte jemand einen Schalter in ihr umgelegt. Was um alles in der Welt ging da vor sich?

Mehrmals knackte es laut in der Leitung, danach ertönte ein Kratzen gemischt mit verschiedenen Stimmen im Hintergrund. Eine davon kam Victor erschreckend bekannt vor.

»Ja, ja, schon gut. Ich hab's verstanden, danke«, knurrte Ciel jetzt anscheinend aus weiter Ferne. »Geben Sie mir mein Handy zurück.« Es raschelte, und gleich darauf hatte ihre Stimme wieder die normale Lautstärke. »Hallo? Noch jemand da?«

Nunzia beugte sich über das Smartphone. »Wir sind hier. Aber wo bist *du*?«, wiederholte sie Victors Frage von vorhin, nur klang sie dabei um einiges drängender.

Ein paar Sekunden lang herrschte Stille am anderen Ende der Leitung. Doch als Ciel endlich sprach, konnte Victor die Niederlage aus jedem ihrer Worte herausschallen hören. Wie Backpfeifen sausten ihm die Sätze um die Ohren. »Noch bei Lex. Sie haben mich erwischt, als ich Albert befreien wollte.«

Victor stieß entsetzt die Luft aus. »So eine blöde, verfluchte, riesengroße ...«

»Und Nemo ist auch da?«, fuhr Nunzia alarmiert dazwischen.

»Ja, er ist da und hält wieder Händchen mit seinem *Papa*«, ätzte Ciel. »Sie wollen den Stein.«

»Sag ihm, er soll in zwei Stunden zur Wäscherei in der Freiheitsstraße kommen und den Stein mitbringen«, ertönte Lex Cordicios Stimme nun ganz deutlich im Hintergrund. »Und keine falschen Tricks. Sonst muss *er* deiner Mutter erklären, wieso du nicht mehr nach Hause kommst.«

Ciel schwieg.

»SAG ES!«, brüllte Lex.

»Das haben Sie doch gerade gemacht! Mann, jetzt kommen Sie mal wieder von Ihrem hohen ...«

Ein Tuten in der Leitung zeigte an, dass jemand die Verbindung unterbrochen hatte. Ciel war weg. Victor ließ die Hand mit dem Handy sinken und starrte eine Weile reglos vor sich hin. Dann steckte er das Telefon ein und ballte die Fäuste. Jetzt war endgültig Schluss mit dieser ewigen Warterei.

Aulikki weigerte sich, den Stein wieder herauszurücken. Zehn Minuten lauschte sie stillschweigend Victors nur so vor Energie strotzenden Plänen, wie es ihnen gelingen könnte, Albert und Ciel aus den Fängen der Cordicios zu befreien – und sagte dann einfach nein. Nein zu allem. Sie sprach es nicht einmal aus, sondern schüttelte bloß missbilligend den Kopf und verließ den Raum.

Dabei war sich Victor so sicher gewesen, dass es klappen würde. Er hatte es ganz genau vor sich gesehen, wie er Lex mit Hilfe des Steins dazu zwingen würde, Ciel und Albert freizulassen. Wie er Nemo anschließend eine scheuern würde. Oder zwei. Wie Ciel ihm dankend um den Hals fallen und Albert ihn mit einer saftigen Gehaltserhöhung belohnen würde, damit er sich endlich *Jump Force* für die PlayStation kaufen konnte. Aber Aulikki zerstörte diese Bilder mit einer schlichten Geste.

»Ich gehe mal davon aus, du hast kein allerletztes schlagendes Argument, das sie doch noch überzeugen könnte?«, fragte Nunzia, nachdem sie der Hexe eine Weile zerknirscht hinterhergeschaut hatte.

Victor seufzte schwer. »Nein.«

»Dann war's das wohl. Game over.«

Eine Welle aus Widerstand rauschte bei diesen Worten durch Victor hindurch. Game over? Auf gar keinen Fall! Er würde sich nicht davon beeindrucken lassen, dass Aulikki ihm verboten hatte, Ciel und Albert zu retten. Immerhin steckten die beiden nur deshalb in der Klemme, weil er sie dort hineinmanövriert hatte. Und wenn ihm kein – wie Nunzia es nannte – *schlagendes* Argument mehr einfiel, musste er eben …

Victor stockte.

Er wartete, bis Aulikki die Tür zur Bibliothek erneut hinter sich geschlossen hatte, dann wandte er sich Nunzia mit ernster Miene zu. »Okay. Ich werde gleich etwas tun, das deiner Chefin wahrscheinlich nicht besonders gut gefallen wird«, raunte er. »Genau genommen wird es ihr sogar überhaupt nicht gefallen.«

»Aha«, erwiderte das Geistermädchen und runzelte die Stirn.

»Und du wirst mich nicht davon abhalten können«, fügte Victor mit hoffentlich sehr entschiedenem Unterton in der Stimme hinzu. »Also falls du lieber nichts damit zu tun haben willst …«

Augenrollend verschränkte Nunzia ihre Arme vor der Brust. »Kommst du endlich mal zum Punkt, oder was? Du hattest mich schon beim zweiten Satz auf deiner Seite.«

Einen winzigen Moment lang zögerte Victor noch, dann warf er einen prüfenden Blick auf den Gang hinaus. Die Luft war rein. Langsam, damit er ja keinen

Mucks von sich gab, lief er über den dicken Teppich zur Treppe hinüber. Dort hielt er inne und musterte Nunzia ein weiteres Mal durchdringend. Als würde sie ahnen, was er plante, schob sie sich an ihm vorbei und die Stufen hinauf. Victor folgte ihr.

Wie schon mit Ciel die Nacht zuvor schlich er nach oben in den ersten Stock, und erneut spürte er die Anwesenheit der Wandelinge mit jedem Schritt stärker werden. Diesmal konnte er sogar zwischen den einzelnen Schwingungen unterscheiden. Es mussten mehr als zwanzig Stück sein, die Aulikki da verbarg, und zwar nicht nur kleine unbedeutende. Einige von ihnen strömten beinahe ebenso viel Macht aus wie der Stein im Erdgeschoss – um den sich Victor dann als Nächstes *kümmern* würde, wie Ciel es ausgedrückt hatte.

Oben angekommen, überließ Nunzia ihm wieder den Vortritt, denn ganz so sicher schien sie sich doch nicht zu sein, was er hier wollte. Victor holte tief Luft und richtete all seine Konzentration auf das Gefühl, das die magischen Geistergegenstände in ihm auslösten. Je näher er ihnen kam, desto intensiver wurde das fluffige Kribbeln … nur um schlagartig wieder abzuebben. Victor stoppte. Er drehte sich hin und her, ging einen Schritt zurück, streckte seine Hände aus, wich noch weiter zurück … genau hier war das Kribbeln am stärksten.

Eigentlich hatte Victor damit gerechnet, dass die Hexe

ihre Schätze in einem der Zimmer versteckt hielt, doch nun stand er vor einer Wand, die rechts und links von zwei bodentiefen Fenstern begrenzt wurde. In der Mitte prangte ein kleiner, unscheinbarer Stromkasten. Verdattert kratzte sich Victor den Kopf. Hatte er sich etwa geirrt? War er mit seiner Vermutung, Aulikki könnte ein ganzes Arsenal nützlicher Wandelinge versteckt haben, auf dem Holzweg gewesen? Die Mauer schien hier zwar ziemlich dick, aber …

»Und jetzt?«, flüsterte Nunzia.

»Ich bin mir nicht sicher«, gab er ebenso leise zurück. »Ehrlich gesagt habe ich gehofft, hier ein paar Wandelinge zu finden.«

Nunzia öffnete den Stromkasten und deutete ratlos auf die vier Reihen von Kippschaltern, die dahinter zum Vorschein kamen. »Hier drin?«, fragte sie. »Wie kommst du denn darauf?«

»Ich kann sie spüren. Irgendwo« – Victor fuchtelte mit der Hand in der Luft herum – »dort.«

Die Augen des Geistermädchens weiteten sich vor Überraschung bei diesen Worten. »Ernsthaft?«, hakte sie nach. »Ich dachte immer, Aulikki macht Scherze, wenn sie von Menschen spricht, die so was können.«

»Nein, kein Scherz«, entgegnete Victor und fühlte Stolz in sich aufwallen. »Seit der Stein explodiert ist, muss ich die Wandelinge sogar nicht mal mehr berühren, um zu wissen, wo sie sind. War wohl eine Art – keine Ahnung, wie ich es beschreiben soll – Verstärker oder so was. Deshalb dachte ich …«

Nunzia musterte ihn noch einen Augenblick lang neugierig, ehe sie damit begann, den Stromkasten genauer zu untersuchen. Sie fuhr mit den Fingern am Rand entlang, rüttelte an einigen Schaltern, zog an anderen – und auf einmal bewegte sich die Platte mit all den Hebeln.

Victor grinste zufrieden. Ein Stromkasten war das hier schon mal definitiv nicht. Und noch während er sich selbst für sein Gespür beglückwünschte, hob Nunzia das gelockerte Brett vorsichtig heraus. Eine mattschwarze, glatte Oberfläche kam darunter zum Vorschein, die allein durch ihr modernes Aussehen fehl am Platz wirkte. Mit angehaltenem Atem beobachtete Victor, wie Nunzia auch hier an manchen Stellen drückte, auf anderen herumwischte und schließlich in der rechten unteren Ecke einen winzigen, gut versteckten Hebel fand, den sie nach kurzem Zögern umlegte.

Es dauerte einen Moment, dann zischte es in der Wand. Die matte Fläche erzitterte und glitt surrend zur Seite. Victor konnte nichts dagegen tun, sein Unterkiefer klappte herunter, als er sah, was Aulikki dort verborgen hatte.

Ein flaches Regal, das sich sowohl ein Stück nach links und rechts schieben als auch von oben nach unten ziehen ließ, tauchte vor ihnen auf, und es bot die ausgefallensten Dinge dar. Da gab es einen Baseball, der unruhig zitterte, eine leise sirrende Schallplatte auf einem kleinen Holzgestell, eine Goethe-Gedenkmünze, deren Prägung sich unter Victors Blick veränderte, einen Brief mit der Unterschrift von Thomas Edison, einen eisernen Kelch, kleine Statuen …

»Mach den Mund zu, sonst verirrt sich noch eine Fliege rein.« Nunzia stieß ihm feixend einen Ellbogen in die Seite.

»Woah«, staunte Victor und fügte beinahe ehrfürchtig hinzu: »Wer *ist* diese Frau, der James Bond der Geisterwelt, oder was?«

»Wenn schon, dann *Jane* Bond«, gab Nunzia zurück. »Aber ich glaube kaum, dass Aulikki für den Geheimdienst arbeitet. Sie ist eher eine von denen, die regelmäßig vom Geheimdienst *gesucht* werden.«

Victor verzog den Mund zu einem gezwungenen Lächeln. Der Gedanke, dass er gleich eine gefährliche Geisterhexe bestehlen würde, rumorte unschön in seinem Magen. Aber eine andere Möglichkeit gab es einfach nicht. Deshalb löste er seinen Blick von den Wandelingen im Regal und ließ ihn durch den Flur schweifen, um etwas zu finden, womit er sie möglichst unauffällig hier rausbringen konnte.

Bis auf ein paar Kissen auf den Stühlen gab es allerdings nichts zu sehen, und ihnen fehlte die Zeit, die angrenzenden Zimmer nach Taschen oder Ähnlichem zu durchsuchen. Also packte er sich eines der Kissen, riss es an der Naht auf und zerrte den Inhalt heraus. Anschließend stopfte er so viele Wandelinge hinein, bis kein Platz mehr war.

Die magischen Geistergegenstände zappelten und zuckten im Kissenbezug, und Victor hatte alle Hände voll zu tun, sie unter Kontrolle zu halten. Vorsichtshalber nahm er noch einen zweiten Bezug und fummelte den ersten hinein, damit kein Wandeling aus Versehen entwischen konnte.

Währenddessen brachte Nunzia die Schalttafel wieder über dem Wandregal an und schloss das kleine Türchen.

Sobald sie fertig war, wandte sie sich Victor mit breitem Grinsen zu. »Damit treten wir Lex und seinen Männern gewaltig in den Hintern«, flüsterte sie. »Und unterwegs besorgen wir uns einen Stein, der sie lange genug ablenkt.«

Victor nickte halbherzig. Ganz so einfach würde es zwar nicht werden, den Gangsterboss übers Ohr zu hauen. Doch zumindest hatte Victor inzwischen einen Plan, was er tun würde, falls ihr Vorhaben scheitern sollte. Und dafür fehlte ihm bloß noch eine Winzigkeit …

18
Nemo

Während sein Vater ihn aus dem Kellerverließ schob, schaute Nemo über die Schulter zurück zu Ciel. Wie ein Häufchen Elend lehnte sie an der Wand neben Albert, der zusammengesunken auf dem Stuhl kauerte. Wenn der Alte nicht bald einen Geiststein bekam, würde er sich spätestens in ein paar Stunden in ein bewusstloses, durchsichtiges Häufchen verwandeln, und dann war Nemos Plan dahin. Er musste also schnell handeln. Am besten so schnell, dass ihm Victor in der Zwischenzeit nicht mit einer eigenen haarsträubenden Idee an den Karren fahren konnte. Die Sache war schon kompliziert genug, mehr Durcheinander konnten sie wirklich nicht gebrauchen.

Am liebsten hätte er Ciel und Albert irgendwie zu verstehen gegeben, dass er ihnen helfen wollte. Dass er ihnen helfen *würde*, egal wie. Doch keiner von beiden achtete auf ihn.

Beinahe widerwillig trat Nemo auf den Gang hinaus. Er hatte nicht damit gerechnet, dass es ihn dermaßen mitnehmen würde, als er zugestimmt hatte, Ciel und

Albert einen Besuch im Verließ abzustatten. Im Gegenteil, er hatte sogar geglaubt, dass das der leichteste Teil seines Vorhabens wäre. Immerhin hatte er bis zu diesem Zeitpunkt schon einiges überstanden. Es war ihm gelungen, aus Aulikkis Obhut zu fliehen und unbeobachtet das Haus seines Vaters zu erreichen. Er hatte sich selbst übel zugerichtet, damit es aussah, als wäre er in mindestens eine Schlägerei verwickelt gewesen in den letzten zwanzig Stunden. Und vor allem hatte er es geschafft, seinen Vater davon zu überzeugen, dass er nach wie vor auf dessen Seite stand.

Die Idee dazu hatte ihm die Nachricht auf dem Zettel geliefert. *Bringt mir meinen Sohn*, hatte Lex geschrieben, und Nemo war daraufhin urplötzlich der Einfall mit der Entführung gekommen. Auf dem Weg hierher hatte er sich eine passende Geschichte zurechtgezimmert: Ciel und Victor hätten ihn nach seinem Telefonat mit Nick erwischt und mit Hilfe des energiefressenden Wandel-Rings zum Gehorsam gezwungen, hatte er Lex vorgegaukelt. All seine Fluchtversuche seien erfolglos gewesen, weil er immer unter Beobachtung gestanden habe. Erst nach Ciels Verschwinden heute Morgen sei es ihm endlich gelungen abzuhauen. Und natürlich würde Ciel das Gegenteil behaupten, wenn man sie danach fragen sollte.

Lex hatte sich alles aufmerksam angehört und war dabei erstaunlich ruhig geblieben. Während der ganzen

Zeit hatte er nur zwei Zwischenfragen gestellt, und die hatten beide dem Stein gegolten. Ob es tatsächlich der Stein gewesen sei, der Alberts Warenlager verwüstet habe, und nicht vielleicht etwas anderes? Und was Aulikki zu dem Splitter gesagt habe? Nemos Antworten hatte Lex geradezu begeistert aufgenommen.

Gleich danach hatte er vorgeschlagen, Ciel und Albert einen Besuch abzustatten, und nun … ja, nun stapfte Nemo hinter seinem Vater die Treppe wieder nach oben und wunderte sich, weshalb ihm der Geist und vor allem die Lebende so gar nicht egal waren. Bisher hatten ihn Menschen nie groß interessiert, doch innerhalb eines Tages hatte sich das geändert. Jetzt verspürte er sogar so etwas wie Bedauern, wenn er daran dachte, wie Lex das Mädchen behandelte. Oder war es Schuld? Jedenfalls brannte sich dieses Gefühl wie Säure in ihn hinein, während er seinem Vater ins Büro folgte. Als er bemerkte, wo er sich befand, wollte er umdrehen und zurück nach unten gehen, doch Nick versperrte ihm den Weg.

»Bleib hier, Junge«, sagte Lex und legte ihm schwer eine Hand auf die Schulter. Die Geste fühlte sich mächtig und unerbittlich an. Fast wie eine Drohung. »Ich habe noch eine Frage.«

Unwillkürlich versteifte sich Nemo unter der Berührung. »Was für eine?«

»Der Stein …« Lex kniff die Augen zusammen und

rieb über die kurzgeschorenen Haare auf seiner rechten Schädelhälfte. »Aulikki hat nicht zufällig erwähnt, *warum* sie solche Angst davor hat?«

»Nein.« Nemo schüttelte den Kopf. »Sie hat gar nichts gesagt.« Er hielt kurz inne, weil er nicht wusste, ob er es wagen konnte, selbst eine Frage zu stellen. Und dann tat er es einfach. »Verrätst du mir jetzt endlich, was das für ein Ding ist?«

»Ich weiß nicht, Nemo«, erwiderte Lex. Er ging zum Schreibtisch hinüber, umrundete ihn und kratzte dabei mit dem Fingernagel über das glatte Holz, bis Nemo glaubte, eine Gänsehaut auf seinem ganzen Körper spüren zu können. »Bist du denn bereit für die Wahrheit?«

»Natürlich.«

»Und ich kann mich wirklich hundertprozentig auf dich verlassen?«

Oh, oh. Zum Gefühl der Gänsehaut gesellten sich nun etwa eintausend Sirenen, die alle zugleich in Nemos Ohren losjaulten.

»Wie kommst du darauf, dass es nicht so ist?«, fragte er zurück und gab sich Mühe, seine Aufregung zu verbergen.

Nick Walker, der noch immer in der offenen Bürotür stand, schnaubte lautstark durch die Nase. Als Nemo sich zu ihm umdrehte, steckte sich der Handlanger mit einem verschlagenen Grinsen einen winzigen Geiststein in den Mund. Er liebte es, auf diesen Dingern herumzukauen, als wären es Bonbons. Nemo schüttelte sich angewidert.

»Hast du mir was zu sagen?«, fuhr er den Schergen an. »Dann mal raus damit.«

»Eine ganze Menge, Wanze, eine ganze Menge. Wie wär's zum Beispiel hiermit: Was hattest du bei der Übergabe verloren?« Nick schmatzte ekelerregend laut, während er den Geiststein von einer Backe in die andere schob. »Du hättest gar nichts von der Aktion wissen dürfen.«

Mit dieser Frage hatte Nemo früher oder später gerechnet, und er wusste, dass er sie nicht mit einer Lüge beantworten durfte. »Ganz einfach, ich bin dir gefolgt«, gab er deshalb unumwunden zu. »Weil ich wissen wollte, was da abläuft.« Er wandte sich erneut an Lex. »Ich hab dich darum gebeten, mich einzuweihen, aber du hast es nicht getan. Also …« Anstatt den Satz zu beenden, zuckte er mit den Schultern und hoffte, dass das genügen würde, um seinen Vater zu beruhigen.

Einen Augenblick lang musterte Lex ihn durchdringend. Dann schlug er mit Wucht auf den Schreibtisch und deutete anschließend triumphierend auf Nick. »Ha! Siehst du, ich hatte recht. In dem Kleinen steckt tatsächlich ein waschechter Cordicio. Hintergeht sogar seinen alten Vater, der Kerl.«

Nick knurrte ungehalten, doch ehe er antworten konnte, hatte sich Nemos Mund schon wieder geöffnet, und eine Frage purzelte heraus, die er eigentlich bloß hatte denken wollen: »Hast du deinen Wachhund deshalb auf mich schießen lassen?«

Tick. Tick. Tick.

Zum ersten Mal seit sie dort hing, konnte Nemo die Uhr an der Wand neben der Tür hören, so tief war die Stille um ihn herum. Selbst Nicks Kauen und Schmatzen hatte gestoppt. Langsam, ganz langsam hob Lex seine Augenbrauen.

»Ich habe Nick befohlen, alles dafür zu tun, dass dieser Auftrag korrekt über die Bühne geht«, sagte er schließlich. »Er hatte freie Hand. Und wenn dabei ausgerechnet *du* für Probleme sorgst, sehe ich keinen Grund für ihn, eine Ausnahme zu machen.« Er richtete sich zu seiner vollen Größe auf und verschränkte die Hände hinter dem Rücken. »Falls er dich getroffen hätte, wäre das deine eigene Schuld gewesen.«

Er hätte mich ja nicht aus Versehen getroffen, sondern weil er auf mich gezielt hat!, dachte Nemo, aber diesmal gelang es ihm, die Worte zurückzuhalten. Er durfte das Vertrauen seines Vaters jetzt nicht leichtsinnig aufs Spiel setzen.

»Ich hätte mich nicht einmischen sollen, ich weiß«, gab er deshalb kleinlaut zu, auch wenn sich jedes Partikelchen in seinem Körper dagegen wehrte. »Ich wollte nur so unbedingt wissen, welchen Auftrag der Blindfisch für dich erledigen soll, dass ich alles andere ausgeblendet habe.«

Wieder breitete sich Schweigen im Raum aus, und Nemo ließ schuldbewusst den Kopf hängen. Als er schon glaubte, seine forsche Frage hätte alles verdorben, entspannte sich Lex endlich. Er kam um den Schreibtisch herum und blieb neben Nemo stehen. »Dich interessiert also, was das für ein Stein ist«, sagte er.

»Ja.« Vorsichtig schielte Nemo ihn von unten herauf an. Noch unterwürfiger hätte er sich nur zeigen können, wenn er vor seinem Vater auf die Knie gefallen wäre oder ihn »Großmächtiger« oder »Weltenherrscher« genannt hätte. Glücklicherweise schien Lex bereits genug besänftigt.

»Sagt dir der Name Osiris etwas?«, fragte er.

»Das ist der ägyptische Totengott.«

»Nicht nur«, widersprach Lex selbstgefällig. »Er ist auch der Gott der Unterwelt. Der Stein, den du gesehen hast, wurde damals im alten Ägypten ihm gewidmet.«

»So alt ist das Ding?«, hakte Nemo ungläubig nach und erntete dafür ein weiteres belustigtes Schnauben von Nick.

»Der Stein ist vor mehr als viertausend Jahren vom Himmel gefallen und hat dabei einen ganzen Landstrich zerstört«, schmatzte er. »Er ist älter, als du dir überhaupt vorstellen kannst, Larvenkopf.«

»Und wie du selbst gesehen hast, obendrein sehr mächtig«, fügte Lex nach einem scharfen Blick auf seinen Handlanger hinzu. »Die Ägypter hielten ihn für ein Zeichen ihres Gottes Osiris, weil er bei seinem Einschlag einen Krater hinterließ, der laut Überlieferungen bis weit ins Erdinnere reichte. Also fast bis in ihre Unterwelt hinab. Da bei all der Verwüstung allerdings keine Menschenseele verletzt wurde, ritzten sie das Auge des Ra hinein, das Sinnbild für Glück.«

»Ein Stein, der dem Totengott gewidmet ist und Glück bringen soll.« Nemo sah die winzige Gravur genau vor sich und nickte bedächtig. Er konnte sich noch nicht so recht entscheiden, ob er die Geschichte glauben oder für einen dummen Scherz von Lex und Nick halten sollte. Ein Stein, der vom Himmel gefallen war? Ein Meteorit also, der mehr Macht besaß, als Nemo sich vorstellen konnte?

»Über die kommenden Jahrhunderte hinweg kämpften Männer und Frauen darum, den Stein in ihren Besitz zu bringen«, fuhr Lex fort, während er zu dem großen Regal hinüberschlenderte, das eine komplette Wand seines Büros einnahm und mit allem möglichen Kram vollgestopft war. »Den Priestern des Osiris gelang es jedoch stets in letzter Sekunde, ihn irgendwo zu verbergen.

Königin Nofretete war es schließlich, die sich nicht länger auf die – immer öfter käuflichen – Priester verlassen wollte. Sie befahl, den Stein nach ihrem Tod als Grabbeigabe in ihre Gruft zu legen, damit niemand je wieder seine Hand an dieses mächtige Werkzeug legen konnte. Angeblich wollte sie dadurch ihr Volk schützen.«

»Nofretetes Grab wurde aber nie gefunden«, warf Nemo ein. »Wenn die Geschichte wahr ist, kann das also unmöglich der echte Stein sein.«

»Das stimmt, ihr Grab gilt bis heute als verschollen.« Lex legte den Kopf schief, als würde er im Regal nach etwas Bestimmtem suchen. »Sie weigert sich nach wie vor, den Standort preiszugeben. Denn falls du dich erinnerst, Nofretete ist genau wie wir aus der Lücke zurückgekehrt. Und mit ihr sicherlich ein Großteil ihrer Grabbeigaben als Wandelinge.«

Nemos Augen weiteten sich. So ergab natürlich alles einen Sinn.

»Dieser Splitter ist der echte Stein des Osiris«, fuhr Lex entschieden fort und begann, die Regalmeter abzulaufen. »Er muss früher schon unglaublich mächtig gewesen sein. Doch erst die Lücke hat ihn perfekt gemacht.« Er streckte seine Hand nach einem unauffälligen Buch aus, das in fleckiges Leder gebunden war, und holte es aus dem Regal. Zwischen all dem sündhaft teuren Zeug, das dort sonst so herumstand, hatte es beinahe unsichtbar gewirkt. Aber die Art, wie Lex fast schon liebevoll über den Umschlag strich, verriet Nemo, dass es von besonderem Wert für seinen Vater sein musste.

»In diesem Buch …«, hob Lex an, doch ehe er fortfahren konnte, klingelte es unten an der Haustür. Nicht nur Nemo, auch Lex und Nick blickten wie auf Kommando nach draußen auf den Flur. Es dauerte nicht lange, da konnten sie Herberts schwere Schritte im Erdgeschoss hören und gleich darauf seine Stimme, als er mit jemandem sprach.

»Boss?«, brüllte er ein paar Sekunden später von unten herauf. »Hier ist jemand, der Sie unbedingt sprechen will. Er sagt, es geht um eine Lieferung, die Sie aus Kolumbien erwarten.«

Lex seufzte theatralisch. »Darum muss ich mich kümmern.« Er stellte das Buch zurück ins Regal und patschte Nemo im Vorbeigehen ein letztes Mal seine schwere Hand auf die Schulter. »Dauert sicher nicht lange.«

Nemos Gedanken rasten. Das war seine Chance! Er musste sie nutzen, eine zweite würde er so schnell nicht bekommen. »Kann ich der kleinen Moon noch einen Besuch abstatten, während du weg bist?«, fragte er und legte dabei möglichst viel Wut und Abscheu in seine Worte. »Ich will mich hierfür« – er deutete auf die Striemen an seiner Wange – »revanchieren.«

Mit einer beiläufigen Geste bedeutete ihm Lex, dass er nichts dagegen hatte, und verließ gefolgt von Nick das Büro. »Übertreib es aber nicht!«, rief er über die Schulter, ehe er endlich im Erdgeschoss verschwand. »Ich muss sie in einem Stück zurückgeben.«

Nemo wartete, bis die Stimme seines Vaters nicht mehr zu hören war, dann packte er das Buch, schob es unter seinen Pullover, schnappte sich zwei große Geiststeine aus einer Schale weiter vorne im Regal und hastete damit zur Hintertreppe.

Kurz darauf stand Nemo erneut vor der Tür zum Kellerverließ, diesmal allerdings allein. Der Schlüssel steckte von außen, und Nemo hatte sogar schon seine Finger darum geschlossen. Nun musste er ihn bloß umdrehen und anschließend Ciel davon überzeugen, dass er zurückgekommen war, um sie und Albert zu befreien. Ein Spaziergang würde das nicht werden, so viel war klar. Aber Nemo fehlte die Zeit, erst lange darüber nachzudenken, was genau er ihr sagen sollte. Also straffte er seine Schultern, entriegelte die Tür und schob sie auf.

Kaum hatte er einen Schritt in den Raum hinein gemacht, kam etwas großes Dunkles auf ihn zugeflogen, und im nächsten Augenblick knallte ein Teil der Sofalehne mit voller Wucht in den Spalt zwischen Tür und Rahmen. Noch während sich Nemo hastig zur Seite wegduckte, wurde ihm die Klinke aus der Hand gerissen. Er taumelte vorwärts, weiter in das Zimmer hinein, und ehe er sich's versah, hing ihm plötzlich Ciel am Hals. Sie zerrte, kratzte, trat und fauchte dabei wie eine Wildkatze. Obwohl … mit ihrer Fliegerbrille über den Augen sah sie eher aus wie ein tollwütiger Waschbär.

»Hör … auf!«, japste Nemo und versuchte, das Mädchen von sich runterzuziehen. Das war schwerer als gedacht, weil sie sich mit Leibeskräften an ihm festkrallte. »Das ist mein Gesicht, Ciel! Lass das gefälligst, sonst hole ich Herbert, und der legt dich in Ketten.«

»Oh, es genügt dir wohl nicht, dass uns dein Vater hier einsperrt? Jetzt willst du uns auch noch anketten lassen!«, giftete sie und zog ihm die Fingernägel über die Schulter. Nemo konnte spüren, wie sie sich erst tief in den Stoff seines Pullovers und danach in seine Haut gruben. Scheinbar hatte Ciel Übung darin, er selbst hatte für die Kratzer auf seiner Wange drei Anläufe gebraucht.

»Au, verdammt! Das reicht jetzt aber wirklich!« Entschlossen packte Nemo Ciels Finger und bog einen nach dem anderen zurück. Sobald er sich aus ihrem Klammergriff befreit hatte, hielt er das Mädchen einen Arm weit von sich. »Reg dich ab, okay? Ich bin hier, um euch zu helfen.«

»Ja, genau.« Ciel zappelte wie ein Fisch, und beinahe

wäre sie Nemo wieder aus den Händen gerutscht. »Komisch, dass dein *Papa* bisher mehr davon hatte als wir.«

»Und wenn du weiter Zeit damit vergeudest, mich zu beschimpfen, wird er gleich *noch mehr* davon haben. Dann sitzen wir nämlich zu dritt hier drin!« Er beugte sich ein Stück näher an sie heran. »Ist es das, was du willst?«

Vom einen auf den anderen Moment hörte Ciel auf, sich zu wehren. Ihre Muskeln entspannten sich, und mit einem nervösen Flattern in der Brust ließ Nemo sie los. Obwohl er spüren konnte, dass sie am liebsten gleich wieder auf ihn losgegangen wäre, regte sie sich nicht. Stattdessen beobachtete sie skeptisch, wie Nemo in die Taschen seines Hoodies griff und die zwei Geiststeine herausholte.

»Für Albert«, sagte er.

Ciel riss die Steine an sich, hechtete damit zu dem alten Geist hinüber und drückte sie ihm in die zittrigen, inzwischen kaum mehr sichtbaren Hände. Schon nach kurzer Zeit besserte sich Alberts Zustand ein wenig. Das Zittern ließ nach, er hob den Kopf und versuchte sich an einem Lächeln. Zumindest glaubte Nemo das, denn von der Nase bis hinunter zum Schlüsselbein war der Geist ebenfalls schon größtenteils durchscheinend.

»Das hier hab ich auch mitgehen lassen«, fuhr er fort und zog das Buch unter seinem Pullover hervor. »Keine

Ahnung, was drinsteht, aber ich glaube, es ist wichtig. Wir werden es mitnehmen.«

Immer noch misstrauisch verschränkte Ciel ihre Arme vor der Brust. »Warum hilfst du uns?«, fragte sie.

»Um meinem Vater zu schaden.«

Es war die Wahrheit, oder zumindest ein Teil davon, und sowohl Ciel als auch Albert schienen das zu spüren. Anstatt weiter nachzuhaken, reckte das rothaarige Mädchen ihr Kinn nach oben. »Wie viel Zeit haben wir?«

»Nicht lange. Eine Viertelstunde vielleicht. Eher weniger. Du hast nicht zufällig deinen Schnapptast einstecken?«

»Nein.« Ciel lächelte frostig. »Sonst hätte ich dich damit schon längst ausgeknockt. Ich muss ihn in Schlauer Falkes Haus ...«

»Der ... der ... St...«, fiel Albert ihr auf einmal angestrengt stotternd ins Wort und hob dabei einen der Geiststeine ein Stück an. »Ste... Stei...«

»Der Stein des Osiris?«, half Nemo nach, und der Alte nickte nachdrücklich. »Keine Sorge, Lex wird ihn nicht bekommen.«

Als er Ciels fragenden Blick bemerkte, wiederholte er im Schnelldurchlauf, was sein Vater ihm kurz zuvor im Büro über den Splitter erzählt hatte. Selbst Lex' ungewöhnliche Reaktion auf das Buch ließ er nicht aus, und Ciel hörte wie gebannt zu. Albert brummte hin und wieder bekräftigend, als wollte er sicherstellen, dass Ciel die Geschichte tatsächlich glaubte. Aber das war im Moment zweitrangig. Wichtig war vor allen Dingen, dass sie es heil hier rausschafften, und zwar möglichst bald.

Sobald er geendet hatte, lief Nemo zu Albert hinüber, um zu prüfen, ob er inzwischen mit Unterstützung stehen oder vielleicht sogar laufen konnte. Doch der alte Zausel dachte gar nicht daran, sich aufhelfen zu lassen. Stattdessen verlangte er mit bebender Stimme nach dem Buch, von dem Nemo gesprochen hatte.

»Das kannst du dir später noch anschauen«, drängte Ciel. »Wir sollten sehen, dass wir wegkommen.«

Nemo nickte zustimmend und streckte erneut eine Hand nach Albert aus, um ihn auf die Füße zu ziehen. Das ließ der Alte zwar geschehen, aber vom Fleck bewegen wollte er sich nicht. Ein weiteres Mal schüttelte er störrisch den Kopf. »Jetzt«, beharrte er mit eiserner Miene und deutete erst auf Nemo, dann auf das Buch, das er unter seinem Pullover hervorgezogen hatte.

So schwach Alberts Körper auch war, so stark war doch sein Wille, und Nemo ahnte, dass sie schneller vorankommen würden, wenn er sich gleich beugte. Also ignorierte er Ciels gezischte Einwände und hielt Albert das Buch achselzuckend entgegen. Beim Anblick der ledernen Vorderseite erstarrte der alte Geist.

»Alt…ägyp…tisches Pforten…buch«, flüsterte er.

19
Victor

»Was zur Hölle hast du so lange da drin gemacht?« Als Victor das Wohnzimmer nach fünf Minuten endlich wieder verließ, wartete Nunzia bereits zähneknirschend im Flur auf ihn. Sie hielt einen Geiststein in der Hand, hatte sich eine dicke Kapuzenjacke übergezogen und streckte Victor ebenfalls eine entgegen. »Hier, zieh die an.«

Entschieden tippte sich Victor gegen die Schläfe. Allein der Gedanke daran, das Ding tragen zu müssen, bereitete ihm schon Schweißausbrüche. Und die heißeste Zeit des Tages lag noch vor ihnen. »Hast du mal aus dem Fenster geschaut?«, motzte er. »Wir haben Hochsommer.«

»Sag bloß. Du kannst natürlich auch mit einem von Aulikkis Kissenbezügen in der Hand bei Lex auftauchen, wenn dir das lieber ist«, gab Nunzia unwirsch zurück. »Oder du ziehst diese blöde Jacke an und verrätst unseren Plan *nicht* gleich auf Anhieb.« Mit einem nachdrücklichen Funkeln in den Augen presste sie ihm das Kleidungsstück gegen die Brust. »Los jetzt.«

Widerstrebend gehorchte Victor. Doch gerade als er den Reißverschluss zuziehen wollte, packte Nunzia ihn am Arm, und Victor erstarrte. Ein paar Atemzüge lang lauschten sie reglos, denn die Geräusche, die sie bisher aus der Bibliothek gehört hatten, waren nun schlagartig verstummt. Aulikki hatte aufgehört zu telefonieren. Und offenbar stand gerade auch kein weiteres Gespräch mehr an, denn im nächsten Moment trat die Hexe auf den Flur hinaus.

Geistesgegenwärtig deutete Nunzia über ihre Schulter nach hinten auf das Klavierzimmer. Die Tür war nur angelehnt und gab glücklicherweise keinen Laut von sich, als Victor sie aufschob. Gefolgt von dem Geistermädchen schlüpfte er in den Raum hinein und drückte sich dort flach an die Wand.

»Warum verstecken wir uns?«, raunte er.

»Hast du eine gute Ausrede, warum du ihre wertvollsten Wandelinge mit dir rumschleppst?«, gab Nunzia flüsternd zurück. »Nein? Dann …« Sie legte einen Zeigefinger an die Lippen.

Keine Sekunde später hörten sie die Hexe draußen vorbeigehen. Ihr Kleid raschelte, als würde jemand durch Laub waten, und sie sprach leise vor sich hin. Was genau sie sagte, verstand Victor nicht, die Worte klangen wie Überbleibsel aus einer fremden, uralten Welt.

Ein Schauer rieselte über seinen Rücken, und er atmete erleichtert auf, als Aulikki mit dem Gebrabbel aufhörte. Kaum war sie gegenüber im Wohnzimmer verschwunden, griff Nunzia nach Victors Hand. Mit der anderen zog sie behutsam die Tür Zentimeter für Zentimeter wieder auf – und im nächsten Moment hetzten sie gemeinsam den Flur entlang auf den Ausgang zu.

»Nunzia Amadea Ward!« Aulikkis Stimme knallte ihnen wie ein Peitschenhieb um die Ohren. »Was bitte soll das werden?«

Nunzia griff nach der Klinke der Haustür, ließ sie aber sofort wieder los, als ein kleiner Blitz über das Metall zuckte. Ein Fauchen drang aus dem Mund des Geistermädchens, als sie die Rauchwolke bemerkte, die von ihrer Handfläche aufstieg. Doch anstatt sich davon einschüchtern zu lassen, lotste sie Victor weiter den Flur hinunter. Nebeneinander hechteten sie um den Treppenaufgang herum, steuerten auf das Zimmer mit dem Grammophon zu – dessen Tür direkt vor ihrer Nase ins Schloss krachte.

»Das Badezimmer!«, brüllte Victor, zerrte Nunzia allerdings gleichzeitig zur Bibliothek hinüber. Und tatsächlich konzentrierte sich die Hexe einen Augenblick zu lange darauf, die Badezimmertür mit ihren telekinetischen Kräften zu verriegeln, so dass Victor und Nunzia ungehindert in die Bibliothek hineinkamen. Sie warfen die Tür hinter sich zu und drehten den Schlüssel herum.

Dann preschten sie zum Fenster. Dabei blieb Victor aus Versehen mit dem Kissenbezug am Bücherregal hängen, fegte eine ganze Handvoll Bücher zu Boden und wäre beinahe hingefallen. Aber Nunzia hielt ihn aufrecht. Mit einem Wisch befreite sie das Fensterbrett von all dem Zeug, das darauf abgestellt worden war, riss das Fenster auf und warf Victor förmlich nach draußen. Sie selbst folgte mit einem Hechtsprung, der jedem Ungeübten alle Knochen im Körper gebrochen hätte.

»Renn!«, rief sie, noch während sie sich aufrappelte.

Das ließ Victor sich nicht zweimal sagen.

20
Ciel

Ciel hätte Nemo das blöde Buch am liebsten aus den Händen gerissen und es an die Wand geklatscht. Altägyptisches Pfortenbuch, was war das nun wieder für eine Teufelei? Vom altägyptischen Totenbuch hatte sie ja schon gehört, und sie wusste auch, dass es angeblich so was wie ein Schicksalsbuch gab, das manchen Sekten als Bibel diente. Aber der Begriff Pfortenbuch war ihr noch nie untergekommen. Und überhaupt, musste das unbedingt jetzt geklärt werden? Das verfluchte Ding konnte warten!

Albert schien das allerdings vollkommen anders zu sehen. Obwohl Nemo ihn deutlich darauf hinwies, dass ihnen nicht mehr viel Zeit blieb, machte sich Albert von ihm los, ließ die beiden Geiststeine in seinem Hemd verschwinden und griff nach dem Buch.

Fieberhaft blätterte er durch die dicken, uralt aussehenden Seiten und blieb schließlich bei einer kleinen, unauffälligen Illustration hängen. Blankes Entsetzen stand ihm ins Gesicht geschrieben, als er darauf hinunterstarrte. Nach dem ersten Schock blätterte er jedoch hektisch weiter, fuhr auf der nächsten Seite mit dem Finger zwei Reihen von Hieroglyphen nach, danach drei weitere, dann alle fünf noch ein zweites Mal und kehrte anschließend zur Zeichnung auf der vorherigen Seite zurück.

»Was ist?«, fragte Ciel ungeduldig. Ihre Chancen für eine Flucht schmolzen allmählich dahin wie Butter auf einer heißen Herdplatte.

Unendlich langsam hob Albert seine Hand, um auf die Illustration zu deuten. »Da …«, hauchte er, und Ciel trat missmutig näher heran. Zu sehen war ein kunstvoll verziertes Augenpaar und in der Mitte – dort, wo die Nase normalerweise saß – ein Kreuz mit Oval am oberen Ende. »Das Auge des Ra, und das Horus-Auge«, fügte Albert heiser hinzu, während er erst auf das von sich aus gesehen linke Auge deutete und anschließend auf das rechte. »Auf dem Osiris-Stein.«

Ciel und Nemo nickten gleichzeitig. Genau diese Augen waren in den Stein eingeritzt, das hatten sie beide gesehen.

»Das ägyptische Ankh.« Jetzt zeigte Albert auf das Kreuz in der Mitte. »Es steht für das Leben.«

»Leute, wir sollten das wirklich woanders besprechen …« Nemo versuchte ein weiteres Mal, Albert vorwärtszuziehen, doch der alte Geist wehrte sich überraschend kraftvoll. Er streifte Nemos Hand von seinem Oberarm und packte den jungen Geist am Kragen.

»Der Splitter, den Lex haben will, der Osiris-Stein …«, stieß er angestrengt hervor. »Er ist … unvorstellbar mächtig. Die Prophezeiung in diesem Buch … besagt, dass der gewandelte Stein zusammen mit dem Ankh« – nachdrücklich umrundete er alle drei Zeichen auf der Illustration mit dem Zeigefinger – »die Lücke öffnen kann.«

Langsames Klatschen ertönte draußen auf dem Gang, gefolgt von einem zufriedenen Bravo-Ruf, und Ciel und Nemo wichen erschrocken zurück. Instinktiv griff Ciel nach ihrem Talisman – aber sie fasste ins Leere. Victor hatte ihr den Anhänger noch nicht wieder zurückgegeben! Und in all der Aufregung hatte Ciel nicht daran gedacht, danach zu fragen. Dabei hätte sie jetzt nicht nur den Schutz des Talismans gut gebrauchen können, sondern vor allem das Gefühl der Sicherheit. Stattdessen spürte sie nur, wie sich bleischweres Nichts an der Stelle ausbreitete, wo die Kette hätte sein sollen.

»Danke, Albert, mein alter *Genosse*«, sagte Lex, als er sich mit einem triumphierenden Grinsen im Türrahmen aufbaute. »Ich hatte gehofft, dass du die Vermutung meiner Experten bestätigst, die das Buch in mühevoller Kleinarbeit entschlüsselt haben. Und du hast nicht einmal fünf Minuten dafür gebraucht. Ausgezeichnet.«

Er sah erst Nemo und danach Ciel kurz in die Augen. »Wusstet ihr, dass Albert in seinem früheren Leben Ägyptologe war? Er gilt noch heute als einer der besten seines Standes.«

Albert verzog das Gesicht, erwiderte jedoch nichts darauf. Er hob bloß das Buch an und presste es gegen seine Brust.

»Ah, ich sehe, du kannst dich wieder bewegen. Das muss an den Geiststeinen liegen, die mein missratener Sohn dir gebracht hat«, fuhr Lex fort und richtete seine Aufmerksamkeit nun etwas länger auf Nemo. »Dir auch besten Dank, Junge. Du bist berechenbar wie eh und je.«

Ciel konnte förmlich spüren, wie Nemo sich neben ihr verkrampfte. Aber Lex ließ ihm keine Chance zu antworten. »Ihr habt alle ganz wunderbar mitgespielt, besser hätte es nicht laufen können«, sagte er zufrieden. »Wenn ich euch nicht noch ein Weilchen länger brauchen würde, hätte ich euch vielleicht schon gehen lassen.«

Brauchen? Wozu? Ciel hätte gern nachgehakt, doch ihre Gedanken kreisten noch immer darum, was Albert vorhin behauptet hatte. Diese Prophezeiung sollte also tatsächlich besagen, dass der Stein des Osiris die Lücke öffnen konnte. *Die Lücke öffnen.* Das war unmöglich – oder etwa nicht? Seit Jahrzehnten forschten Wissenschaftler auf der ganzen Welt daran, was damals passiert war und vor allem *weshalb* es passiert war. *Albert* forschte daran! Und nicht mal er hatte Antworten auf diese Fragen gefunden. Es konnte doch nicht wahr sein, dass es ausgerechnet Lex Cordicio gelungen sein sollte, dieses Rätsel zu lösen!

Als hätte der Gangsterboss Ciels Gedanken gelesen und wollte sie eines Besseren belehren, säuselte er nun selbstgefällig: »Der Schlüssel ist das Pfortenbuch, nicht wahr, Albert, mein Freund? Es enthält einen genauen Plan darüber, welche Pforten die einzelnen Teile der Unterwelt – oder Lücke, wie ihr Lebenden sie nennt – voneinander abtrennen. Zwölf Portale, für jede Stunde der Nacht eins. Und mit seiner Hilfe erfährt man auch, wie man sie wieder öffnen kann, wenn man sie einmal durchschritten hat.« Er grinste verschlagen und wandte sich an Albert. »Ihr seid schon ewig auf der Suche nach dem Original, du und die Hexe, stimmt's? Wie lange genau, vierzig Jahre, fünfzig? Zu dumm, dass ich es vor euch gefunden habe.«

Noch immer machte Albert keine Anstalten, Lex zu antworten, doch der ließ sich davon nicht aus der Ruhe bringen. Ungerührt sprach er weiter: »Und ich bin mir sogar sicher, dass ich herausgefunden habe, was es mit diesem Ankh auf sich hat.« Dabei machte er einen Schritt in den Raum hinein und streckte seine Hand aus. »Aber jetzt erst mal her mit dem Buch.«

Niemand rührte sich.

»Gebt mir mein Buch zurück!«, wiederholte Lex mit einem bösartigen Brummen.

Ciel war vor Angst wie gelähmt. Was hatte dieser Verrückte bloß vor? Auch wenn sie noch immer nicht recht glauben wollte, dass er tatsächlich die Lücke öffnen konnte, tauchten plötzlich die schlimmsten Visionen vor ihren inneren Augen auf. Flüchtende Menschen, zerfallende Häuser, leere Städte ... War es das, was Lex bezweckte?

Es gab nur einen Weg, das herauszufinden. Mit bebendem Herzen kratzte sie all ihren Mut zusammen und fragte: »Wollen Sie ... Wollen Sie die Menschen ... vernichten?«

»Vernichten? Um Himmels willen, nein!« Lex schüttelte amüsiert den Kopf. »Warum sollte ich das tun? Es macht doch viel weniger Spaß ohne euch fleißige kleine Ameisen.« Er kam noch ein paar Schritte näher, und Ciel und Nemo wichen ebenso viele Schritte zurück. Diesmal leistete Albert keinen Widerstand, als sie ihn mit sich zogen. Und er beschwerte sich auch nicht, als Ciel ihm das Buch aus der Hand nahm und es mit Wucht vor Lex auf den Boden klatschte.

»Pass auf, mit wem du dich anlegst, Kleine«, grollte der Gangster, während er in die Hocke ging, um das Pfortenbuch aufzuheben.

Im selben Moment betrat Nick Walker den Raum. Die rechte Hand des Schergen lag locker auf der Pistole an seinem Gürtel, in der linken hielt er einen Strauß Kabelbinder.

»Ah, ich sehe, es wird Zeit zum Aufbruch«, sagte Lex beinahe bedauernd, erhob sich wieder und trat einen Schritt zur Seite, um seinen Handlanger durchzulassen. »Ich würde ja gern noch länger mit euch plaudern und mir anhören, was ich eurer Meinung nach plane. Aber wir müssen los, meinen Stein holen.«

Er verzog das Gesicht zu einer teuflischen Grimasse. Dann befahl er Nick, erst Nemo, anschließend Ciel und zum Schluss Albert die Hände auf dem Rücken zusammenzubinden.

»Sobald ich das gute Stück erst mal habe, wird der Rest ein Kinderspiel.« Aus Lex' Grimasse erwuchs ein Lachen, so schrill und abgedreht, dass es Ciel einen Schauer über den Rücken jagte. »Und dann zeige ich euren minderbemittelten Hollywood-Drehbuchautoren endlich, was es bedeutet, eine Schlacht gegen einen *echten* Gegner zu schlagen.« Er beugte sich nach vorne, senkte die Stimme zu einem bedrohlichen Knurren. »Ihr werdet verlieren.«

21
Victor

Die Straße, in der Victor den Gangsterboss treffen sollte, lag weit im Westen des Ghostends, mehr als dreißig Minuten Fußmarsch von Aulikkis Haus entfernt, und sie schien wie ausgestorben. Hier machten sich Fabrikgebäude und Lagerhallen auf riesigen Geländeflächen breit, was dem gesamten Gebiet eine Weitläufigkeit verlieh, wie man sie sonst in Innenstädten eher selten vorfindet. Wenn man eine andere Person entdeckte, dann höchstens in der Ferne. Victor sollte es recht sein, er hoffte auf so wenige Zuschauer wie möglich.

Lex' Wäscherei war das letzte Bauwerk auf der linken Straßenseite, dahinter schloss die Mauer an, die das Ghostend von der übrigen Stadt trennte. Das Gebäude war gewaltig. Victor musste seinen Kopf in den Nacken legen, um bis ganz nach oben blicken zu können, und selbst dann hatte er noch das Gefühl, nur einen Bruchteil des Ganzen zu sehen. Ein solider Stacheldrahtzaun samt massivem Eisentor umspannte das gesamte Gelände und sollte das Bauwerk vor ungebetenen Besuchern schützen.

Unruhig linste Victor auf seine Handyuhr. Er hoffte inständig, dass sie vor Lex eingetroffen waren und das Gebäude noch erkunden konnten, ehe es zur Sache ging. Nunzia hatte ihm unterwegs mehrfach eingetrichtert, wie wichtig es war, sich vorher ein Bild von der Lage zu machen. Außerdem wollten sie ein paar gute Verstecke für die Wandelinge finden, die nicht mehr unter ihre Jacken gepasst hatten.

»Und du kriegst das echt auf?«, fragte er mit einem Nicken auf das Schloss am Eisentor, an dem sich Nunzia gerade zu schaffen machte. Aber die Frage hätte er sich sparen können. Das Geistermädchen lächelte nur geheimnisvoll, murmelte etwas Unverständliches, während sie ihren Dietrich geschickt hin und her bewegte – und im nächsten Moment war das Schloss auch schon offen. Hastig schob Nunzia einen der Torflügel nach innen.

»Nach Ihnen, der Herr«, sagte sie, und Victor zwängte sich durch den engen Spalt hindurch. Angespannt schaute er zum Gebäude hinüber.

Die Wäscherei war aus rotem Backstein gebaut, hatte mindestens sieben Stockwerke und ein Flachdach, soweit Victor das von hier unten erkennen konnte. Ein Stück links von ihnen zog sich eine Reihe bodentiefer Gitterfenster bis zur nächsten Ecke entlang. Die allermeisten waren intakt, manches Quadrat war allerdings durch passende Holzplatten oder ein anderes Material ersetzt worden. Nirgends lag Müll herum, natürlich nicht. Die Geister liebten es sauber, sogar an Orten wie diesen, wo dreckige Wäsche gewaschen wurde – und laut Nunzia auch so manches andere, wofür die Polizei bei ihren regelmäßigen Kontrollbesuchen jedoch nie Beweise fand. Obwohl es mitten am Tag war, brannten alle Außenlampen, und auch der grelle Neon-Schriftzug über dem Eingang war hell erleuchtet.

CORDICIO WÄSCHEREIEN

prangte dort in etwa zwei Meter hohen Buchstaben. Nur das W setzte von Zeit zu Zeit aus und machte aus den Wäschereien bedeutungsschwangere Äschereien, doch Victor bemühte sich, nicht allzu viel darauf zu geben. Immerhin waren sie perfekt vorbereitet.

Auf dem Weg hierher hatten Nunzia und er die Wandelinge genauer untersucht, die sie vorhin so achtlos in das Kissen gestopft hatten, und ihre Ausbeute war überraschend gut. Die meisten magischen Geistergegenstände waren klein genug, um sie irgendwo am Körper zu tragen. Noch viel besser war allerdings, dass sie sich mühelos kontrollieren ließen. Nur einige wenige von ihnen hatten ihre Geheimnisse nicht preisgeben wollen, darunter ein kleines, abgewetztes Buch und das von Edison unterschriebene Schriftstück. Die würden sie einfach irgendwo liegen lassen und danach zurückbringen – falls es denn überhaupt ein Danach gab.

»Hast du alles?«, fragte Nunzia in diesem Moment und musterte ihn eingehend. »Das Ablenkungssteinchen? Dein Handy? Genügend Mumm, um die Sache hier durchzustehen?«

Victor nickte und klopfte auf seine Jackentaschen. Gar nicht weit von Aulikkis Haus entfernt hatten sie im Steingarten einer alten japanischen Geisterfrau einen Splitter gefunden, der dem echten täuschend ähnlich sah, und ihn mitgenommen. Sein Handy hatte er ohnehin meistens dabei. Und der Mumm … na ja, zum Weglaufen war es jetzt sowieso zu spät.

»Dann legen wir mal los. Ich denke, da vorne geht's rein.« Mit großen Schritten lotste ihn das Geistermädchen zum Eingang hinüber.

Ein Schild war an der Tür befestigt, auf dem in fettgedruckten roten Buchstaben geschrieben stand:

Aufgrund jährlicher
Betriebskontrollen
vorübergehend geschlossen.
Lieferanten nutzen bitte
den Eingang um die Ecke.

←

Darunter war ein Pfeil gedruckt, der nach links wies. Nunzia zuckte mit den Schultern und folgte der Aufforderung, und weil Victor keine bessere Idee hatte, folgte er wiederum Nunzia.

Sie liefen am Gebäude entlang und passierten dabei die Reihe mit den bodentiefen Gitterfenstern. Ein gewaltiger Raum erstreckte sich dahinter, der angefüllt war mit allerlei Maschinen, riesigen Waschbottichen, ausladenden Gerätschaften zum Plätten der Wäsche und deckenhohen Regalen. Vor den Fenstern zog sich ein Labyrinth aus Stangen entlang. Dort wurde sonst wohl Kleidung sortiert, transportiert und zum Trocknen aufgehängt. Von Geistern oder gar Menschen war nichts zu sehen, die Halle wirkte wie ausgestorben.

Nunzia bog um die Ecke und joggte die letzten Meter bis zur einzigen Tür auf dieser Seite der Wäscherei. *Lieferanteneingang* stand dort, und die Tür war tatsächlich nicht abgeschlossen. Zunächst wunderte sich Victor darüber, doch sobald er die Halle einmal betreten hatte, wusste er, warum: Nichts darin konnte gestohlen werden. Die meisten Geräte, selbst die schwersten, waren mit monströsen Schrauben im rohen Betonboden verankert worden. Auch die wenigen Tische und Stühle, die zwischen den Geräten aufgebaut waren, konnte man nicht bewegen. Alles war verschraubt. Nur bei den gigantischen Heißmangeln hatte man darauf verzichtet.

»So schützen Gangster also ihr Eigentum«, murmelte Nunzia, ehe sie Victor weiterwinkte. »Also denk dran, was ich dir gesagt habe: Die Orte einprägen, wo du freie Schusslinie hast, in Deckung gehen oder einen Wandeling verstecken kannst.«

Sie durchquerten den Raum einmal komplett bis ans andere Ende und hielten dabei auch gleich nach eventuellen Fluchtmöglichkeiten Ausschau. Doch gerade als Victor einen Gang untersuchen wollte, der weiter ins Gebäude hineinführte, machte sich jemand am Eisentor draußen zu schaffen. Mit einer hektischen Geste bedeutete Nunzia ihm, zu der Position zurückzukehren, wo er nicht gleich gesehen werden konnte.

»Showtime«, sagte sie, als sie an Victor vorbeilief, um sich ein Stück weiter hinten zu verstecken. »Vermassle es nicht, okay?«

»Ich werd's versuchen.« Victor lächelte sie angestrengt an. Er schleuderte den inzwischen geleerten Kissenbezug achtlos zur Seite und verbarg sich im Schatten einer der Heißmangeln. Dort wartete er darauf, was als Nächstes passieren würde. Instinktiv wanderten seine Hände dabei zu den Hosentaschen hinab und tasteten suchend umher, obwohl das gar nicht nötig gewesen wäre. Er konnte auch so spüren, dass alles noch da war, wo er es zuvor verstaut hatte. Genau am richtigen Fleck.

Victors Knie zitterten, als die Tür am anderen Ende der Halle aufgerissen wurde und Nick Walker den Raum betrat. Der Scherge fuhr mit unruhigen Augen die Reihen an Gerätschaften, die Wände und die Hallendecke ab, er huschte hierhin, dorthin – und entdeckte Victor schließlich im Schatten einer der riesigen Heißmangeln. Zufrieden grinsend spuckte er zwei kleine Kieselsteine auf den Boden.

»Lass den Mist, Nick!«, schallte Lex Cordicios Stimme von draußen herein. »Ich bezahle die Putzfirma nicht fürs Beseitigen deiner ausgelutschten Kausteinchen.«

»Okay, Boss.« Nick zögerte kurz, dann spie er zwei weitere Kiesel in den Waschbottich, neben dem er haltgemacht hatte. *Klong! Klong!* Auch wenn das Ding aktuell leer war, hoffte Victor für die Leute, die hier arbeiteten oder diese Wäscherei nutzten, dass die Betriebskontrolle eine ordentliche Grundreinigung umfasste.

»Der Wicht ist schon da, Boss«, krakeelte Nick, sobald sein Mund endgültig leer war. »Hat sich hinter einer der Mangeln versteckt.«

»Umso besser. Das heißt, wir müssen keine wertvolle Zeit mit Warten vergeuden.« Selbstgefällig wie ein König seinen Thronsaal betrat nun auch Lex die Halle.

Diesmal war der Gangster ganz in Schwarz gekleidet, was seinen weißen Vollbart und die weißen Haare an der einen Seite seines Schädels besonders zum Leuchten brachte. Er trug einen perfekt geschnittenen Anzug, darunter ein schwarzes Hemd, Handschuhe und auf Hochglanz polierte Schuhe. *Elegant*, schoss es Victor durch den Kopf. *Der Kerl glaubt, das hier wird ein Spaziergang.* Mit einem plötzlich aufkeimenden wütenden Grummeln im Magen kam er hinter der Mangel hervor und stellte sich breitbeinig davor auf. Diesem hochnäsigen Mistkerl würde er schon zeigen, was es bedeutete, sich mit …

Victors Gedanke verflüchtigte sich, als Albert in der Türöffnung erschien und kurz nach ihm Ciel. Sie liefen langsam, die Arme hinter dem Rücken verschränkt. Offenbar hatte Lex sie fesseln lassen. Doch obwohl sie beide ziemlich mitgenommen aussahen, hatte zumindest Ciel sich einen Rest ihrer Entschlossenheit bewahrt. Mit eiserner Miene nickte sie Victor zu, und er verstand die Geste. Was immer er plante, Ciel war bereit.

Als Nächstes stolperte Nemo durch die Tür. Er fing sich wieder, wirbelte herum und zischte etwas in Richtung des glatzköpfigen Hünen, der nach ihm den Raum betrat. Das musste Herbert Lindel sein, der ominöse Berg Ärger.

Auch Nemos Arme waren auf dem Rücken zusammengebunden. Außerdem schien er ordentlich eins auf die Mütze bekommen zu haben, denn sein Pullover war zerrissen und sein Gesicht verkratzt. Victor stutzte. Wenn er sich recht erinnerte, hatte Ciel den jungen Cordicio doch vorhin am Telefon als Speichellecker bezeichnet, der zu Papa zurückgekehrt war. Warum flüsterte sie dann jetzt mit ihm, als wären sie dicke Freunde? Und wieso war Nemo gefesselt?

Am liebsten hätte Victor Nunzia gefragt, was das wohl bedeuten mochte. Aber die hielt sich irgendwo hinter ihm versteckt und wartete auf ihre Chance anzugreifen. Abgesehen davon brauste Lex in diesem Moment auf, als hätte jemand ein Pfefferminzbonbon in Cola geworfen.

»Schluss jetzt mit diesem Geplänkel«, fuhr er Ciel und Nemo an. »Wir sind nicht zum Vergnügen hier, sondern um mein Eigentum zurückzufordern.«

»Hindert Sie ja keiner daran«, entgegnete Ciel, doch der Gangsterboss überging sie einfach. Stattdessen wandte er sich mit weit geblähten Nasenflügeln an Victor und donnerte: »Her mit meinem Stein, auf der Stelle!«

Victor verschränkte die Arme vor der Brust. »Immer mit der Ruhe, *Sie* sind doch zehn Minuten zu spät dran«, gab er bissig zurück und war selbst erstaunt über seine Dreistigkeit. »Ehrlich gesagt hatte ich gedacht, dass der Stein Ihnen wenigstens etwas Pünktlichkeit wert ist.«

»Er ist mir so viel wert, dass ich die kleine Rotzgöre hier am Leben gelassen habe«, erwiderte Lex barsch. Er winkte Herbert, der Ciel daraufhin ein Stück nach vorne stieß.

Eine Welle aus Wut überrollte Victor und schwemmte auch das letzte bisschen Angst in seinem Herzen davon. »Lassen Sie bloß die Finger von ihr, Sie …«

»Dann komm zur Sache, Junge.« Lex richtete drohend den Zeigefinger auf ihn. »Dein sinnloses Gerede bereitet mir Übelkeit. Es wird Zeit, dass wir uns um die wichtigen Dinge kümmern.«

Wie auf Kommando verließ Nick Walker seinen Platz an Lex' Seite, wandte sich um und ging vor Ciel in Stellung. Als Victor das nächste Mal blinzelte, hatte sich der Scherge leicht vorgebeugt und beide Hände wie Klauen ausgestreckt. Sein Körper schien vor Spannung zu vibrieren. Allein die Vorstellung, gegen diesen Kerl kämpfen zu müssen, genügte, um Victors Puls anzutreiben.

»Nun denn, Victor Flec!«, rief Lex hochmütig. »Finden wir heraus, wie viel *dir* das Mädchen wert ist. Sag schon, wo ist mein Stein?«

Victor regte sich nicht.

»Also gut, Nick. Brich der kleinen Moon ein Bein.«

»STOPP!«, brüllte Victor. Er trat einen Schritt vor und warf seine Arme nach oben, als würde er sich ergeben. Dabei hob er das winzige Päckchen an, das er eine Sekunde zuvor aus seiner Jackentasche gefischt hatte. Es war in dunkles Tuch geschlagen und mit einer dünnen Schnur umwickelt. »Warten Sie, ich hab ihn hier. Sehen Sie? Das ist Ihr Stein.«

»Na, bitte«, knurrte Lex. »Warum nicht gleich so?« Er streckte seine Hand aus, wackelte mit den Fingern. »Bring ihn mir.«

Victor schluckte. Vorsichtig, beide Arme noch immer leicht erhoben, lief er dem Gangster ein Stück entgegen und legte das Paket auf dem Betonboden ab. Dann zog er sich langsam wieder zurück.

»Du hast ihn eingepackt?«, fragte Lex und gab sich dabei keine Mühe, das Misstrauen in seiner Stimme zu verbergen.

»Natürlich, das Ding hat mich durch die Luft gewirbelt wie eine Stoffpuppe!« Victor zitterte vor Anspannung, also vergrub er die Hände in den Hosentaschen, um es zu überspielen. »Ich bin doch nicht lebensmüde und fass es noch mal einfach so an. Aber Sie können Ihr Glück ja gern versuchen.«

Hoffentlich ließ sich der Gangsterboss davon ablenken! Falls sie gegen die drei Mafiosi eine Chance haben wollten, musste Victor es Nunzia irgendwie ermöglichen, einen Überraschungsangriff zu starten. Und das gelang am besten, wenn die Kerle unaufmerksam waren.

Tatsächlich sprang Lex auf Victors Bemerkung an. »Du hast es also allen Ernstes geschafft, die Macht des Steins zu entfesseln?«, hakte er nach.

»Ja. Oder glauben Sie, Aulikki wollte ihn in den Tresor packen, weil er so hübsch ist?«

»Aulikki …« Mit entrückter Miene trat Lex einen Schritt näher an das Päckchen auf dem Boden heran. »Ihre Einschätzung war der letzte Beweis, den ich noch gebraucht habe«, fuhr er fort. »Wenn sogar die Hexe der Meinung ist, dass dieser Stein gefährlich ist, *muss* es wahr sein. Ich habe ihn gefunden.« Ein paar Sekunden lang starrte er das kleine Bündel noch an, dann begann er auf einmal, schallend zu lachen. Mit einem Brüllen streckte er die Arme aus und drehte sich unter Victors verblüfftem Blick mehrmals im Kreis. »Ich habe den Stein des Osiris endlich gefunden!«

22
Nemo

Die Worte seines Vaters hallten in Nemos Ohren wider. *Aulikkis Einschätzung war der letzte Beweis, den ich noch gebraucht habe*, hatte er gesagt. *Der letzte Beweis.* Aber wenn Lex mit diesem Beweis gerechnet, wenn er sogar darauf *gewartet* hatte, würde das doch bedeuten, dass er nicht nur Albert und Nemo für seine Zwecke benutzt hatte, sondern auch …

Wie ferngesteuert lief Nemo auf seinen Vater zu. Herbert bellte ihm hinterher, dass er gefälligst stehen bleiben sollte, doch Nemo überging die Warnung. Er würde jetzt ein für alle Mal herausfinden, was hier gespielt wurde.

»Du … du *wolltest*, dass Aulikki den Stein in die Hände bekommt?«, stieß er hervor, als Lex sich endlich zu ihm umwandte. »Aber … wie … ?«

Ein Grinsen erschien auf dem Gesicht seines Vaters. Er hob vielsagend die Augenbrauen, erwiderte allerdings nichts. Stattdessen blickte er nach rechts, zum Ausgang hin, und ließ einen schrillen Pfiff hören. »Ich schätze, du kannst jetzt reinkommen«, fügte er mit lauter Stimme hinzu.

Langsam drehte Nemo sich um – und erkannte sofort, wer da nun mit hocherhobenem Kopf und blasierter Miene die Halle betrat. Die ungewöhnliche, anscheinend wild zusammengewürfelte Kleidung, die dunkelblonden Haare, das kindliche Gesicht …

»Du bist der Bote vom Mittwochsmarkt«, sagte Nemo entgeistert. »Rufus Irgendwas.«

»Noch immer Rufus Handler«, gab der Junge zurück und verbeugte sich tief. Dann verschränkte er die Arme hinter dem Rücken und stolzierte an Nemo vorbei zu dessen Vater nach vorne. Unterwegs warf er Nick Walker ein verschwörerisches Zwinkern zu, das der Gangster mit einem Knurren kommentierte.

»Die Katze ist damit wohl endlich aus dem Sack«, sagte Rufus, sobald er bei Lex angekommen war, und klang dabei ausgesprochen heiter, ja geradezu vergnügt. Nemo ballte die Hände zu Fäusten.

»Richtig. Unser kleines Theaterstück ist aufgeflogen, in Flammen aufgegangen, beendet«, entgegnete Lex. Dabei untermalte er jedes Wort mit einer theatralischen Geste. »Zugegeben, es gab einige unvorhersehbare Stolperfallen. Aber Hauptsache, ich habe, was ich wollte.«

Nemo konnte es nicht fassen. Sein Vater steckte tatsächlich mit diesem aufgeblasenen Winzling unter einer

Decke! Die ganze Zeit über hatte er sie alle nur an der Nase herumgeführt, hatte mit Nemo und den anderen gespielt, als wären sie Puppen. Das war ein … erniedrigender Gedanke. Zum ersten Mal überhaupt schämte sich Nemo dafür, so lange mit diesem Mann unter einem Dach gewohnt und nichts gegen ihn unternommen zu haben. Mit vor Abscheu verzogenen Lippen wich er zurück, bis er gegen Ciel stieß.

»Das heißt, ihr habt alles von Anfang an geplant?«, rief das Mädchen aufgebracht. »Die Übergabe auf dem Marktplatz? Alberts Entführung und« – sie stockte kurz – »und Nunzia?«

»Sie ist Aulikkis Joker, natürlich wusste ich von ihr«, gab Lex selbstgefällig zurück. »Erledigt all ihre Drecksarbeit, deshalb war ich mir sicher, dass die Hexe sie darauf ansetzen würde, das Päckchen zu klauen.« Grinsend wandte er sich an Victor. »Du kannst der Kleinen übrigens sagen, dass sie sich nicht länger verstecken muss. Ich weiß, dass sie da ist.«

Mit einem wütenden Fauchen schälte sich das Geistermädchen daraufhin aus dem Schatten im hinteren Teil der Halle, und Nemo blinzelte überrascht. Er hatte Nunzia bisher weder bemerkt, noch hatte er mit ihrer Anwesenheit hier gerechnet. Und jetzt war ihre Tarnung dahin.

»Von wegen verstecken«, ätzte sie, machte allerdings keine Anstalten näher zu kommen. »Ich wollte nur nicht so lange die dreckige Visage Ihres Handlangers ertragen müssen.«

Lex stieß ein amüsiertes Lachen aus. »Stimmt, ihr kennt euch ja bereits«, sagte er. »Und nun verrate mir doch, wieso du hier bist. Soll das etwa Aulikkis verzweifelter Versuch sein, mich in die Schranken zu weisen?«

Nunzia schnaubte verächtlich. »Wenn es nach Aulikki ginge, wäre keiner von uns hergekommen.«

»Ich verstehe. Damit sind es also schon zwei, die in den letzten vierundzwanzig Stunden die Fronten gewechselt haben.« Beinahe gelangweilt zuckte Lex mit den Schultern. »Und trotzdem hat alles wie am Schnürchen geklappt. Ich muss sagen, das war ein Meisterstück meiner Planungskunst.«

Nemo fühlte sich wie erschlagen, und er schien nicht der Einzige zu sein. Falls Victor und Nunzia tatsächlich etwas ausgeheckt hatten, um die Übergabe zu verhindern, war das durch Lex' Offenbarung wohl in Vergessenheit geraten. Jedenfalls rührten sie sich ebenso wenig wie alle anderen im Raum.

»Aber warum das alles?«, brachte Nemo schließlich hervor, woraufhin Lex ihm ein beinahe dankbares Lächeln schenkte. Auf diese Frage hatte er offenbar schon sehnlichst gewartet.

»Der Stein war längst in meinem Besitz, als ich Victor Flec darauf angesetzt habe, ihn mir zu bringen«, erklärte er geduldig. »Der junge Rufus hier hat ihn mir verkauft.« Er klopfte dem Kleinen auf die Schulter, und Rufus nickte zustimmend. »Ich brauchte bloß einen Beweis, dass es tatsächlich der echte Stein des Osiris ist.«

»Und diesen Beweis sollte Aulikki dir liefern«, murmelte Nemo.

»Ganz recht. Mein Verdacht allein genügte nicht, ich wollte Sicherheit. Und da der Stein mir seine Macht nicht zu erkennen gegeben hat, musste ich jemanden einschalten, der keine sichtbaren Spuren benötigt.« Lex verdrehte die Augen. »Wenn die Möglichkeit bestanden hätte, dass die Hexe mir ohne dieses Theater hilft, hätte ich mir die Mühe natürlich nicht gemacht. Aber sie ist so schrecklich kompliziert und tut nur, wozu sie gerade Lust hat.«

»Deshalb haben Sie so einen wahnsinnigen Aufriss um dieses Päckchen gemacht«, schlussfolgerte Nunzia, die in der Zwischenzeit doch ein Stück näher gekommen war und nun schräg hinter Victor stand. »Damit Aulikki darauf aufmerksam wird und mich schickt, um es abzufangen.«

»Korrekt!« Lex klatschte anerkennend in die Hände. »Dein Besuch in Alberts Gerümpelscheune war allerdings ungeplant, eigentlich hättest du sofort nach dem Markt zu Aulikki zurückkehren sollen. Allein.« Er schoss Nemo einen verärgerten Blick zu. »Dummerweise hat Nemo so stümperhaft dazwischengefunkt und ... na ja, der Rest ist Geschichte. Da ihr kleinen Grünschnäbel es jedoch irgendwie geschafft habt, in diesem Hinterzimmer den Stein zu entfesseln, und dann trotzdem auf Aulikki gekommen seid, bin ich inzwischen sogar dankbar dafür, dass es nicht nach Plan gelaufen ist.«

»Im Grunde können Sie von Glück reden, dass Ihr Sohn sich eingemischt hat«, schaltete sich nun auch noch Albert ein. »Aulikki hätte Ihnen den Stein nämlich niemals zurückgegeben, selbst wenn Sie mich bis ans Ende aller Tage festgehalten hätten.« Der Alte lehnte inzwischen an einem der Metalltische in der Nähe der Fenster, denn der Weg hierher hatte ihn viel Kraft gekostet. Die beiden Geiststeine, die Nemo ihm vorhin gebracht hatte, waren nicht groß genug gewesen, um ihn lange mit Energie zu versorgen.

»Schon möglich.« Lex tat so, als würde er sich eine Fussel von der Schulter fegen. »Aber wie es der Zufall will, habe ich jetzt sogar drei Druckmittel, um mein Eigentum zurückzufordern: Sie, die kleine Moon und – wer hätte das gedacht – Nemo.«

»Hinterlistig«, knurrte Nunzia, und Lex seufzte zufrieden.

»Vielen Dank.« Er wandte sich erneut Rufus zu, schloss die letzte Lücke zwischen sich und dem Jungen und legte ihm einen Arm um die Schulter. »Mein kleiner

Kollege hier hat aber mindestens ebenso viel Anteil an diesem Erfolg. Immerhin hat er euch die ganze Zeit über im Auge behalten und mir Bericht erstattet. Ohne ihn hätte ich auch nicht so früh vom schändlichen Verrat meines Sohnes erfahren.«

Nemo stöhnte innerlich auf. Dieses ganze Schauspiel von wegen heimgekehrter Sohn hätte er sich also sparen können. Im Gegenteil, damit hatte er seinem Vater nur weiter in die Hände gespielt – hatte ihn sogar noch unterstützt, indem er Albert das Buch gezeigt hatte! Es war zum Aus-der-Haut-Fahren. Und weil er allmählich nicht mehr wusste, wohin mit all seiner Wut, blaffte er Rufus an: »Was hast du überhaupt damit zu tun? Warum macht ein abgebrochener Zwerg wie du gemeinsame Sache mit meinem Vater?«

»Weil er mir noch den Rest des Kaufpreises schuldet«, erwiderte Rufus gelassen. »Der wird erst fällig, wenn die Echtheit des Steins bewiesen ist, was ja hiermit nun erledigt sein dürfte.«

»Und warum hast du das Ding verkauft?«, setzte Nemo nach. Es fühlte sich gut an, seine schlechte Laune an dem Jungen auszulassen. Ihn dafür büßen zu lassen, dass Nemo den Plan seines Vaters nicht hatte durchkreuzen können. »Bist wohl von zu Hause abgehauen und vertickst jetzt das Eigentum deiner Eltern, um dich für deine ach so schlimme Kindheit zu rächen, oder was?«

Bei den letzten Worten straffte Rufus seine Schultern. »Nicht direkt«, erwiderte er schroff. »Meine Eltern werden vermisst, und ich suche nach Wegen, sie wiederzufinden.«

»Gestelztes Gequatsche.« Verächtlich schüttelte Nemo den Kopf. Obwohl ihm die Vorstellung einen Stich verpasste, dass jemand für seine Familie solch ein Risiko auf sich nahm, ging ihm dieser Zwerg so sehr gegen den Strich, dass er ihn am liebsten geschüttelt hätte. »Die wollen bestimmt gar nicht, dass …«

»Halt den Rand, Nemo!«, brauste Lex urplötzlich auf. »Dieser Junge ist mir in den vergangenen Tagen mehr zu einem Sohn geworden, als du es in über sechzig Jahren je warst. Nicht ein einziges Mal hat er mich enttäuscht. Du dagegen bist eine *andauernde* Enttäuschung.«

Jeder Satz traf Nemo wie ein Fausthieb ins Gesicht und ließ ihn getroffen zurückweichen. Einen Augenblick lang herrschte betretene Stille in der Halle, die umso lauter in Nemos Ohren rauschte, je länger sie andauerte. Er fühlte sich mies, verraten und lächerlich gemacht, und das Gefühl wurde mit jeder Sekunde schlimmer.

Bis Nunzia auf einmal das Wort ergriff: »Mal ganz abgesehen davon, dass Sie größenwahnsinnig, abgebrüht und ein ekelerregender Macho sind, hat die Welt wohl noch nie einen gemeineren Vollpfosten als Sie erlebt.« Sie machte eine Bewegung, als würde sie auf den Boden spucken. »Dafür sollten Sie in der Hölle schmoren, Cordicio!«

»Tja, nur leider wird das auf mich ganz sicher nie mehr zutreffen.« Erneut brach Lex in schallendes, irre klingendes Gelächter aus, und jetzt war sich Nemo ganz sicher, dass sein Vater den Verstand verloren hatte. »Stattdessen werde ich mich auf ewig in der Ehrfurcht der vergänglichen Menschheit suhlen«, brüllte er. »Sie werden mich anbeten!«

»Anbeten?«, wiederholte Ciel abfällig. »Darauf können Sie lange warten, Mann.«

»Ach, wenn du wüsstest, kleine Moon …«

»Dann sagen Sie es uns.« Alberts Stimme klang inzwischen erschreckend schwach in der großen Halle. Seine Hände und Füße waren schon kaum mehr sichtbar. »Was haben Sie vor?«

Seufzend legte Lex den Kopf schief. Er blickte auf das Päckchen mit dem Stein hinab, das noch immer vor ihm auf dem Boden lag, und lächelte beinahe zärtlich.

»Sagen Sie's doch endlich!«, fuhr Ciel ihn an, als er nach mehreren Sekunden weiter beharrlich schwieg. »Geben Sie einfach zu, dass Sie die Lücke öffnen und die Welt mit Millionen von Geistern überschwemmen wollen! Und wahrscheinlich kann Ihnen dieser blöde Stein des Osiris auch dabei helfen, alle zu kontrollieren.«

Nemo zog eine Grimasse. Vermutlich hatte sie recht

mit ihrer Behauptung, immerhin hatte Lex schon einmal versucht, die Menschheit mit Hilfe einer Geisterarmee zu unterdrücken. Beim letzten Mal war er noch von den Menschen gestoppt worden, diesmal vielleicht nicht.

Doch zu Nemos Überraschung schüttelte sein Vater geradezu höhnisch den Kopf. »Als ob ich dermaßen primitiv wäre«, grollte er. »Ganz im Gegenteil, Ciel Moon.« Mit drohend zusammengekniffenen Lidern ging er auf sie zu. »Ich habe keine Lust auf Grabenkämpfe, verstehst du? Und schon gar nicht darauf, meine Macht mit anderen zu teilen.«

Ciel wich zurück. »Von welcher Macht sprechen Sie?«, erwiderte sie bissig. »Sie haben jetzt keine, und Sie werden auch nie welche bekommen.«

»Ist das so?« Ein Grinsen erschien auf Lex' Lippen, so teuflisch, als hätte er es Luzifer persönlich aus dem Gesicht gekratzt. »Was denkst du, wie es sich damit verhalten würde, wenn ich der Einzige wäre? Der einzige Geist auf dieser wunderschönen blauen Kugel namens Erde. Keine Ghostlife-Kongresse mehr, bei denen festgelegt wird, wie wir unser Zusammenleben *schöner* gestalten können.« Er spuckte die Worte nun beinahe heraus. »Kein Geisterrat, der regelmäßig vor den Menschen kuscht, keine demokratischen Sitzungen, keine einschränkenden Gesetze. Stattdessen nur Lex Cordicio und die Tatsache, dass er allein unsterblich ist.« Mit gefletschten Zähnen breitete er die Arme aus. »Ein Geist, der zusätzlich zu seiner eigenen Willensstärke auch die Zauberkraft eurer hochgelobten Hexe besitzt, die Gerissenheit der Pharaonin Nofretete, ja sogar das grenzenlose Wissen eures ach so schlauen Greises Albert. Alles werde ich in mir vereinen, alles!« Er senkte seine Stimme und sah Ciel aus schmalen Augen heraus an. »Glaubst du, dann könnte ich so etwas besitzen wie … *Macht*?«

Nemo spürte, wie sein Innerstes zu einer runzligen Rosine zusammenschrumpelte. Ganz langsam ergab nun alles einen Sinn. *»Der Name Cordicio wird der einzige sein, der noch von Bedeutung ist«*, murmelte er, und sein Vater drehte sich zu ihm um. »Das hast du zu mir gesagt, damals im Büro.«

»Und?«, blaffte Lex.

»Du willst die Lücke öffnen, um … um …«

»Um alle Geister dahin zurückzuschicken, wo sie hergekommen sind«, half ihm Lex mit einem begeisterten Strahlen im Gesicht auf die Sprünge. »Ich werde der Einzige sein, der übrig ist, und mächtiger, als ihr es euch vorstellen könnt.«

»Glaubst du … allen Ernstes, du kannst den Geistern … ihre Kräfte nehmen?«, stammelte Nemo. »Wie soll das funktionieren?«

»Oh, ich glaube es nicht nur, ich *weiß* es«, feixte Lex

und deutete mit dem Finger auf Albert. »Eines hat der begnadete Ägyptologe euch nämlich bisher verschwiegen: Die Stärke jedes einzelnen Geistes, den ich persönlich zurückschicke, geht anschließend auf mich über. So will es die Prophezeiung, nicht wahr, Albert?«

Nemos Blick zuckte zu dem alten Geist hinüber, der nun endgültig mit hängenden Schultern in sich zusammensackte.

Es stimmt, dachte Nemo und fühlte blanke Panik in sich aufsteigen. *Er wird uns alle opfern ...*

»Ähm ... Boss?«, kiekste Nick nun kleinlaut, als wäre ihm dieser Gedanke eben auch zum ersten Mal gekommen. »Ich dachte ... also, ähm ...«

»Ja, ja. Du und Herbert, ihr dürft bleiben«, gab Lex abwesend zurück. Langsam schritt er vorwärts, den Blick jetzt wieder auf das Päckchen vor sich gerichtet. Er spreizte seine Finger, ging in die Hocke, um das Bündel zu ergreifen – als urplötzlich ohrenbetäubend laute Musik die Halle erfüllte. Nemo zuckte erschrocken zusammen. Er duckte sich und konnte gerade noch erkennen, wie Lex herumwirbelte. Im nächsten Augenblick wurde sein Vater von einer schwarzen Scheibe niedergemäht, die vom anderen Ende des Korridors auf ihn zugeflogen kam.

Und dann brach das Inferno erst richtig los.

23
Victor

Victors Herz machte einen Satz, als Lex unter dem Angriff der Wandel-Schallplatte zu Boden ging. Das Ding war mit irrsinniger Geschwindigkeit die Halle entlanggeschossen, als wäre seine einzige Bestimmung, den Gangsterboss einen Kopf kürzer zu machen. Dabei war es von kreischender Gitarrenmusik begleitet worden und schließlich von Gesang so laut, dass es in den Ohren weh tat.

»Mach weiter!«, befahl Nunzia, während sie die Holzperlen-Kette herunterriss, die sie um ihr Handgelenk gewickelt hatte. Der Wandeling erwachte augenblicklich zum Leben, wand sich und zischte.

Hektisch kramte Victor seine nächste Waffe hervor, diesmal eine winzige Figur aus Ton, die blitzschnell rennen und sich so schwer machen konnte wie ein Elefant. Er flüsterte dem kleinen Männchen einen Namen ins Ohr, woraufhin es von seiner Hand sprang und auf flinken Beinen zu Herbert hinüberjagte, der gerade auf sie zugestampft kam. Mit einem Kampfschrei kletterte das Figürchen an dem Hünen nach oben.

Darauf hatte Nunzia nur gewartet. Sie flitzte hinter der winzigen Tonfigur her auf den Koloss zu, die zuckende Wandel-Kette griffbereit in der Hand. Als sie Herbert erreichte, ging der gerade unter dem Gewicht des Männchens in die Knie. Er kippte nach hinten, stützte sich mit den Armen ab, und ehe er was dagegen unternehmen konnte, hatte ihm Nunzia bereits mit gekonntem Schwung die Kette um beide Handgelenke geschlungen.

Innerhalb eines Wimpernschlags zurrte sich der Wandeling zusammen. Und weil es ihm anscheinend nicht genügte, nur Herberts Arme unschädlich zu machen, wedelte er mit seinem anderen Ende so lange durch die Luft, bis er auch die Beine des Riesen zu fassen bekam. Herbert kämpfte gegen den Ketten-Wandeling an, ächzte – und verlor.

Währenddessen war Nunzia bereits weitergehechtet und in einem kleinen Spalt zwischen zwei Wasserbottichen verschwunden. Victor schaute ihr kurz hinterher, und obwohl er wusste, was das Geistermädchen vorhatte, schnappte er doch erstaunt nach Luft, als auf einmal unzählige Nunzias zwischen den Wannen hervortraten. Alle sahen exakt gleich aus, sie trugen sogar alle denselben triumphierenden Ausdruck im Gesicht, als sie sich in der Halle verteilten. Das Spiegel-Amulett hatte wirklich ganze Arbeit geleistet.

Nur mühsam gelang es Victor, sich von diesem Anblick loszureißen, aber er musste sich um Nick Walker kümmern. Also schob er sich um die Heißmangel herum und linste zur Fensterfront hinüber. Albert saß inzwischen zusammengesunken vor dem Tisch, Ciel kauerte geduckt daneben – und da war Nick. Er hatte seine Revolver gezückt und zielte auf Nunzia. Nein, auf alle Nunzias um ihn herum. Zumindest versuchte er es, aber es waren einfach zu viele.

Victor löste die sternförmige Brosche von der Innenseite seines Jackenärmels, huschte ein Stück an der Heißmangel entlang auf den Schergen zu und machte sich bereit.

»Hey, Nicki!«, rief er, und der Gangster zuckte zu ihm herum. Bevor er reagieren konnte, hatte Victor den Stern bereits einmal mit dem Fingernagel angeschnippt und weit von sich gereckt. Keine Sekunde später pulste ein gleißend heller Lichtstrahl aus dem Metall heraus geradewegs auf Nick zu. Und er traf. Victor jubelte innerlich, als der Scherge mit einem schrillen Kreischen die Hände vors Gesicht schlug. Einer seiner Revolver erwischte ihn an der Stirn. Geblendet und getroffen taumelte Nick rückwärts, wo er im nächsten Moment von Nemo zu Fall gebracht wurde.

24
Nemo

Nemo hatte den Augenblick perfekt abgepasst. Sein Körper krachte mit so viel Wucht in Nicks, dass sie beide von den Füßen gerissen wurden und gut einen Meter durch die Luft segelten. Irgendwo ganz in der Nähe schlug etwas klappernd auf dem Boden auf.

Hoffentlich einer der Revolver, dachte Nemo, und wie zur Bestätigung schrie Nick wutentbrannt auf. Er wehrte sich, buckelte, schlang seine Arme um Nemos Hals und drückte zu. Doch nur für einen kurzen Moment. Aus den Augenwinkeln bemerkte Nemo, wie etwas über den Boden auf sie zugerollt kam. Es sprang über ihn hinweg – und landete gleich darauf in Nicks Gesicht. Der Scherge kreischte, als hätte ihn der Höllenhund Zerberus höchstpersönlich in die Mangel genommen. Dabei war es bloß ein rötlich schimmerndes Amulett in Form einer Sonne, das sich nun mitten auf seiner Stirn tief in die Haut brannte. Victor und Nunzia mussten eine ganze Sammlung von Wandelingen mitgebracht haben!

So schnell es ging, rollte Nemo von seinem Gegner herunter, holte mit dem Fuß aus und trat Nick die zweite Pistole aus der Hand. Im hohen Bogen flog sie davon, viel zu weit weg. Verflixt, er brauchte sie doch! Nemo drehte sich auf den Bauch und versuchte, auf die Beine zu kommen, was mit gefesselten Händen gar nicht so einfach war.

Lautes Gejaule ertönte nun wieder in seinen Ohren. Es kam schnell näher, wurde von einem hellen Sirren begleitet, schneidend scharf. Nemo ließ sich flach auf den Boden fallen und spürte noch den Luftzug, als das Ding öligschwarz schimmernd über ihn hinwegschoss und dabei gutgelaunt wummerte:

♪ ♫ *… a little less conversation*
a little more action please … ♪ ♫

Ein paar von Nemos Haaren segelten zu Boden. Die Wandel-Schallplatte hatte sie abgesäbelt wie eine Sense, und anstatt sich noch länger an Lex auszutoben, nahm sie sich jetzt Nick vor. Sie jodelte weiter ausgelassen vor sich hin, während sie um den benommenen Gangster herumschwirrte und ihn unaufhörlich aus einer anderen Richtung angriff. Einige tiefe Schnitte prangten bereits in seiner Kleidung, wo der Wandeling ihn mit seiner rasiermesserscharfen Schneide erwischt hatte.

Nemo wandte den Kopf, spähte unter einer der Heißmangeln hindurch zur anderen Seite hinüber. Herbert lag dort auf dem Boden, an Händen und Füßen gefesselt. Und wie es aussah, würde er eine ganze Weile brauchen, um sich zu befreien – falls es ihm überhaupt irgendwann gelang. Aber wo war Lex? Bei seinem Kampf mit Nick hatte Nemo ihn aus den Augen verloren, und nun fehlte jede Spur von seinem Vater.

Nicht gut. Gar nicht gut.

Er zuckte zusammen, als jemand mit großen Schritten an Herbert vorbeiflitzte. Es war Nunzia, oder besser gesagt *eine der unzähligen Nunzias*, denn das Geistermädchen schien noch immer überall zu sein. Ein weiteres Hologramm kam in diesem Moment auf Nemo zu und eilte schnurstracks durch ihn hindurch. Er wollte sich eben an dessen Fersen heften, als ein lautes Ächzen schräg hinter ihm ihn herumwirbeln ließ.

Ciel hatte es irgendwie geschafft, ihre gefesselten Arme nach vorne zu holen, indem sie ihren schmalen Körper rückwärts hindurchgezwängt hatte. Nun stemmte sie einen Fuß gegen die Kabelbinder und streckte sich. Sie verzog das Gesicht, presste noch etwas mehr – und die Plastikfesseln rutschten von ihren Handgelenken. Blut floss ihre Daumen hinab, weil der Kunststoff ihre Haut aufgescheuert hatte.

Erneut kämpfte sich Nemo auf die Knie hoch.

»Nicks Revolver!«, rief er Ciel zu, um den Lärm zu übertönen. »Im Griff ist eine Klinge versteckt!«

Ohne zu überlegen, robbte Ciel zu der Waffe hinüber und drückte so lange am Elfenbeingriff herum, bis das kleine Messer heraussprang. Dann krabbelte sie zu Nemo zurück und begann, die Kabelbinder an seinen Handgelenken durchzuschneiden.

Gehetzt warf Nemo einen Blick über die Schulter, wo sich Nick nach wie vor mit der dudelnden Schallplatte bekriegte. Mittlerweile hatte der Gangster das glühende Amulett von seiner Stirn entfernt und einen seiner Stiefel ausgezogen. Mit dem schlug er gerade wie wild auf die Wandel-Scheibe ein. Nicht mehr lange, und er würde das Ding besiegt haben.

Eine der Plastikfesseln um Nemos Handgelenke gab nach, und noch in derselben Sekunde sprang er auf die Beine. »Hol Albert und den Stein, und dann verschwindet!«, wies er Ciel an, ehe er geduckt nach hinten rannte, dorthin, wo er Victor zuletzt gesehen hatte. Der Menschenjunge war im Schatten einer der Heißmangeln in Deckung gegangen und kramte soeben eine Handvoll Kristallfigürchen aus seiner Hosentasche. Sie summten vor Aufregung, böse und hell.

»Was soll das sein, Bienen?«, fragte Nemo, und Victor zuckte zu ihm herum. Erleichterung breitete sich in seinem Gesicht aus, als er Nemo erkannte.

»Ja«, entgegnete er atemlos. »Ich hoffe mal, die stechen nur die Leute, auf die sie geworfen werden.«

»Finden wir's heraus.« Nemo schnappte sich eine der Figuren und versuchte wieder, Lex irgendwo ausfindig zu machen. Vergebens. Und auch von dem Päckchen mit dem Stein war nichts zu sehen. Hoffentlich hatte sich Lex nicht bereits damit aus dem Staub gemacht … Nemo wollte eben auf den Korridor hinaustreten, um weiter vorne zu suchen, als er drüben zwischen den Wasserbottichen eine Bewegung wahrnahm. Rufus! Der Kleine wollte sich bestimmt zu einem der Hinterausgänge durchschlagen.

Nemo holte aus, visierte den Jungen an und schleuderte die Biene quer durch den Raum. Er konnte zwar nicht erkennen, ob das Wandel-Insekt sofort zum Angriff übergegangen war, doch Rufus' Kreischen verriet ihm, dass das Tierchen den Kleinen zumindest erreicht hatte. Sofort griff Nemo nach der nächsten Biene. »Was hast du sonst noch?«, rief er über die Schulter nach hinten, während er Rufus auch den zweiten Wandeling auf den Hals hetzte.

»Vorne im ersten Regal liegen ein paar rotierende Wurfmünzen«, brüllte Victor zurück. »Und ich hab noch ein Parfümfläschchen!«

»Ein Parf …? Ach, vergiss es.« Nemo packte die restlichen fünf Bienen. An das Regal am Eingang kam er gerade unmöglich heran, die Kristallfiguren würden also fürs Erste reichen müssen. »Ciel und Albert sind dort hinten!«, schrie er und deutete zur Fensterfront.

Victor nickte. »Ich weiß.«

»Dann los, und beeil dich! Die Schallplatte wird Nick nicht mehr lange beschäftigen.« Damit huschte Nemo weiter.

Irgendwo hier musste Lex doch sein, und er würde ihn finden. Mitsamt diesem verfluchten Stein. Er würde verhindern, dass sein Vater auch nur einen einzigen Geist wieder zurückschicken konnte! Gerade jetzt standen seine Chancen besonders gut, denn Rufus war mit den beiden Bienen beschäftigt und Herbert mittlerweile so schlimm verbogen, dass es schon beim Hinsehen weh tat.

Von irgendwo rechts vorne drang eine Art Hagelgeräusch an Nemos Ohren. Er hetzte auf das Geprassel zu, an den Bottichen vorbei, bis er schließlich beim vorletzten angekommen war.

In der schmalen Lücke dahinter stand Nunzia, und Nemo erkannte sofort, dass es diesmal die echte war. Sie bewegte sich viel geschickter als die Hologramme, außerdem hielt sie ein Stück waagerecht gespannte Schnur in der Hand, an deren Ende sich ein kleines Etwas rasend schnell um die eigene Achse drehte. Dabei jagte das Ding von rechts nach links, von oben nach unten und im nächsten Augenblick schon wieder zurück. Jedes Mal wenn es gegen einen der Bottiche donnerte oder auf dem Boden aufschlug, ertönte ein Knall. Das Geistermädchen hatte alle Hände voll zu tun, um den Wandeling zu bändigen.

Nemo war erleichtert, Nunzia zu sehen, aber noch mehr freute er sich über den Anblick seines Vaters. Der drückte sich nämlich keinen halben Meter von dem tobenden Wandeling entfernt an die Hallenmauer und versuchte verzweifelt, sich mit den Händen zu schützen. Wann immer er nach rechts oder links ausweichen wollte, um hinter den Bottichen entlangzuflüchten, ließ Nunzia den Wandeling kurz weiter vorschießen. Lange Risse zogen sich bereits durch den Stoff von Lex' Anzug, nicht wenige auch über seine Haut.

»Na, Lust auf eine Runde Jo-Jo?«, fragte Nunzia, als sie Nemo bemerkte.

Nemo trat einen Schritt näher – und grinste.

25
Ciel

Verflucht, warum waren Geister bloß so schwer?

Ciel hatte sich Alberts Arm – oder das, was davon noch sichtbar war – über die Schultern gelegt und bemühte sich, den alten Geist so gut es ging zu stützen. Scinc Encrgic war inzwischen fast vollkommen aufgebraucht, und lange würde es nicht mehr dauern, bis er endgültig aus den Latschen kippte. Bis dahin mussten sie hier raus sein, ob mit oder ohne Stein des Osiris. Auch wenn Ciel die erste Variante natürlich deutlich lieber gewesen wäre.

Ihr war beinahe das Herz in die Kniekehlen gesackt, als Victor das Päckchen mit dem Splitter tatsächlich aus der Hosentasche gezogen hatte. Das hatte sie ganz sicher *nicht* damit gemeint, als sie ihm aufgetragen hatte, sich um den Stein zu kümmern. Und jetzt war das blöde Ding weg. Mehr als eine wertvolle Minute lang hatte Ciel den Boden danach abgesucht und schließlich frustriert aufgegeben, als Nick trotz der angreifenden Schallplatte drohend ein Stück in ihre Richtung gerobbt war.

»Komm her, du Mistvieh!«, kreischte er in diesem Moment hinter ihr, und Ciel warf hastig einen Blick zurück. Der Gangster drosch noch immer mit seinem Stiefel auf die messerscharfe Wandel-Schallplatte ein und beschimpfte sie dabei inbrünstig. Nach einem besonders gelungenen Treffer landete die Scheibe auf dem Betonboden, richtete sich dort taumelnd wieder auf und schoss anschließend wie ein Sägeblatt auf Nick zu. Aber auch dem Wandeling schien allmählich die Kraft auszugehen.

»Bitte, Albert«, flehte Ciel und zerrte den Alten weiter. »Hilf mir ein bisschen!«

Wenn sie nur endlich einem der anderen begegnen würden, nicht nur alle paar Meter einer neuen Hologramm-Nunzia, die ihnen ungefähr so viel nützte wie eine Bratpfanne aus Pappe …

Kaum hatte Ciel den Wunsch zu Ende gedacht, stolperte jemand direkt vor ihr mit rudernden Armen aus dem Schatten einer Heißmangel heraus. Victor! Unverkennbar Victor. Ciel wäre ihm am liebsten um den Hals gefallen.

»Hier lang!«, japste er und wollte nach Alberts anderem Arm greifen. Doch im selben Moment entdeckte er den fluchenden Nick weiter vorne und stockte. Entschlossenheit breitete sich in seinem Gesicht aus. Statt Ciel mit Albert behilflich zu sein, baute Victor sich kampfbereit vor ihnen auf.

»Was soll das werden?«, fragte Ciel alarmiert.

Victor deutete mit einer Hand die Fensterfront entlang nach hinten und fummelte mit der anderen etwas aus seiner Jackentasche heraus.

»Geht weiter, da ist irgendwo ein Ausgang«, befahl er mit fester Stimme. »Und nicht stehen bleiben.«

»Aber …«

»Mach schon!«

Nach einem letzten Blick auf das winzige mitternachtsblaue Fläschchen, das Victor nun in Händen hielt, gehorchte Ciel. Sie brachte all ihre Kraft auf, um den alten Geist hier wegzubringen, und hielt auch nicht an, als hinter ihr auf einmal eine dunkle, wabernde Wand emporschoss.

»Hast du das gemacht?«, rief sie, ohne langsamer zu werden. »Was ist das?«

»Blauer Rauch!«, gab Victor zurück.

»Und was macht der?«

»Blau leuchten und uns hoffentlich lange genug vor Nick Walker abschirmen.«

Ciel spürte, wie Albert auf einmal leichter wurde, weil Victor nun endlich den anderen Arm des alten Geistes zu fassen bekommen und ihn sich um die Schultern gelegt hatte. Gemeinsam kamen sie viel schneller voran. Sie eilten an den Fenstern vorbei auf die Tür mit dem kleinen Notausgangsschild darüber zu, während Nicks

Schimpftiraden hinter der blauen Rauchwand immer mehr Fahrt aufnahmen. Er schrie und tobte.

»Los, das schaffen wir!«, keuchte Victor. Im Lauf öffnete er die kleine Flasche erneut und ließ ein paar Tropfen blauer Flüssigkeit hinter sich auf den Boden fallen. Dort, wo das Zeug den Beton berührte, verdichtete sich die Luft in Sekundenschnelle zur nächsten blauen Wand. Etwa fünf Meter lagen jetzt noch vor ihnen. Vier. Drei. Sie würden Albert in Sicherheit bringen und zurückkommen, um Nunzia und Nemo zu unterstützen. Und sie würden den Stein holen, der musste doch ...

Schlagartige Stille.

Das Gejaule der Schallplatte brach urplötzlich ab, das prasselnde Geräusch hörte auf, Nicks Geschimpfe – einfach alles verstummte. Auch Nunzias Hologramme verschwanden nun eins nach dem anderen.

Und dann zerriss auf einmal ein Schrei die Luft.

Ciel strauchelte. Sie knickte ein, konnte den Sturz nicht abfangen und schlug mit Albert an ihrer Seite der Länge nach hin.

Noch ein Schrei.

»Nunzia«, flüsterte Victor, der es irgendwie geschafft hatte, auf den Beinen zu bleiben. »Ich muss ihr helfen!« Mit zitternden Fingern drückte er Ciel sein Handy entgegen. »Bring Albert nach draußen und hol Hilfe. Egal wen.«

»Warte!«, erwiderte Ciel, doch Victor hatte sich schon

umgedreht und rannte den Weg zurück, den sie gekommen waren. Die blaue Wand, die er als Zweites auf den Boden getropft hatte, begann bereits, sich aufzulösen. Und dahinter war eine Gestalt zu erkennen. Doch ehe Ciel auch nur ein weiteres Wort über die Lippen brachte, stieß die Person durch die Mauer hindurch und packte Victor am Kragen.

Es dauerte keine fünf Sekunden, bis Nick Walker sich gegen den zappelnden Victor durchgesetzt hatte. Mit einer geschickten Drehung brachte der Scherge sein Opfer zu Fall, kickte das blaue Fläschchen zur Seite, das sich dabei selbständig gemacht hatte, und stellte seinen Fuß auf Victors Brust.

»Na, was ist?«, zischte er. »Keine weiteren Tricks auf Lager, Kurzer?«

Mit einem wütenden Knurren bäumte sich Victor noch einmal gegen den Gangster auf, doch dann ließ er seinen Hinterkopf auf den Hallenboden sinken und ergab sich.

»Dachte ich mir.« Verachtung färbte Nicks Stimme dunkel, als er den Blick hob und Ciel anfuhr: »Jetzt tanzt ihr nach meiner Pfeife.«

Kurz darauf schleppten Ciel und Victor Albert wieder vom Notausgang weg in die Halle hinein. Sie wechselten auf die andere Seite der Heißmangeln hinüber, wo Nunzia vorhin Herbert dingfest gemacht hatte, doch der Hüne war inzwischen befreit worden. Allerdings schienen ihn die Angriffe der Wandelinge übel mitgenommen zu haben, denn er lehnte mit schlaffen Gliedern vor einem der Wasserbottiche. Zudem lösten sich seine Umrisse bereits an einigen Stellen auf. Als Ciel und Victor vorbeiliefen, schaffte er es kaum mehr, den Kopf zu heben.

»Los, nicht trödeln!«, blaffte Nick Walker hinter ihnen und schubste Ciel grob an der Schulter vorwärts. Sie wollte eben etwas Giftiges erwidern, als weiter vorne Lex Cordicio aus einem Spalt zwischen den beiden letzten Waschwannen hervortrat. Seine Haare standen wüst vom Schädel ab, und er hatte wie Nick Walker überall Schnitte in der Kleidung. Trotzdem grinste er triumphierend, denn er war nicht allein. Er hatte Nunzia und Nemo im Nacken gepackt, die sich beide gegen seinen unnachgiebigen Griff zu wehren versuchten – allerdings vergeblich. Selbst Nemo hatte gegen seinen Vater nicht den Hauch einer Chance.

Hinter den drei Geistern warf Rufus Handler gerade eine Kette aus Holzkugeln und eine kleine Figur in den letzten Bottich. Noch in der Bewegung zuckte er zusammen, schlug sich mit der flachen Hand ins Genick und pflückte ein kleines summendes Etwas von seiner Haut. Mit angewiderter Miene warf er es den anderen beiden Dingen hinterher.

»Jetzt flute den Behälter«, sagte Lex mit einem kurzen Blick über die Schulter.

Der Junge drückte einen Knopf am Schaltpult neben der Wanne, und sofort ertönte leises Rauschen, als Wasser ins Innere gepumpt wurde. Zufrieden lächelnd trat Rufus zurück.

»Gut, du kannst gehen.« Ohne Ciel und Victor ein weiteres Mal aus den Augen zu lassen, nickte Lex zur Hallentür nach hinten. »Wir treffen uns am vereinbarten Ort. Wenn ich nicht auftauche, weißt du, was zu tun ist.«

»Nein, ich will …«, setzte Rufus an, doch Lex unterbrach ihn mit einem scharfen Zungenschnalzer.

»Du sollst verschwinden, habe ich gesagt! Ich kann es mir nicht leisten, dass dir etwas zustößt!«

Einen Augenblick lang zögerte Rufus noch, ehe er schließlich gehorchte und mit schnellen Schritten zum Ausgang eilte. Erst als die Tür hinter dem Jungen ins Schloss fiel, atmete Lex auf. Ein Grinsen erschien auf seinen aufgeplatzten Lippen.

»Netter Versuch, euer kleiner Zwergenaufstand«, gab er mit einiger Anerkennung in der Stimme zu. »Ihr habt tatsächlich einen meiner besten Männer lahmgelegt. ABER JETZT IST ENDGÜLTIG SCHLUSS MIT LUSTIG!«, brüllte er dann so laut, dass es selbst Ciel fünfzehn Meter weit weg noch fies in den Ohren klingelte. Auf der anderen Seite von Albert fuhr Victor heftig zusammen. Nemo dagegen nutzte die Möglichkeit und versuchte ein letztes Mal, sich mit einem Ausfallschritt zur Seite von seinem Vater zu lösen. Doch Lex ließ sich wieder nicht überrumpeln.

»Meine Geduld ist am Ende«, fuhr er mit einem vernichtenden Blick auf seinen Sohn fort. »Nick, komm her und halte die beiden in Schach.«

Begierig wieselte Nick Walker an Ciel vorbei nach vorne, und kaum dass er bei Nemo und Nunzia angekommen war, packte er die beiden jungen Geister, wirbelte sie herum und drückte sie mit den Rücken gegen eine Heißmangel.

»Nun zu dir, Victor Flec«, schnarrte Lex. »Das ist deine letzte Chance. Entweder ich bekomme auf der Stelle den echten Stein« – langsam zog er etwas Öligschwarzes hinten aus seinem Hosenbund –, »oder ich probiere meinen messerscharfen neuen Freund hier an jedem Einzelnen von euch aus.« Wie auf Kommando begann die Schallplatte in der Hand ihres frischgebackenen Herren zu sirren. »Und bei euch Menschen fange ich an.«

Ciel riss die Augen auf, als er mit dem Wandeling ausholte. Ausgerechnet den gefährlichsten hatte er für sich behalten. Natürlich.

»Sie haben den Stein doch schon!«, rief sie mit vor Panik schwankender Stimme. »Victor hat Ihnen das Päckchen gegeben.«

»Hat er das?« Mit wütender Grimasse fischte Lex etwas aus der Innentasche seines zerfetzten Sakkos. Von hier aus konnte Ciel nicht genau erkennen, was der Gangster da jetzt hochhielt – und gleich darauf angesäuert von sich schleuderte. »Der Stein, den deine *Freunde*« – er betonte das Wort, als wäre es eine Beleidigung – »mir gebracht haben, ist eine Fälschung, Ciel Moon. Und nicht mal eine besonders gute. Beide Gravuren fehlen.«

Eine … Fälschung?

Es dauerte einen Moment, bis Ciel verstand. Der Stein hatte Lex nur ablenken sollen. Das sorgsam verschnürte Päckchen, Victors Weigerung, es herzugeben, die Wandelinge – all das hatte nur dazu gedient, ihnen die Flucht zu ermöglichen. Und es hatte nicht funktioniert. Ciels Mut sank ins Bodenlose, als sie zu Victor hinüberblickte. Das war's, sie hatten verloren.

»Er … hat den Stein … nicht«, krächzte Nunzia angestrengt, weil Nick sie immer noch gegen die Heißmangel presste. »Aulikki. Fragen Sie … Aulikki.«

»Sie fragen?« Ein kaltes Lachen platzte über Lex' Lippen. »Ich werde sie nicht fragen, sondern ihr ein kleines Souvenir schicken.« Drohend hob er die Wandel-Schallplatte und machte ein paar Schritte auf Ciel und Victor zu. Ciel war sich sicher, dass nun endgültig ihr letztes Stündlein geschlagen hatte, als Victor sich auf einmal leise räusperte. Er warf Ciel einen entschuldigenden Blick zu, ehe er Alberts Arm von seiner Schulter schob. Dann trat er nach vorne, Lex entgegen.

»Victor«, zischte Ciel warnend. »Was machst du denn?«

»Ich erledige meinen Job«, erwiderte er tonlos. Und obwohl die Schallplatte immer lauter sirrte, konnte Lex ihn hören. Er ließ den Wandeling sinken und sah Victor aus wachsamen Augen heraus an.

»Ich schätze«, fuhr Victor fort, »ich bin Ihnen noch eine Lieferung schuldig.« Damit griff er in seine Hosentasche und zog einen winzigen, unscheinbaren Splitter hervor.

26
Victor

Victor konnte spüren, wie sich die Anspannung, die bisher in der Halle geherrscht hatte, nun beinahe ins Unerträgliche steigerte. Plötzlich war er sich gar nicht mehr sicher, ob er das Richtige tat. Genauer gesagt ahnte er jetzt, dass es vielleicht sogar ein Riesenfehler sein könnte.

Dabei hatte es sich doch noch vollkommen richtig angefühlt, als er den Stein aus Aulikkis Tresor geholt hatte. Die kleine Brechstange, die ihm bei den anderen Wandelingen im Regal aufgefallen war, hatte förmlich danach geschrien, eingesetzt zu werden. Und kaum hatte Victor sie am Rand der Tresortür angebracht, hatte sie angefangen zu ruckeln und zu rattern und sich dabei immer weiter ins Metall gefressen. Sie hatte so lange vor sich hingearbeitet, bis die Tür schließlich mit einem kaum hörbaren Klicken aufgesprungen war.

Ja, Victor hatte Angst gehabt, den Stein an sich zu nehmen. Und als Nunzia ihn aus dem Fenster der Bibliothek gestoßen hatte, war er beinahe sicher gewesen, dass der Aufprall die nächste Explosion verursachen würde. Aber nichts war passiert. Und die Vorstellung, Ciel und Albert mit dem kleinen Steinchen vielleicht retten zu können, hatte ihn dazu getrieben, dieses heimliche Spiel weiterzuspielen. Doch was hatte er dafür geopfert? Wie hoch war der Preis?

Mit einem Kloß im Hals schaute Victor sich um.

Nunzia und Nemo stand der Schock ins Gesicht geschrieben, und auch Ciel und Albert schienen alles andere als begeistert zu sein davon, dass Victor tatsächlich den echten Stein mitgebracht hatte.

»Victor Flec. Ich muss sagen, du gefällst mir immer besser«, raunte Lex in diesem Moment und nickte anerkennend. Der Gangsterboss rammte die Wandel-Schallplatte mit Wucht in den Boden neben seinen Füßen, wo sie sich laut kreischend im Beton festfraß. Es klang, als wäre jemand mit Spikes an den Schuhen einem Puma auf den Schwanz getreten.

»Allmählich glaube ich, du warst doch von Anfang an der Richtige für den Job«, fuhr Lex breit grinsend fort. Mit einer ungeduldigen Geste winkte er Victor zu sich heran. »Komm, bringen wir es zu Ende.«

»Tu … das nicht … Junge …«, stöhnte Albert hinter ihm. Victor wagte es nicht, ihn noch einmal anzusehen – oder irgendeinen anderen seiner Freunde. Er wusste nur zu gut, was es bedeuten würde, wenn Lex den Stein tatsächlich in die Finger bekam. Dieser Verrückte wollte nicht bloß die gesamte Geisterschaft auslöschen, er wollte Gott spielen.

»Gib. Mir. Den. Stein.« Der Gangsterboss machte einen Schritt auf ihn zu, und Victor schluckte schwer. Was blieb ihm denn jetzt noch anderes übrig? Sie hatten ihre Chance verspielt, Lex zu entwischen, und nun war der Kerl umso aufmerksamer. Es gab nur noch diese eine Möglichkeit.

Mit Argusaugen verfolgte Lex, wie Victor sich stockend in Bewegung setzte.

»SCHNELLER!«, blaffte er aufgebracht, und Victor gehorchte. Der Stein in seiner ausgestreckten Hand schien plötzlich fünfzig Kilogramm zu wiegen und legte mit jedem Meter ein weiteres Kilogramm zu. Dazu kam das Gewicht der Blicke, die schwer auf Victor lasteten. Er konnte sie spüren, in seinem Nacken, auf seinem Hinterkopf, in seinem Gesicht. Seine Hände zitterten, und zu allem Überfluss fühlte er plötzlich eine seltsame Kälte von dem Stein ausgehen. Sie war stärker als das Kribbeln, das ihn sonst überfiel. Und sie wurde immer intensiver, je länger der Splitter seine bloße Hand berührte. Einen Atemzug später biss Victor der Frost bereits unangenehm in die Finger, dann strömte er seinen Arm hinauf, über seine Schultern und schließlich hinunter zu seiner Brust. Dort ballte sich die Kälte zu einem Klumpen zusammen, der wuchs und wuchs und wuchs …

Was, wenn Victors Plan nicht funktionierte? Wenn er vollkommen auf dem Holzweg war und alles nur noch viel schlimmer machte? Mit einem mulmigen Gefühl in der Magengegend blieb er stehen und starrte auf den Splitter hinab.

»Das reicht jetzt!«, schnauzte Lex. Wutschnaubend stürmte er auf Victor zu, der weiter nachdenklich den Stein musterte. Wie harmlos das Ding aussah. Ganz und gar nicht so, als könnte es unbändige Kräfte entwickeln. Doch genau darauf zählte Victor, als er die Hand hob – und den Stein mit voller Wucht zwischen sich und Lex auf den Boden schleuderte.

Die Frostkugel in Victors Brust dehnte sich aus, umhüllte ihn, zersprang. Dann brach ein Orkan über ihn herein. Er wurde von den Füßen gerissen, durch die Luft gewirbelt, schlitterte über den Boden, prallte von Gegenständen ab … bis er irgendwann rücklings gegen eine Wand krachte.

Er atmete, bekam kaum Luft, weil eine andere Art von Kälte ihn nun durchströmte. Sie ging tiefer als je ein Gefühl zuvor. Ohrenbetäubender Donner malträtierte Victors Trommelfelle, zerfetzte sie beinahe. Stimmen, Geflüster, beängstigende Laute, eisige Berührungen auf seiner Haut. Eine weitere Druckwelle presste ihn gegen die Mauer in seinem Rücken, wehte ihm Dreck und Geröllsplitter ins Gesicht.

Und danach … Stille.

Victor ließ seinen Kopf auf den Hallenboden sinken. Erschöpfung machte sich darin breit, schwappte über all seine Gedanken hinweg. Er hatte das Gefühl, sich bewegen zu müssen, aber es gelang ihm nicht. Sein Körper tat weh, *alles* tat so unglaublich weh!

Vielleicht konnte er auch einfach ein paar Minuten hier liegen bleiben und abwarten. Sich ausruhen. Nur ein paar Minuten, bis die Schwärze an den Rändern seines Seins wieder zurückwich.

Falls sie wieder zurückwich …

27
Nemo

Nemo spürte die Macht des Steins in jedem Millimeter seines Körpers vibrieren. Es tat weh, brannte heiß und eiskalt zugleich. Etwas rief ihn, pulsierte durch ihn hindurch, griff nach ihm. Er fühlte sich magisch davon angezogen. Aber im selben Moment wollte er nichts mehr als weg davon, weit, weit weg.

Die Lücke, das musste die Lücke sein. Ein Echo davon. Oder ein Vorgeschmack?

Aber das war unmöglich. Hatte Albert nicht vorhin im Keller was von einem Ankh gefaselt, das man brauchte, um die Lücke zu öffnen? Ja, ganz sicher. *Steht für das Leben*, hatte er gesagt.

Für … das … Leben …

Victor! *Er* hatte den Stein benutzt, nicht Lex! Und genau das war der Grund, weshalb Lex solche Angst gehabt hatte, dass Rufus etwas zustoßen könnte. Wenn alles nach Plan verlaufen wäre, hätte er den Jungen für sein Vorhaben noch gebraucht.

Vorsichtig öffnete Nemo die Augen. Roter Staub hing

überall in der Luft, auch zwischen den Gedanken in seinem Kopf. Er blinzelte ein paarmal, danach wurde es besser. Klarer. Als würde er sich unter einer Decke hervor ins Licht hinauswühlen. Nein, nicht ins Licht. Da war bloß Dunkelheit, eine tiefe, kalte Dunkelheit.

Panisch richtete Nemo sich auf. Ein paar Meter entfernt, über der Stelle, wo Victor den Stein auf den Boden geklatscht hatte, klaffte ein Riss in der Luft. Und um den Riss herum waberte Finsternis. Sie lockte Nemo, streckte tastend ihre Fühler nach ihm aus, *suchte* ihn. Süße, verheißungsvolle Klänge hallten durch seinen Kopf. Nemo war kurz davor nachzugeben, er wollte dem Ruf so gern folgen … Doch tief in sich drin ahnte er, dass es keine gute Idee war. Also brachte er all seine Kraft auf, um ruhig sitzen zu bleiben. Er starrte den Riss an, sah zu, wie immer mehr helle Umrisse nach draußen strömten und schnurstracks irgendwo verschwanden. Waren das neue Geister, die noch keinen Körper besaßen? Wahrscheinlich. Nemo konnte ihr Jaulen hören.

Und dann … war die Lücke genauso plötzlich verschwunden, wie sie zuvor erschienen war. Als hätte jemand das Licht wieder angeknipst.

Nemo stieß einen erleichterten Seufzer aus. Er lehnte seinen Hinterkopf gegen die Heißmangel, vor der er gelandet war, und sah sich zum ersten Mal genauer um. Die Wucht des Steins hatte ihn ein gutes Stück nach hinten geschleudert, anscheinend gemeinsam mit Nunzia. Die lag nämlich schräg hinter ihm auf dem Bauch und hatte wohl nichts davon mitbekommen, dass Victor tatsächlich die Lücke geöffnet hatte. Ihre Umrisse flackerten wie eine Kerze im Luftzug. Erst als Nemo sie unsanft mit dem Fuß anstupste, begann sie sich zu regen.

»Woah, verdammt«, ächzte sie und hustete eine Wolke roten Staub aus. »Das war nicht abgesprochen.«

Nemo konnte nicht anders, er musste lachen. Es fühlte sich gut an, dieses Lachen, und er hatte so eine Ahnung, dass er sich daran gewöhnen könnte. Aber jetzt mussten sie erst mal zusehen, dass sie so schnell wie möglich hier wegkamen. Noch einmal würde er der Lücke wahrscheinlich nicht widerstehen können, und dieses Risiko wollte er auf keinen Fall eingehen.

Mit äußerster Anstrengung, die aufblitzenden Schmerzen in seinem Brustkorb ignorierend, stand Nemo auf. Nicht weit von Nunzia entfernt lag eine von Nicks Pistolen und wartete nur darauf, aufgehoben zu werden. Langsam schlurfte Nemo hinüber, schloss seine Finger um den Elfenbeingriff – und zuckte zusammen, als er aus dem Augenwinkel eine Bewegung wahrnahm. Mit einem Ruck riss er den Revolver nach oben. An der Stirnseite der Halle, kaum noch sichtbar, lagen sein Vater und Nick Walker.

»Aua«, sagte Nunzia, die Nemos Blick gefolgt war

und nun mitleidig das Gesicht verzog. »Ganz ruhig. So wie die aussehen, musst du da nicht mehr groß nachhelfen.«

28
Victor

Victor streckte seine Knie durch und schob sich an der Mauer nach oben, bis er einigermaßen sicher stand. Vorsichtig befühlte er seinen Kopf, ertastete die Beule ganz hinten, wo er mit voller Wucht gegen die Wand gedonnert war. Etwas Klebriges blieb an seinen Fingern hängen – und seine Brille. Sie hatte sich in seinen Haaren verfangen und erstaunlicherweise bloß einen einzelnen dicken Sprung im rechten Brillenglas abbekommen.

Auch an Victor selbst schien alles heil geblieben zu sein. Abgesehen von dem Blut an seinem Kopf natürlich, was sicherlich kein Grund zur Beunruhigung war. Bestimmt nicht. Das bisschen Blut …

Noch ziemlich benebelt sah Victor sich um. Was nun? Die Finsternis an den Rändern seines Blickfeldes verzog sich allmählich, und die Schärfe kehrte zurück. Gerade rechtzeitig konnte er deshalb die Gestalt erkennen, die eilig auf ihn zusteuerte.

»Victor!«, keuchte Ciel und warf sich in seine Arme. »Bist du okay?«

Er presste mit äußerster Kraft ein »Ja« hervor, weil er plötzlich kaum mehr Luft bekam, und dann drückte er Ciel an sich. Allerdings nur kurz, denn die Sache mit der Atemnot war ziemlich unangenehm und Ciels Klammergriff nicht gerade hilfreich. Dieser verdammte Staub überall. Wild hustend beugte Victor sich nach vorne.

»Wie geht es dir?«, fragte er, als der Hustensturm vorüber war. »Und Albert?«

»Alles in Ordnung, wir haben kaum was abbekommen. Anscheinend hast du das meiste vor uns abgeschirmt.« Beinahe ehrfürchtig legte Ciel ihre Hände an Victors Wangen, als könnte sie kaum glauben, dass er tatsächlich vor ihr stand. »Was du getan hast, das war …« Sie schüttelte den Kopf. »Das war absolut wahnsinnig.«

Victor machte ein betretenes Gesicht. »Ich weiß, es tut mir …«

»Und großartig«, fiel sie ihm ins Wort. »Und mutig, und selbstlos. Und du hast dabei weder das gesamte Gebäude in die Luft gejagt noch irgendwelche Geister in die Lücke zurückgeschickt. Zumindest nicht, dass ich wüsste.«

Jetzt zupfte ein ungläubiges Lächeln an Victors Mundwinkeln. »Zurückgeschickt?«, hakte er unsicher nach. »Wie auch? Ich meine, um das zu tun, hätte ich die Lücke ja erst mal …«

Diesmal unterbrach ihn Ciel, indem sie ihn entschlossen vorwärtszerrte. Jeder Muskel und jede Sehne in Victors Körper kreischten bei der Bewegung auf. Trotzdem lief er hinter Ciel an Albert und dem mittlerweile völlig bewusstlosen Herbert Lindel vorbei zurück zu der Stelle, wo der Stein auf dem Boden aufgekommen war. Dort prangte jetzt ein tiefer Krater von etwa einem Meter Durchmesser und dreißig Zentimetern Tiefe. An seinen Rändern färbte Ruß das Gestein schwarz.

Noch während Victor sich wunderte, dass er ohne Knochenbrüche – oder Schlimmeres! – davongekommen war, traten von der anderen Seite Nunzia und Nemo an die Vertiefung heran. Die beiden sahen genauso mitgenommen aus, wie Victor sich fühlte.

»Du hättest die Endgegner-Bombe gern auch ein Stück weiter entfernt von uns zünden können«, knurrte Nemo und funkelte Victor grimmig über den Krater hinweg an. »Oder willst du uns so unbedingt loswerden?«

Endgegner-Bombe? Loswerden? Victor verstand nur die Hälfte von dem, was Nemo da erzählte. Fragend schaute er von den beiden Geistern zu Ciel und wieder zurück. Bis Nunzia sich schließlich erbarmte und ihm lachend auf die Schulter klopfte. »Da scheint wohl noch jemand nichts davon mitbekommen zu haben, dass er die Lücke geöffnet hat!«

Schweigend hörte Victor zu, während Ciel und Nemo ihm mit wenigen Worten erklärten, was da gerade passiert war. Dass er ein unerhört altes Artefakt in Händen gehalten hatte, welches eigentlich Nofretete gehörte und aus dem Weltall stammte. Dass in einem beinahe ebenso alten Buch eine Prophezeiung geschrieben stand, die verriet, wie überaus mächtig dieses Artefakt war. Und dass es Victor nicht bloß geschafft hatte, damit zwei gefährliche Gangster unschädlich zu machen, er hatte mit dem Splitter auch die Lücke geöffnet. Indem er, ein lebendes Wesen, das Ding auf den Boden geklatscht hatte.

Victor schluckte. Die Lücke war zwar nur kurz offen gewesen und hatte wohl auch niemanden zurückgeholt. Trotzdem überkam ihn ein ungutes Gefühl beim Gedanken daran, was alles hätte schiefgehen können.

Mit rasendem Puls blickte er nach vorn zur Hallenmauer, wo Lex Cordicio und Nick Walker zu einem halb durchsichtigen Haufen zusammengeknüllt waren. Allein die Vorstellung, dass einer der beiden so viel Macht in die Finger bekam, ließ Victor erschaudern. Und dennoch … ein Teil von ihm weigerte sich zu glauben, dass das alles mehr als ein verrückter Traum war. Diese ganze Geschichte klang doch eher nach einem Hollywood-Film als nach seinem eigenen Leben. Oder etwa nicht?

»Ich schätze mal, ohne den Stein abzuhauen wäre also keine so gute Idee?«, murmelte er mit belegter Stimme.

»Um genau zu sein, wäre es sogar eine verflucht schlechte Idee«, entgegnete Nunzia, während sie sich halbherzig den Dreck von den zerfetzten Klamotten klopfte. Beim Anblick der dichten Staubwolken, die daraufhin hervorstoben, gab sie es allerdings gleich wieder auf. »Und ich denke auch nicht, dass Aulikki die richtige Person ist, um den Stein aufzubewahren. Jedenfalls nicht *mehr.* Wer weiß, auf welche dummen Gedanken die erst kommt, wenn das Ding bei ihr zu Hause rumliegt.«

»Aber wer denn sonst?«, hakte Nemo nach. »Den Menschen kannst du den Stein ja wohl kaum überlassen.« Er lächelte Victor und Ciel entschuldigend an. »Nicht böse gemeint.«

Victor winkte lässig ab.

»An die Menschen hatte ich auch gar nicht gedacht«, gab Nunzia zu. Sie drehte den Kopf zur Seite, ganz langsam, und Victor und die anderen folgten ihrem Blick. Schließlich schauten sie alle nach hinten, wo Albert mit dem Rücken an einer der riesigen Heißmangeln lehnte und ihnen aufmerksam zuhörte. Zumindest glaubte Victor, dass er das tat. Bei den verschwommenen Gesichtszügen des Alten ähnelte die Deutung mittlerweile einem Glücksspiel.

Als auch nach zehn Sekunden noch niemand etwas gegen Nunzias Vorschlag einzuwenden hatte, klatschte das Geistermädchen begeistert in die Hände. »Wunderbar, damit hätten wir das geklärt. Dann lasst uns den Teufelsstein mal suchen.«

»Stein des Osiris«, brummte Nemo und fing sich dafür von Nunzia einen Knuff gegen den Oberarm ein.

»Hey, Mister Oberschlau, mach dich lieber nützlich und schau da drüben bei den Wasserbottichen nach«, pflaumte sie ihn an, konnte sich dabei allerdings ein Grinsen nicht verkneifen.

In Victors Brust breitete sich das beruhigende Gefühl aus, dass die beiden von nun an schon irgendwie miteinander klarkommen würden. Einen Moment lang sah er ihnen zu, wie sie sich auf Hände und Knie herabließen und behutsam den Boden abtasteten. Dann wandte er sich ab.

Ciel hatte währenddessen bereits damit begonnen, die Gegend rund um die Heißmangeln abzusuchen. Aber Victor wusste, dass sie sich vergeblich bemühte. Sie alle taten das. Der eiskalte Hauch, der über Victors Nacken strich, und das Kribbeln verrieten ihm, wo der Stein tatsächlich lag. Er folgte dessen Spur an den riesigen Mangeln vorbei bis hinüber zu den festgeschraubten Metalltischen und ging in die Hocke

Da. Keinen Meter entfernt von ihm lag der winzige Splitter hinter einem der Tischbeine, genauso unscheinbar und gefährlich wie zuvor.

29
Ciel

Erstaunt hob Ciel die Augenbrauen, als Victor bereits kurz darauf mit dem Splitter in der Hand wieder vor ihr auftauchte. Sein Gesicht hatte die Farbe von Käse angenommen, und eine Schweißperle lief über seine Stirn, während er argwöhnisch auf den Stein hinabsah. Offensichtlich rechnete er damit, dass das Ding jeden Moment erneut hochgehen könnte.

»Respekt«, sagte Ciel anerkennend. »Du hast deine Wandeling-Antennen ja mittlerweile echt im Griff.«

»Scheint so.« Victor lächelte schwach. »Und bei den schlimmsten Wandelingen schlagen sie am stärksten aus.«

Auch Nunzia wirkte schwer beeindruckt, als sie sich vom Boden aufrappelte und zu ihnen herüberkam. Aber wie Victor legte sie wohl keinen großen Wert darauf, dem Stein noch einmal näher zu kommen als unbedingt nötig. Ganz vorsichtig schob sie sich hinter Ciel und lugte über ihre Schulter. »Dann muss ich beim nächsten Mal ja nicht mehr auf dem Boden rumkriechen und suchen helfen.«

»Ich hoffe doch sehr, dass es kein nächstes Mal geben wird«, brummte Nemo. Er war der Einzige, der die Freude nicht so richtig teilen wollte. Zwar nickte er zufrieden beim Anblick des Steins in Victors Hand und hob sogar kurz einen Daumen, doch gleich darauf verfinsterte sich seine Miene. Mit gerunzelter Stirn schaute er zur Hallenmauer nach vorn, wo sein Vater und Nick noch immer reglos auf einem Haufen lagen.

»Bereust du etwa, dass Victor die beiden ausgeschaltet hat?«, fragte Ciel und stieß ihm spielerisch einen Ellbogen in die Seite.

Stöhnend zuckte der Geisterjunge daraufhin zusammen. Bei seinem Kampf mit Nick musste er wohl ordentlich eingesteckt haben, denn so schnell krümmten sich Geister normalerweise nicht vor Schmerzen. Dennoch schienen ihm seine Verletzungen gerade weit weniger Sorgen zu machen als der halb durchsichtige Geisterpulk ein paar Meter entfernt.

»Pfft, ich bereue gar nichts«, presste er zwischen zusammengebissenen Zähnen hervor. »Es ist nur … Ich hab irgendwie kein gutes Gefühl bei der Sache.«

»Mach dich locker, die Ghostguards werden sich schon um sie kümmern.« Ciel zwinkerte ihm zu und zog dann Victors Handy aus der Hosentasche. Auch wenn sie eigentlich alle Zeit der Welt hatten, weil ihre Widersacher ausgeknockt am Boden lagen, wollte Ciel die Geschichte möglichst bald hinter sich bringen. Das und ihr Gespräch mit Donna, vor dem sie jetzt schon Bammel hatte. In wenigen Minuten würde es hier nur so wimmeln von Geistern und Menschen, und irgendeiner von denen würde auf die Idee kommen, Donna anzurufen.

Seufzend warf Ciel einen Blick auf das Display. Die Kratzer darauf waren inzwischen zu Rissen angewachsen, und in der linken oberen Ecke prangten große schwarze Pixelflatschen. Aber es funktionierte noch. Also wählte sie die Nummer, die ihr ebenso in Fleisch und Blut übergegangen war wie der Polizeinotruf der Menschen.

»Ghostguard-Notrufzentrale. Was ist passiert?«

»Hallo, mein Name ist …«

Weiter kam sie nicht, denn in diesem Moment schnellten Lex und Nick mit solcher Geschwindigkeit nach oben, dass ihre ohnehin schon undeutlichen Umrisse völlig verschwammen. Lex hechtete nach rechts, zum Ausgang hin, Nick nach links.

Nemo rannte los, doch er war zu langsam. Seine Verletzungen schränkten ihn zu sehr ein. Nunzias Bewegungen dagegen waren fließender, schneller. Sie zog den Revolver aus Nemos Hosenbund, als der Geisterjunge an ihr vorbeihetzte, rollte sich zwischen zwei Heißmangeln hindurch und zielte. Auf Nick. Aber kurz bevor sie abdrücken konnte, stolperte der Gangster und ging mit wildem Armgewedel zu Boden.

»VORSICHT!«, brüllte Nemo noch, und: »Lex will die …« Dann knallte der Gangsterboss seine Hand auf das Kästchen neben der Tür, und alle Maschinen erwachten gleichzeitig zum Leben.

30
Nemo

Es war so hell hier draußen.

Nemo lehnte mit dem Rücken an der Backsteinwand und blinzelte erschöpft in die grelle Nachmittagssonne. Auf dem gesamten Gelände der Wäscherei wuselten inzwischen Polizisten und Ghostguards durcheinander, sicherten den Tatort und führten Befragungen durch.

Währenddessen überprüften Leute mit Schutzhelmen und eigentümlichen Geräten, wie schwer das Gebäude durch die Explosion beschädigt worden war. Hochkonzentrierte, ernste Gesichter blickten Nemo entgegen, in einigen Zügen spiegelte sich sogar Furcht. Und nicht wenige Personen musterten ihn mit unverhohlenem Misstrauen, immerhin war er ja Lex Cordicios Sohn. Der Sprössling des Irren, der all das hier zu verantworten hatte.

Und jetzt war dieser Irre auf der Flucht.

Immer wieder spulte Nemo die Bilder vor seinen inneren Augen ab, wie Lex plötzlich hochgeschnellt war und mit einem einzigen Handgriff alle Maschinen der

Wäscherei auf einmal in Gang gesetzt hatte. Die Heißmangeln hatten sich quietschend in Bewegung gesetzt, metallene Bügel waren über das Transportgestänge gerast und Wasserbottiche aus ihren Verankerungen gerutscht. Direkt auf Nemo und die anderen zu.

Lex hatte währenddessen die Chance genutzt, um zu türmen. Und nun hatten nicht einmal die Ghostguards eine Ahnung, wo er stecken könnte. Mit drei Mannschaften hatten sie die Wäscherei und das gesamte umliegende Gelände abgesucht, bis auf Herbert Lindel und Nick Walker aber niemanden gefunden.

Nick … Ein Grinsen schlich sich auf Nemos Lippen beim Gedanken an Lex' schießwütigen Schergen. Bei seinem Fluchtversuch war er offenbar so unglücklich gestolpert, dass ihm keine Kraft mehr geblieben war, ein weiteres Mal aufzustehen. Der Übeltäter, der ihm ein Bein gestellt hatte, war wohl ein Kissenbezug gewesen. Der Kissenbezug, in dem Victor die Wandelinge hergebracht und den er einfach irgendwo fallen gelassen hatte.

Vier Ghostguards hatten sich um den Abtransport der beiden Gehilfen gekümmert, während der Rest von ihnen sich weiter auf die Suche nach Lex gemacht hatte. Sie waren zuversichtlich gewesen, ihn früher oder später finden zu können. Immerhin trug er ja noch seine elektronische Fußfessel – hatten sie zumindest geglaubt. Bis ein Räumungskommando in die Villa Cordicio eingedrungen war und dort zwar die Fessel gefunden hatte, aber keinen Lex. Er musste es geschafft haben, einen Polizisten zu bestechen, ohne den passenden Schlüssel konnte das Ding nämlich nicht abgenommen werden. Nemo hatte seinen Vater oft genug daran herummanipulieren sehen, jedes Mal erfolglos. Doch nun war er sicher längst über alle Berge, vielleicht sogar mit diesem elenden Schmarotzer Rufus Handler im Schlepptau, von dem ebenfalls jede Spur fehlte.

Mit einem Stöhnen ließ Nemo seinen Hinterkopf gegen die Wand sinken und ging dann vorsichtig in die Hocke. Der Geiststein in seiner Hand zeigte zwar bereits Wirkung, aber sein Brustkorb schmerzte nach wie vor höllisch. Offenbar hatte er sich mindestens drei Rippen gebrochen. Und obwohl die Ärztin glaubte, dass es glatte Brüche waren, sollte er trotzdem später mit ihr ins Krankenhaus fahren. Nur zur Sicherheit, hatte sie behauptet.

Das konnte warten. Zunächst mal musste Albert aufgepäppelt werden, und drüben bei den Krankenwagen checkten mehrere Leute Ciel und Victor durch. Schließlich konnten deren Blessuren nicht mit Flusskieseln behandelt werden.

Doch selbst wenn Nemo tatsächlich irgendwann mit ins Krankenhaus ging, was war danach? Sein Vater, mit dem er insgesamt über sechzig Jahre unter einem Dach gewohnt hatte, war verschwunden, die beiden Handlanger bereits auf dem Weg ins Gefängnis. Er war allein.

Streng genommen machte Nemo das gar nichts aus, er war ja sogar froh darüber, nicht länger unter Lex' Fuchtel leben zu müssen. Andererseits war er erst vierzehn Jahre alt und damit viel zu jung, um sich ohne Hilfe durchzuschlagen. Die sechs Jahrzehnte Erfahrung, die er bereits auf dem Buckel hatte, zählten vor dem Gesetz nicht, er war und blieb minderjährig. Das hatten ihm die Ghostguards bei seiner fast einstündigen Befragung vorhin unmissverständlich klargemacht.

Was würden sie mit ihm anstellen? Darüber hatte er während der ganzen Geschichte nicht ein einziges Mal nachgedacht, und jetzt war es zu spät. Nemo lächelte müde. Wenn er Pech hatte, wurde er einfach jemand anderem untergeschoben, der ihn nicht haben wollte.

»Was ist so lustig?«, fragte Nunzia, die sich ebenfalls aus dem Gewusel zurückgezogen hatte und ein paar Schritte von Nemo entfernt stand. Im Pulk der Schaulustigen hinter dem Zaun rief jemand ihren Namen, doch sie reagierte nicht darauf.

»Ach, mir ist nur gerade aufgefallen, dass ich nun niemanden mehr habe, zu dem ich gehöre«, sagte Nemo und zuckte mit den Schultern. »Ein Fall fürs Jugendamt, nehme ich an.«

Nunzia drehte den Kopf in seine Richtung. »Lieber allein sein, als bei jemandem leben zu müssen, der dich ausradieren will wie einen überflüssigen Bleistiftstrich«, sagte sie, ehe sie herüberkam und sich neben ihn auf den steinigen Boden setzte. »Und so richtig allein bist du ja gar nicht«, fügte sie mit entschlossener Miene hinzu. »Ciel und Albert finden sicher eine Lösung dafür, wie es weitergeht.« Mit einem verschwörerischen Grinsen beugte sie sich ein Stück näher. »Und wenn alle Stricke reißen, musst du eben Aulikki um Hilfe bitten.«

»Aulikki?«, wiederholte Nemo. »Ich weiß nicht. Wohnst du nicht schon bei ihr?«

Nunzia schüttelte den Kopf und strich sich eine Strähne ihrer mittlerweile wieder schneeweißen Haare aus der Stirn. »Nein. Sie ist zwar mein Vormund, aber ich muss nicht bei ihr leben. Ich habe ein Zimmer in einer Wohngemeinschaft.«

»Ah.« Nemo nickte. Vielleicht war so was für ihn ja auch möglich? Das sollte er im Hinterkopf behalten. Falls nicht, konnte er ja immer noch abhauen und sich allein durchboxen.

»Halte dich an Ciel, sie mag dich«, fuhr Nunzia fort. »Und Victor auch.«

»Hervorragend. Wenn das bedeutet, dass er jetzt öfter in meiner Nähe ist, sollte ich mir feuerfeste Kleidung zulegen.«

Ein amüsiertes Prusten entschlüpfte Nunzia, und erneut beschlich Nemo das Gefühl, dass er sich gut mit ihr verstehen könnte. Die meiste Zeit zumindest. *Freunde.* Aus irgendeinem Grund blitzte das Wort plötzlich in seinen Gedanken auf, und vielleicht lag er damit auch gar nicht so verkehrt. Möglicherweise waren sie ja tatsächlich alle so was wie Freunde geworden in den letzten vierundzwanzig Stunden. Nemo hoffte es fast, denn es wäre das erste Mal überhaupt, dass er Freunde hatte.

Eine Weile saßen er und Nunzia schweigend nebeneinander und sahen den Leuten zu, die um sie herumschwirrten wie emsige Bienen.

»Woher weißt du eigentlich, wie man einen Revolver hält?«, fragte Nemo irgendwann, und Nunzia lächelte geheimnisvoll.

»Wenn man als einziges Mädchen unter sieben Jungs auf einer Farm im wilden Westen aufwächst, bekommt man so einiges mit.«

»Du warst ein Cowgirl?«

Bevor Nunzia darauf antworten konnte, verdunkelte eine Gestalt die Sonne, und Nemo blickte auf. Victor stand vor ihnen. Er hatte einen dicken Kopfverband verpasst bekommen und kaute auf einer mit Käse belegten Gebäckstange herum. Grinsend schaute er auf Nunzia und Nemo herunter, sagte aber nichts. Stattdessen wartete er, bis Ciel neben ihm auftauchte, und grinste dann auch sie zufrieden an.

»Tut uns leid, dass es so lange gedauert hat«, sagte sie und setzte sich Nemo gegenüber. Victor nahm neben ihr Platz. »Sie mussten erst auf unsere Eltern warten, und dann haben sie uns jede Frage ungefähr dreimal gestellt. Als ob wir beim dritten Mal plötzlich eine andere Antwort geben würden.«

»Das kommt schon mal vor, besonders bei nervösen, ungeübten Lügnern. Die entlarven sich durch solche Fehler ganz …« Nemo stockte, als er die Blicke der anderen bemerkte.

»War ja klar, dass unser Gangstersohn sich mit solchen Sachen auskennt«, feixte Nunzia. »Wie wär's, soll ich dir ein paar dicke Goldketten besorgen und glänzende Silberzähne, damit du aussiehst wie die Mafiosi in den Fernsehserien?«

Ciel lachte glockenhell, und Nunzia fiel sofort mit ein. Mit gespielt bösem Blick musterte Nemo die beiden, während Victor sich hastig den Rest seiner Gebäckstange in den Mund schob.

»Da fällt mir waf ein«, nuschelte er und zog eine Kette mit unförmigem Anhänger unter seinem Shirt hervor. Beinahe ehrfürchtig reichte er sie Ciel. »Hier, das wollte ich dir die ganze Zeit schon zurückgeben.«

»Ja, das ist eine gute Idee«, ertönte auf einmal eine leise Stimme hinter ihm, und alle Augen richteten sich auf Albert, der mit langsamen Schritten näher kam. »Auch wenn ich mittlerweile fast glaube, du hast ihn nötiger als Ciel.«

31
Victor

Victor sprang auf die Beine und verzog den Mund zu einem angestrengten Lächeln. Verdammt, er hatte extra einen Moment abpassen wollen, in dem der Alte nicht dabei war, und den Anhänger die ganze Zeit unter seinem Shirt getragen. Und dennoch …

»Ich, ähm … es tut mir leid«, presste er hervor und versuchte dabei, nicht an einem Krümel in seinem Hals zu ersticken. Das Ding bestand offenbar nur aus Widerhaken, mit denen es sich irgendwo zwischen Gaumenmandeln und Kehlkopf festkrallte.

»Es ist nicht seine Schuld«, übernahm Ciel für ihn. »Ich habe Victor den Talisman gegeben, weil ich dachte …«

»Schon gut.« Inzwischen war Albert bei ihrer kleinen Gruppe angekommen und blickte mit einem milden Lächeln auf sie alle herab. Seine Kleidung sah aus, als hätte er sie beim Kampf mit einem sehr, sehr wütenden Drachen getragen, und seine Haare standen bis auf zwei Büschel über den Ohren kerzengerade nach oben ab.

Der alte Geist bewegte sich zwar nach wie vor ein wenig steif beim Laufen, abgesehen davon schien er aber schon wieder recht munter zu sein. Ehrlich gesagt hatte Victor nicht daran geglaubt, dass es so schnell gehen würde. Doch hier stand Albert nun, und er lächelte!

»Ich bin sogar froh, dass du nicht auf mich gehört und ihn weggegeben hast, Kleines«, fuhr er fort. Dann hob er den Zeigefinger und fügte in ernstem Ton hinzu: »Dieses eine Mal!«

Ciel zog die Augenbrauen zusammen. »Ach, echt?«

Es dauerte einen Moment, bis Albert erneut sprach, und als er es schließlich tat, schaute er dabei Victor an. »Ich hatte noch gar keine Gelegenheit, mich bei dir zu bedanken«, sagte er, beugte sich ein Stück herab und legte Victor eine Hand auf die Schulter. »Danke, Victor Flec, für deinen Mut und deinen Einsatz. Ich weiß nicht, wie das alles ohne dich ausgegangen wäre.«

Victor fühlte kochende Hitze in seine Wangen steigen. Er freute sich über dieses Lob, natürlich tat er das! Aber es war ja nicht sein Verdienst allein, dass Lex den Stein nicht bekommen hatte. Ciel, Nunzia und Nemo – sie alle hatten mitgeholfen. Gerade wollte er anheben, um genau das laut auszusprechen, als Albert bereits weiterredete.

»Die Macht des Steins zu nutzen und sie gegen Lex einzusetzen, das war eine ausgezeichnete Idee.« Der alte

Geist lächelte zufrieden. »Allerdings auch eine extrem gefährliche. Und wenn Ciel dir den Talisman nicht gegeben hätte …« Anstatt den Satz zu vollenden, verzog er kopfschüttelnd das Gesicht. Was das bedeuten sollte, war Victor nur allzu klar: Ohne den Anhänger hätte es mau für ihn ausgesehen. Sehr mau. Er schluckte krampfhaft.

»Das heißt also, die Kette hat Victor beschützt?«, fuhr Nunzia dazwischen, doch Alberts Antwort ging in den lauten Rufen eines dürren Geistes unter, der die Uniform der Ghostguards trug und wild ein Handy durch die Luft schwenkte.

»Victor Flec? Anruf für Victor Flec!«, brüllte er. »Kommt schon, wer von euch Blutkonserven ist Victor Flec?«

»Mach schon!«, zischte Ciel und nickte in Richtung des laut herummosernden Geistes. Also hob Victor zögerlich den Arm, fing das Handy auf, das ihm daraufhin entgegengeworfen wurde … Na ja, nicht direkt *er* fing es auf, sondern Nunzia. Und sie reichte es ihm mit den Worten: »Lass das nicht zur Gewohnheit werden.«

Victor grinste sie beschämt an.

»Welchen Teil von ›Lass die Finger von diesem Stein‹ hast du nicht verstanden?«, polterte eine Stimme am anderen Ende der Leitung, kaum dass Victor das Handy an sein Ohr gebracht hatte. Ein paar Menschen, die in der

Nähe standen, drehten sich mit fragenden Gesichtern zu ihm um, während Aulikki weiter wie wild drauflos bellte. Victor musste nicht mal den Lautsprecher einschalten.

»Du dummer, dummer Junge!«, schimpfte sie. »Ich will, dass du mir jeden einzelnen meiner Wandelinge zurückbringst. Hast du verstanden? Jeden einzelnen. Und den Stein!« Sie machte eine kurze theatralische Pause, in der Albert lächelnd den Kopf schüttelte. »Und beim nächsten Mal, wenn du das Bedürfnis verspürst, mich zu bestehlen, werde ich …«

Der Rest ihrer Worte ging in wildem Geschnatter unter, als Victors Geschwister plötzlich fröhlich kreischend über Ciel herfielen. Eilig übernahm Albert daraufhin das Handy, denn die Zwillinge hatten nicht nur Donna, sondern auch Victors Eltern im Schlepptau. Die drei Erwachsenen waren allerdings so in ihr Gespräch vertieft, dass sie kaum mitbekamen, was um sie herum passierte. Wahrscheinlich diskutierten sie darüber, welche Bestrafung für Ciel und Victor angemessen war. Victor hoffte darauf, dass seine Strafe ein größeres Marshmallow-Man-Kostüm beinhaltete, das konnte er nämlich echt gut gebrauchen.

Als sich ein weiterer Ghostguard im Stechschritt näherte, zog Victor vorsichtshalber schon mal den Kopf ein. Der Kerl wog ungefähr zweimal so viel wie der erste Guard und war auch doppelt so groß. Dicke Muskelstränge wölbten sich unter seinem zum Bersten gespannten Hemd. Doch diesmal ging es nicht um Victor.

»Nemo Cordicio!«, blaffte der Typ im besten Befehlston und deutete dabei mit beiden Zeigefingern auf den jungen Geist hinab. »Mitkommen. Wir bringen dich jetzt zum …«

»Sie bringen ihn nirgendwohin«, fiel Albert dem Ghostguard entschieden ins Wort. »Es ist bereits alles mit Ihrem Vorgesetzten abgeklärt, Nemo gehört ab sofort zu mir.« Er drückte dem Mann das Handy in die Hand und winkte ihn fort. »Hier, das können Sie meinetwegen mitnehmen.«

Einen Moment lang schien der Guard unschlüssig, dann schnaubte er durch die Nase und stapfte in die Richtung davon, aus der er gerade gekommen war. Mit großen Augen starrten ihm alle ein paar Sekunden lang hinterher, doch dann wanderten ihre Blicke zu Nemo hinüber. Der Geisterjunge wirkte völlig überrumpelt.

»Natürlich nur, wenn es für dich in Ordnung ist«, fügte Albert eilig hinzu, und nach einer halben Ewigkeit nickte Nemo.

»Schön.« Der alte Geist grinste über beide Ohren. »Die Einzelheiten klären wir später«, sagte er und klatschte in die Hände. »Jetzt sehen wir erst mal zu, dass wir hier wegkommen.«

Epilog

Als Victor am nächsten Morgen noch immer etwas lädiert Alberts Antiquitätenladen betrat, glaubte er im ersten Moment, im falschen Film gelandet zu sein. Nemo Cordicio saß hinter der Ladentheke und blätterte gelangweilt in einem Comic. Der Geisterjunge ließ sich weder durch das Klingeln der Ladenglocke aus der Ruhe bringen, noch reagierte er, als die Tür wieder ins Schloss fiel. Er saß da, als hätte er schon immer dort gesessen. Als gehörte er genau dorthin.

Victor zögerte. An diesen Anblick würde er sich erst gewöhnen müssen, und es fühlte sich an, als könnte das eine ganze Weile dauern.

»Hi«, krächzte er, nachdem er gut zehn Sekunden reglos gewartet hatte, und endlich hob Nemo den Kopf.

»Hi.«

»Ich wusste nicht, dass du jetzt hier arbeitest«, sagte Victor. »Das ist natürlich in Ordnung. Ich meine … mich stört es nicht. Bestimmt stört es auch sonst niemanden … deswegen … ähm.«

Nemo zog einen seiner Mundwinkel zu einem schiefen Grinsen nach oben und warf den Comic auf den Tresen. »Ganz ruhig, du kannst aufhören mit der Stotterei. Ich sollte nur den Laden hüten, bis du zur Ablösung kommst.« Gelassen stand er von seinem Stuhl auf. Anders als Victor schien er heute keine Schmerzen mehr in seinen geschundenen Körperteilen zu haben. Die gebrochenen Rippen waren inzwischen wohl gänzlich verheilt.

»Oh, verstehe«, gab Victor kleinlaut zurück. »Also … werde ich mal übernehmen. Denke ich.«

»Okay.« Der Geisterjunge kam um die Theke herum auf Victor zu, hielt direkt neben ihm an und sah ihm geradewegs in die Augen. »Ich muss gestehen, ich hab dich unterschätzt«, sagte er und entlockte Victor damit ein argwöhnisches Lächeln. »Ernsthaft, du hast ganz schön was drauf für einen menschlichen Blindfisch.«

War das ein Kompliment? Oder eine Beleidigung? Victor schob den Gedanken mit einem Schulterzucken beiseite und rückte seine Brille zurecht. »Du aber auch, dafür dass du der Sohn eines Teufels bist.«

Ein überraschtes Lachen platzte über Nemos Lippen. »Ich schätze, das hab ich verdient«, sagte er und fuhr sich durch die schlohweißen Haare. Dann vergrub er die Hände in den Hosentaschen. »Wie geht's dir? Alle blauen Flecken versorgt?«

»Keine Ahnung, bei Nummer neunzehn hab ich aufgehört«, gab Victor zu. »Aber das sind alles nur Kratzer, der Talisman von Ciel hat wirklich das Schlimmste verhindert.« Noch während er das sagte, fiel ihm etwas ein, das er gestern eigentlich schon hatte loswerden wollen, und er räusperte sich verlegen. »Tut mir übrigens leid, dass ich die Lücke direkt neben dir geöffnet habe. Das ... das war keine Absicht.«

»Schon gut«, erwiderte Nemo. »Ist ja alles glattgegangen.«

Victor nickte. »Trotzdem konnte ich die halbe Nacht nicht schlafen, weil ich ständig darüber nachdenken musste, was alles hätte passieren *können*«, murmelte er und rieb sich die Augen, um die Müdigkeit zu vertreiben. »Ich meine, die Lücke hätte ja nicht nur alle von euch einsaugen können, sondern auch irgendwas ... ausspucken.«

Bei diesen Worten verfinsterte sich Nemos Gesicht plötzlich. »Vielleicht hat sie das ja«, sagte er und ließ seinen Blick ins Leere schweifen. Mit einem Mal wirkte er abwesend, als würde vor seinen inneren Augen ein Film ablaufen, der ihn sichtlich beunruhigte.

Unwillkürlich hielt Victor die Luft an. »Nemo?«, flüsterte er.

»Mmh.«

»Hast du was ... gesehen?«

Der Geisterjunge verneinte stumm. »Gesehen nicht«, sagte er. »Aber gehört.«

Danksagung

Dieses Buch ist einer meiner größten Schätze. Bei keinem anderen Roman habe ich dermaßen mit mir gehadert, gegen mich und andere gekämpft und manchmal fast verloren. Ich habe so viele Zettel und Notizbücher vollgekritzelt, um diese Welt und ihre wunderbaren Figuren auszuarbeiten, habe abgebrochen und von vorne begonnen. Ich habe geschrieben – und alles wieder gelöscht. Wie oft, weiß ich nicht mehr. Doch jetzt ist die Geschichte fertig, und ich bin über alle Maßen stolz auf das Ergebnis. Noch viel stolzer und dankbarer bin ich allerdings dafür, dass während der gesamten Zeit Menschen an meiner Seite standen, die mich stets unterstützt, aufgebaut und mit ihren Nachfragen dazu getrieben haben weiterzumachen. Alle werde ich nicht nennen können, aber hier folgen die wichtigsten.

Christiane … Ohne dich wäre ich nicht, wo ich heute bin. Danke für deine Rückenstärkung von Anfang an, deine Geduld und dein unerschütterliches Vertrauen in mich und meine Fähigkeiten. Ich hoffe, du erahnst zumindest, wie viel mir das bedeutet.

Danke auch an mein großartiges Lektorinnen-Team, allen voran Katja. Deine Begeisterung ab der ersten Sekunde hat mich stark gemacht, und ich bin sehr froh, bei dir gelandet zu sein. Du bist genau die Richtige für meine Kids. Tina und Charlotte: Merci!

Außerdem möchte ich mich bei Julia bedanken, die meiner Geschichte die Chance gegeben hat zu wachsen. Danke, dass du uns so ein großartiges Zuhause gegeben hast.

Nicht wenig zu alldem hier beigetragen hat übrigens amazing, wonderful, always sparkling Esther. Ich erinnere mich noch genau an unser Gespräch in Leipzig, als du gesagt hast, ich soll unbedingt Christiane anschreiben. Ich stehe auf ewig in deiner Schuld.

Heißen Dank meinen Würzburger Mädels, den drei unersetzlichen Musen Julia, Kristina und Mila. Ich habe schon unglaublich viel von euch lernen dürfen und hoffe, da kommt noch eine Menge mehr dazu.

Hase, ich kann nur immer wieder betonen, wie dankbar ich für deine unermüdliche Unterstützung bin. An manchen Tagen hätte ich dich schütteln können, weil du nach dem Ende des Buches gefragt hast. Aber wenn ich ehrlich bin, war es genau das, was ich gebraucht habe. Du wusstest es bloß früher als (nicht wie!) ich. Danke.

Ein ganz besonderer Dank gilt zudem meinem Testleser Samuel, ohne den ich die Bedeutung der Wandelinge wohl nie verstanden hätte. Ach, und ganz unter uns: Ich finde Nemo auch ziemlich cool!

Barbara? Danke für die Vermittlung! Heb das Foto auf. Wer weiß, wozu es mal gut ist.

Lieber Tobias Goldschalt, danke für dieses gigantisch schöne Cover!

Und jetzt zu dir, liebe Karla. Nichts und niemand kann in Worte fassen, welch große Stütze du für mich bist. Du öffnest mir die Augen für die Dinge, die wirklich wichtig sind, und zerlegst mich mit wenigen Sätzen in meine Einzelteile, nur um mich anschließend zu einem besseren Menschen zusammenzusetzen. Alle sollten eine Karla in ihrem Leben haben. Das Gästehaus ist dir sicher.

Zu guter Letzt möchte ich mich bei DIR bedanken. Du hältst dieses Buch gerade in Händen, und wenn ich ein wenig Glück habe, hast du vorher bereits all die anderen Seiten gelesen. Vielleicht haben sie dir sogar gefallen. Wenn ja, habe ich mein höchstes Ziel erreicht.